# DE MAN ZONDER HART

ZIELLOOS #2

VICTORIA QUINN

D1719551

HARTWICK PUBLISHING

# CONTENTS

# DEACON

Het magische weekend was voorbij.

Dat deed verdomd veel pijn.

Derek keek tijdens de rit als gebiologeerd uit het raampje naar de grote pijnbomen, de rotsen en de berghellingen. Toen we eenmaal in de stad waren, leek hij al veel minder geïnteresseerd in zijn omgeving, dus pakte hij een van zijn boeken.

Wij hadden hetzelfde karakter.

Toen we aankwamen bij het gebouw pakte Matt onze tassen uit de koffer en droeg alles naar het appartement.

Derek zou niet lang meer bij me zijn aangezien Cleo hem elk moment kon komen ophalen.

Toen we in mijn appartement aankwamen, maakte ik nog snel een hartige maaltijd voor hem klaar: gegrilde kip met asperges en spruitjes.

Hij at zonder klagen, ook al gaf hij de voorkeur aan de pizza die we het hele weekend hadden gegeten.

Ik ging tegenover hem aan de eettafel zitten, en de pijn in mijn hart nam toe terwijl de minuten wegtikten. Ik had hem nauwelijks een paar dagen bij me gehad, wat gewoon niet genoeg was. Ik wilde hem elke dag kunnen zien, wilde hem elk weekend kunnen meenemen naar de het vakantiehuis.

Hij at zijn bord helemaal leeg en bleef daarna zitten. "Wanneer moet ik weg?"

"Al snel."

Er werd op de deur geklopt.

"Nu dus."

Derek zag er net zo verdrietig uit als ik.

Ik liep naar de voordeur. "Kom binnen, Cleo."

Ze stapte binnen gekleed in een kokerrok en een blouse, professioneel als altijd. Ze keek me altijd op dezelfde manier aan en haar ogen lichtten weer op toen ze me zag. "Ik wenste dat ik hier om een andere reden was ... "

Ik draaide me weer om naar Derek. "Kom op."

Hij verliet de eettafel, pakte zijn koffer beet en trok hem achter zich aan op de wieltjes. "Hoi, Cleo."

Ze glimlachte. "Hoi, Derek." Ze trok de mouw van haar blouse een beetje omhoog en keek op haar horloge hoe laat het was. "Nou, ik gun jullie nog een paar minuten met zijn tweetjes ... " Ze wendde zich af.

Ik knielde voor hem neer, niet zeker wat ik moest zeggen. De laatste keer dat ik afscheid van hem had genomen, had ik gehuild op de achterbank van de auto op weg naar het vliegveld en was ik zo overstuur dat het me niets kon schelen dat de chauffeur me kon zien. Nu moest ik het opnieuw doen.

Derek staarde me aan en had dezelfde intense blik in zijn bruine ogen. "Wanneer mag ik terugkomen?"

"Ik zal er met je moeder over praten." Ik nam aan dat Valerie weer met me zou spreken en dat we misschien we een regeling zouden kunnen treffen. Maar ik haatte het om mijn zoon regelmatig heen en weer te laten reizen in een vliegtuig. Het was een lange vlucht, veel te lang voor een weekendje weg.

"Mag ik bij jou komen wonen?"

Hij was dan wel een slimme jongen, maar hij kon een echtelijke ruzie nog niet begrijpen. "Waarschijnlijk niet, Derek. Maar we komen er wel uit. Dat beloof ik."

"Oké." Hij staarde naar de vloer.

Ik zuchtte en omhelsde hem toen, hield hem nog een laatste keer in mijn armen. Ik knuffelde hem stevig en wenste dat ik hem nooit meer zou moeten loslaten. De liefde in mijn hart groeide wanneer we samen waren, maar leek nog meer te groeien wanneer we uit elkaar waren. "Ik hou met hart en ziel van je, Derek."

"Ik hou ook van jou, papa."

Toen ik hem losliet, deed het pijn. Mijn ogen werden vochtig omdat het zo moeilijk was om afscheid te nemen, om te zien hoe mijn beste vriend wegging, om de enige persoon die net zo was als ik te verliezen. Ik zou alles geven om hem hier bij me te kunnen houden, om de luxe te hebben om hem elke dag te zien.

Dereks blik was precies zoals de mijne en zijn ogen waren vochtig, alsof hij op het punt stond in tranen uit te barsten. "Ik wil niet weg ..."

Verdomme, dit zou mijn dood worden. "Ik beloof dat het niet zo lang zal duren als de vorige keer." Ik pakte zijn handen vast en kneep er zachtjes in. "Oké?"

Hij knikte.

Ik veegde zijn tranen weg met de kussentjes van mijn duimen. "Cleo zal goed voor je zorgen."

Hij knikte weer.

Ik drukte mijn lippen op zijn voorhoofd en kuste hem. "Oké, kleine man." Ik stond op en draaide me naar Cleo om.

Ze had het handvat van zijn koffer al vast, en leek deze overdracht net zo moeilijk te vinden. Ze stak haar hand naar hem uit.

Derek pakte die vast.

Ze keek me nog een laatste keer aan, alsof ze wenste dat ze me kon troosten in plaats van me mijn trots en vreugde af te nemen. "Ik hou je op de hoogte, Deacon."

Ik stond met mijn handen in mijn zij en keek hen na terwijl ze mijn appartement verlieten.

Toen Cleo de deur achter zich dichttrok, slaakte ik een diepe zucht en liet twee tranen over mijn wangen rollen.

* * *

Cleo sms'te me. *Ik heb Derek net afgezet bij Valerie. Ik ben op weg naar het vliegveld.*

Ik was op kantoor en stortte me weer op het werk, omdat ik me op iets moest concentreren om de pijn te verzachten. Ik wist dat ik niet verdrietig moest zijn dat het weekend voorbij was, maar net blij dat ik de kans had gekregen. *Bedankt. Veilige vlucht.*

Ze stuurde me een opgestoken duim.

Ik had het boek gelezen dat Cleo me maanden geleden had gegeven, en het hoofdstuk over hoe om te gaan met moeilijke mensen was me bijgebleven. Het was moeilijk te interpreteren omdat ik alles letterlijk nam, maar het leek een goed moment om contact op te nemen met Valerie en te proberen om aan een nieuwe relatie te beginnen, misschien als vrienden en samenwerkende ouders.

Maar ik zag er nog steeds tegenop om met haar te praten.

Waarom had zij Derek fulltime gekregen, alleen maar omdat ze de moeder was? Waarom kon ik hem niet hebben? Het was niet eerlijk.

Ik zei tegen mijn assistente dat ik niet lastig gevallen wilde worden, nam toen de telefoon en haar belde haar.

De telefoon ging een paar keer over, voordat ze de oproep beantwoordde. "Hoi, Deacon." Haar toon was niet vijandig, maar ze was wel op haar hoede, alsof ze geen idee had welke richting dit telefoontje zou kunnen opgaan.

Ik dwong mezelf om beleefd, kalm en vriendelijk te zijn. "Hoi, Valerie. Hoe gaat het met je?"

"Derek is net thuis, dus ik ben heel blij. Hij heeft me verteld dat hij het erg naar zijn zin heeft gehad."

De start was al goed. "Ja ... we hadden een fantastische tijd samen."

"Je assistente lijkt je echt gelukkig te willen maken."

Ik zweeg even en dacht aan de momenten die ik samen met Cleo had beleefd, aan hoe ze er voor me was op een manier zoals niemand anders dat ooit was geweest — zelfs niet mijn eigen vrouw. "Ja ... ze doet echt heel hard haar best."

Valerie zweeg.

Ik schraapte mijn keel. "Ik bel eigenlijk om ... je te bedanken." Ik zou haar niet moeten bedanken omdat ze me mijn zoon had laten zien. Dat was belachelijk. Maar volgens het boek was het beter om spanningen weg te halen dan die te laten escaleren, zelfs als de andere persoon ongelijk had. "Bedankt dat je met Cleo hebt samengewerkt om dat mogelijk te maken. Ik was echt blij dat ik het weekend kon doorbrengen met onze zoon. Hij is ... het beste wat me ooit is overkomen."

Ze zei een tijdje niets, alsof ze niet had verwacht dat ik dat zou zeggen. "Hij is ook het beste wat mij ooit is overkomen."

Ik wilde vragen wanneer ik hem kon terugzien, maar ik wist dat ik niets mocht overhaasten. Ik moest het gesprek op goede voet beëindigen.

"Dus, jullie zijn gaan vissen?"

"Ja."

"Derek kan er maar niet over ophouden," zei ze lachend. "Hij zei dat hij niet kan wachten om het weer te doen."

Ik wilde het elke dag doen. "Nou, ik laat je dan maar. Ik wilde je gewoon bedanken ... "

"Goed, Deacon. Fijne avond nog." Ze hing niet op.

Ik luisterde naar de stilte, in de hoop Derek op de achtergrond te horen, maar het bleef stil. Dus beëindigde ik het telefoongesprek.

# 2

# CLEO

DAT WEEKEND WAS ERG VERMOEIEND GEWEEST.

Heen en weer vliegen naar Californië was geen pretje geweest — zelfs niet in de first class.

Op dinsdag verliet ik vroeg het kantoor, omdat ik rust nodig had. Ik ging naar huis, naar mijn smerig appartement, wierp me op de bank en keek tv terwijl ik wachtte tot mijn pizza afgeleverd zou worden. Ik had niet eens de moeite genomen om mijn jogging-broek aan te trekken. Ik had mijn rok uitgetrokken en lag op de bank in mijn slipje.

Het kon me niets schelen.

Mijn telefoon stond op stil, omdat ik mijn chaotische baan heel even wilde vergeten, ook al was het maar voor een paar uur. Ik hield wel van mijn werk en haalde enorm veel voldoening uit het gelukkig maken van mensen, maar ik wenste dat ik wat meer tijd zou hebben voor mezelf. Kon ik me maar in twee splitsen zodat ik iemand had die af en toe eens voor mij kon zorgen.

Er werd op de deur geklopt.

"Ja!" Ik veerde recht van de bank, raapte de joggingbroek op van de vloer en trok die aan. Ik opende mijn portemonnee, pakte er wat geld uit en opende toen de deur voor de pizzabezorger.

Maar het was geen koerier.

Het was Deacon.

Godallemachtig.

Ik had de pizzabezorger verwacht en dus had ik gewoon een flodderige joggingbroek en een gekreukte blouse aan. Mijn kapsel was een puinhoop, omdat ik op de bank was neergeploft en me sindsdien niet meer had bewogen.

In tegenstelling tot hem liep ik niet sexy rond in het huis, gekleed in alleen een joggingbroek zonder T-shirt, met een warrig kapsel.

Van zodra ik me thuis op de bank nestelde, zag ik er niet uit.

Ik staarde hem aan, niet wetend wat te zeggen, me schamend nu hij me op mijn slechtst zag.

En om het nog erger te maken ... had hij een bos bloemen bij.

Hij was gekleed in een spijkerbroek en een T-shirt met lange mouwen. Zijn gespierde armen rekten de stof uit en de spierbundels waren zichtbaar onder zijn huid. Zijn haar was gestyled, alsof hij een douche had genomen en zich had klaargemaakt om mij te bezoeken. Hij staarde me aan met die eeuwig intense blik en focuste zich zonder te knipperen op mijn gezichtsuitdrukking.

Ik was zo van slag, dat ik niet wist wat ik moest zeggen of hoe ik zelfverzekerd kon overkomen, aangezien ik me niet zo voelde.

Toen de stilte lang genoeg had geduurd, nam hij het woord. "Ik ben langsgegaan op je kantoor, maar je was er niet. Matt zei dat je vroeg naar huis was gegaan."

Ik ging met mijn vingers door mijn haar en probeerde discreet om het in orde te brengen, ook al had ik geen spiegel.

"Kom ik ongelegen?"

Als hij zo'n vraag stelde, wist ik dat ik me vreemd gedroeg. "Nee ... ik verwachtte gewoon geen bezoek. Sorry."

Zijn blik leek te suggereren dat hij niet in de gaten had dat er iets mis was, en dat hij niets gaf om de om mijn heupen flodderende joggingbroek, mijn gekreukte blouse en mijn haar dat alle kanten uitstak. "Ik weet dat dit niets is vergeleken met wat jij voor mij hebt gedaan, maar ... " Hij keek omlaag naar de bloemen, een boeket dat was gemaakt door een professionele bloemist, met roze rozen, dikke eucalyptusstengels, witte lelies en andere subtiele kleuraccenten.

Ik nam het boeket uit zijn handen, tilde die op en bracht de bloemen naar mijn neus. Ik rook de geur die aanwezig was in elk luxueus appartement dat ik binnenstapte. Het rook er altijd fris, naar bloemen, en het boeket bracht schoonheid op een plek waar de zon niet scheen. Ik vergat even hoe verschrikkelijk ik eruitzag en sprak waardering uit voor het gebaar. "Wat attent, Deacon. Dank je." Ik zette de vaas met bloemen op de tafel naast de deur, zodat ik niet weg hoefde te lopen.

Hij bleef daar staan.

"Ik zou je normaal gesproken uitnodigen om binnen te komen, maar mijn appartement is ... een beetje rommelig op dit moment."

In plaats van afscheid te nemen en weg te gaan, bleef hij staan. "Het maakt me niet uit hoe je woning erbij ligt."

Ik wilde niet onbeleefd zijn omdat hij helemaal hierheen was gekomen om me bloemen te brengen, dus zette ik een stap opzij zodat hij mijn appartement kon binnenkomen. "Goed dan."

Hij stapte naar binnen, keek rond, maar zei niets.

"Ik heb het gewoon zo druk, dat ik amper tijd heb om schoon te maken ... "

Hij keek me pal in de ogen, met zijn handen in zijn zakken. "Ik ben hier om jou te zien. Ik ben hier niet om je appartement te keuren."

Ik glimlachte lichtjes en sloot de deur. "Nou, je had niet helemaal hierheen hoeven te komen ... maar toch bedankt." Ik pakte de vaas met bloemen, zette die op mijn salontafel, pakte snel alle vieze papieren borden met oude burritoverpakkingen bij elkaar en gooide ze in de vuilnisbak. Ik keerde vervolgens op mijn stappen terug met mijn armen samengevouwen voor mijn borst.

"Ik vroeg me af of ik je mee uit eten mag nemen naar een goed restaurant, ook al komt dat helemaal niet in de buurt van wat jij voor mij hebt gedaan."

"Deacon, je bent me niets verschuldigd. Ik heb dat met plezier gedaan."

Hij negeerde mijn woorden. "Heb je al gegeten?"

"Oh, wil je nu meteen gaan?"

"Als je honger hebt."

Er werd op de deur geklopt.

Zijn ogen schoten naar de deur. "Verwacht je iemand?"

"Ja." Ik pakte mijn portemonnee, opende de deur en betaalde de pizzabezorger die de kartonnen doos met de pizza kwam brengen. "Bedankt. Houd het wisselgeld maar." Om mijn vernedering compleet te maken, had Deacon me ook nog eens een hele pizza voor mezelf zien bestellen. "Ik heb al eten besteld." Ik zette de pizzadoos op tafel.

Hij staarde me aan en was veruit de meest sexy man die al ooit in mijn appartement was geweest. Hij zag er sterk en slank uit, met zijn spijkerbroek laag op zijn heupen en zijn T-shirt strak over zijn borst en armen. Ook zijn kaaklijn was strak en als gebeeldhouwd. Zijn haar was net zo donker als zijn T-shirt, waardoor de kleur van zijn ogen benadrukt werd.

Omdat we niet in onze gebruikelijke omgeving waren, wist ik niet hoe ik me bij hem moest gedragen. Ik wist niet hoe ik hem moest benaderen. Ik voelde me zo ongemakkelijk door de manier waarop hij me had overrompeld. Ik wenste dat hij me vooraf had ge-sms't en me vijf minuten voorsprong had gegund.

Hij ging niet weg. Hij bleef naar me staren.

"Ga zitten. Ik heb maar een minuutje nodig om me om te kleden." Ik begon naar mijn slaapkamer te lopen.

"Je hoeft je voor mij niet om te kleden." Hij ging met kaarsrechte rug op de bank zitten.

Ik wilde niet naast hem zitten nu ik eruitzag als een trol. "Het duurt maar een minuutje. Eet alvast wat pizza, als je wil." Ik haastte me naar mijn slaapkamer en kleedde me snel om in een paarse jurk met een spijkerjasje. Toen ik mijn spiegelbeeld zag, schreeuwde ik het bijna uit van afschuw.

Ik zag er vreselijk uit.

Mijn make-up was uitgelopen, mijn haar was kroezig en er zat een beetje chocolade in de hoek van mijn mond omdat ik op weg naar huis bij de bakkerij was binnengewipt.

Wat een afgang.

Ik waste snel mijn gezicht, borstelde mijn haar, deed mijn make-up helemaal opnieuw en maakte mezelf weer presentabel. Ik spoot nog snel wat parfum en ook wat deodorant op en keerde toen terug naar de woonkamer.

Hij zat nog precies waar ik hem had achtergelaten, rechtop zonder enige ondersteuning, met zijn knieën uit elkaar en zijn handen samengevouwen in zijn schoot. Hij was niet bezig met zijn telefoon.

Ik ging naast hem zitten op de bank, kruiste mijn benen en liet wat ruimte tussen ons in. Ik vergat de pizza omdat ik me al genoeg schaamde. "De bloemen staan daar geweldig."

Hij staarde er een tijdje naar en richtte zijn blik toen weer op mij.

Ik staarde terug, niet zeker waarom hij hier nog langer bleef. Hij had zijn dankbaarheid al zo goed getoond. Hij hoefde geen tijd meer te verspillen in dit smerige appartement. Hij vroeg me gelukkig niet om een rondleiding, want dat zou ik hebben geweigerd. Als hij de stapel vieze borden in de gootsteen zou zien, zou hij waarschijnlijk walgen. Ik walgde zelfs van mijn eigen appartement. Ik had gewoon geen tijd om het schoon te maken.

Hij bleef staren.

Ik staarde terug.

"Kun je even niets zeggen?"

Mijn wenkbrauwen schoten de lucht in door de onbeleefde opmerking die hij net had gemaakt.

"Ik wil je iets zeggen ... "

Ik voelde me niet langer beledigd nu ik het begreep.

"Iedereen wil iets van me." Hij bleef naar me staren, alsof hij niet had gemerkt hoe beledigd ik zonet nog was geweest bij het horen van zijn opmerking. "Valerie wilde mijn geld. Iedereen wil mijn hersenen. Derek wil een vader die voor hem zorgt. Nog nooit in mijn leven heb ik iemand gehad die zoveel voor me doet ... die het beste met me voorheeft. Mijn ouders hebben me ook goed opgevoed, en ze waren goed voor me, maar dat is niet hetzelfde."

Ik zei niets, omdat ik niet zeker wist of hij klaar was.

Hij keek even naar de bloemen, en richtte zijn blik toen op mij. "Bedankt voor alles. Ik weet niet hoe ik het anders moet zeggen. Ik weet niet hoe ik het je anders moet laten zien. Aangezien mijn woorden, de bloemen en een etentje niet echt kunnen tonen hoe dankbaar ik je ben."

Ik smolt van binnen als boter en mijn hart sloeg een tel over. "Soms kan dankbaarheid niet overgebracht worden met woorden of cadeautjes. Soms wordt die overgebracht via emoties. En je hebt me laten zien hoeveel mijn gebaar voor jou heeft betekend." Ik liet mijn handen op mijn knie rusten en keek naar zijn gladgeschoren gezicht, naar de botten in zijn kaak die onder zijn huid zichtbaar waren, omdat er geen haar was om ze te bedekken.

"Hoe heb je Valerie zover gekregen om akkoord te gaan?"

Ik haalde mijn schouders op. "Ik heb haar gezegd dat ze dankbaar moest zijn dat haar ex-man een relatie met haar zoon wil. De meeste mannen geven daar niet zoveel om. En als ze wil dat jullie op een dag op goede voet staan, maakt ze het meeste kans om dat te bereiken door jou een toegeving te doen."

Hij schudde zijn hoofd. "Ik kan nog steeds niet geloven dat je erin bent geslaagd."

"Ik weet hoe ik met moeilijke mensen moet omgaan."

Hij zuchtte diep. "Ja ... met mensen als ik."

Ik glimlachte en kreeg lachrimpeltjes rond mijn ogen. "Nee, Deacon. Jij bent niet moeilijk."

Hij keek weer naar de bloemen. "Ik heb haar gisteren gebeld."

Ik hoopte dat dit verhaal een happy end zou hebben.

"Ik heb haar bedankt dat ik Derek mocht hebben voor het weekend."

Ik knikte. "Dat was een goede zet."

"Ik heb dat boek gelezen dat je me hebt gegeven ... "

Ik glimlachte. "Ik ben blij dat het van nut was."

Hij wreef zijn grote handen even tegen elkaar.

"Heb je gevraagd of je hem mag terugzien?"

Hij schudde zijn hoofd. "Ik dacht dat het beter was om dat eerst even te laten rusten."

"Ja ... "

Hij staarde naar zijn handen. "Maar het was zo moeilijk om afscheid te nemen. Het is alsof je hart buiten je lichaam klopt ... en dat hij het met zich meeneemt."

Mijn ogen werden zachter.

"Ik wil niet dat het zo blijft. Ik wil hem niet maar af en toe hebben ... en hem dan weer moeten laten gaan."

"Ik weet het ... "

"Ik weet niet wat ik moet doen," fluisterde hij. "Ik wil geen afwezige vader zijn. Zo'n vader kan ik niet zijn..."

"Misschien kunnen we haar ervan overtuigen om hierheen te verhuizen."

Hij hief zijn hoofd op en keek me aan.

"Het zal enige tijd duren, maar misschien lukt het ons wel."

"Normaal zou ik zeggen dat dat onmogelijk is, maar ik onderschat jou niet langer."

Ik glimlachte. "Ik denk dat als we haar een stimulans geven, ze het wel eens zou kunnen doen."

"Ze heeft altijd van de stad gehouden."

"Echt?", vroeg ik. "Dan kan ik misschien iets bedenken om haar hierheen te krijgen." Het enige wat ze wilde was Deacon, maar ze zou hem nooit krijgen. Deacon had alles opgegeven om uit dat huwelijk te kunnen stappen. Hij zou het niet nog eens met haar proberen, omdat hij wist dat hij nooit van haar zou houden. "Wat vindt ze leuk?"

Hij zei lang niets. "Dure dingen."

Dan zou Deacon misschien een prachtig huis voor haar kunnen kopen ... ook al had ze zelf meer dan genoeg geld op haar bankrekening. "Ik ben bevriend met een van de beste advocaten in Manhattan. Ik heb jouw situatie met hem besproken. Hij zei dat hij je zaak wil aannemen en je de voogdij bezorgen — als je dat wilt."

"Ik heb al nee gezegd." Zijn toon werd niet vijandig, maar hij was absoluut kortaf.

"Hij is de beste, Deacon. Ik weet dat je bang bent — "

"Nee."

Ik wilde een reserveplan hebben voor als het niet zou lukken om Valerie hierheen te lokken. Deacon laten teruggaan naar Californië was geen optie — althans niet voor mij. "Kun je me vertellen waarom?"

Zijn kaak werd strakker, alsof ik in een etterende wonde had geprikt.

"Je hoeft dat niet te doen. Ik dacht alleen — "

"Nee." Hij haalde rustig adem en liet de lucht daarna geleidelijk ontsnappen uit zijn longen, in een poging zich te ontspannen. "Ik ben het gewend dat mensen nieuwsgierig zijn, maar ik weet dat jij dat niet bent. Je probeert me te helpen ... zoals altijd." Hij leek tegen zichzelf te praten en probeerde zichzelf te kalmeren. Hij keek weer naar mij. "Toen mijn vader stierf, had ik het zwaar. Ik begon veel te drinken ... het sterke spul. Het werd een probleem. Ik kan me minstens zes maanden van mijn leven niet echt herinneren, omdat ik de hele tijd dronken was."

Ik reageerde niet, maar ik was wel verbaasd dat iemand die zo sterk was, zo totaal kon instorten.

"Als ik haar voor de rechter breng, zal ze dat tegen mij gebruiken. Ik zal niet alleen de voogdij over Derek mislopen, maar ik zal ook al mijn geloofwaardigheid verliezen. Mijn medische bevoegdheid zou kunnen worden ingetrokken, ook al was ik nooit dronken op het werk, en ik zou een reputatie kunnen krijgen die al mijn prestaties zou bezoedelen ... zelfs deze van lang voordat ik naar de fles greep."

Ik vond het verschrikkelijk om me te moeten voorstellen dat hij zoveel pijn had geleden, dat hij zo verward was geweest dat hij de realiteit had moeten wegdrinken. "Goed. Dan overtuigen we Valerie."

Hij staarde naar zijn handen.

"Ik denk niet minder over je, Deacon."

"Dat weet ik ... " Hij slaakte een zucht en keek me vol vertrouwen aan. "Ik weet dat je dat nooit zou doen."

Dit soort vertrouwen betekende alles voor me en het deed me iets om te zien dat iemand die gewoonlijk bikkelhard was zo zacht bij me werd dat hij zijn donkerste geheim kon delen zonder angst voor vergelding. "Het kan even duren voordat Valerie bijdraait, maar als we het goed spelen, lukt het ons wel. Nu we Derek hier hebben gekregen, weet ik zeker dat Valerie nogmaals zal toestaan dat ik hem ophaal. En dan kan hij misschien langer blijven ... een paar weken."

"Ik hoop het. Een weekend is veel te kort."

"Een leven lang is niet lang genoeg ... niet als het gaat om de mensen van wie je houdt."

Hij keek me even aan en een lichte glimlach speelde om zijn lippen.

Ik staarde hem een tijdje aan en bewonderde zijn gebeeldhouwde schouders, de spieren in zijn nek en de manier waarop hij naar me keek. Het was gemakkelijk om te verdwalen in die bruine ogen, en ik voelde me op mijn gemak met dat niveau van diepe intimiteit.

Hij was degene die het oogcontact verbrak. "Tucker heeft me verteld dat het uit is tussen jullie."

Ik had niet meer aan hem gedacht sinds hij mijn appartement had verlaten. Het had nooit goed gevoeld, maar ik had mijn best gedaan om het te laten slagen, om iets waar ik niet toe in staat was ook echt te voelen. "We hebben afgesproken om vrienden te blijven. Je hoeft je geen zorgen te maken dat het raar zal zijn wanneer we samen in een kamer zijn." Tucker had mijn afwijzing heel goed en helemaal niet persoonlijk opgenomen. Het deed me beseffen dat zijn grappen en humor slechts aspecten waren van zijn persoonlijkheid, en dat hij daaronder veel volwassener was dan hij liet doorschemeren.

Deacon zweeg.

Hij had me nooit naar Tucker gevraagd toen we nog samen uitgingen, dus was ik verbaasd dat hij ernaar vroeg nu we uit elkaar waren.

"Mag ik vragen waarom?"

Ik had die vraag helemaal niet verwacht. Ik wist niet eens hoe ik die moest beantwoorden, wist zelf niet wat de echte reden was. Het had gewoon niet goed gevoeld. "Tucker is een geweldige vent. Hij is grappig, interessant, vriendelijk ... maar hij is voor mij gewoon niet de juiste persoon."

Hij bleef naar zijn handen staren.

Er viel een lange stilte, maar die voelde niet ongemakkelijk aan. Maar er hing wel spanning in de lucht. Hij was in gedachten verzonken. De hem typerende energie vulde weer de kamer om hem heen, net zoals wanneer hij naar zijn laptop op de eettafel staarde — alsof hij maximaal gefocust was op iets buiten het gesprek om.

Een paar minuten later wendde hij zich weer tot mij. "Wanneer heb je tijd om met me uit eten te gaan?"

Ik had even nodig om de verandering van gespreksonderwerp te verwerken. "Deacon, dat hoef je echt niet te doen — "

"Jij zorgt altijd voor andere mensen. Ik wil graag voor jou zorgen."

Deze man liet me meer en meer voor hem gaan voelen. "Ik hoop dat je begrijpt dat ik dingen voor je doe omdat ik dat zelf wil, niet omdat ik er iets voor terug verwacht."

"Dat weet ik. Maar ik wil nu iets voor jou doen — en ik verwacht daar ook niets voor terug."

# 3

# DEACON

NADAT MIJN CHAUFFEUR ME DE VOLGENDE AVOND NAAR HUIS HAD GEREDEN, schreed ik de lobby in en liep langs de lift. Het kantoor waar Cleo en de andere personeelsleden werkten, lag achterin de lobby. Het was een grote ruimte met bureaus, computers en een bankstel. Ik ging er nu heen, omdat Cleo er niet was.

Matt zat aan het bureau. "Wat kan ik voor u doen, meneer Hamilton?"

"Is Cleo er?"

"Nee. Ze heeft het meestal zo druk met boodschappen doen dat ze zelden aan haar bureau zit. Ik kan haar voor u opbellen."

"Nee."

Matt verstijfde.

Ik praatte liever met Cleo. Ik was hier barslecht in. "Eigenlijk wilde ik iets leuks voor haar doen ... en ik vroeg me af of je wat advies voor me hebt."

"Ugh ... " Hij perste zijn lippen strak op elkaar terwijl hij het overwoog. "Ik moet daar even over nadenken."

"Wat geven de andere klanten haar?"

"Niets," zei hij lachend. "Nauwelijks een bedankje."

Ik was net als iedereen in het gebouw een klootzak. "Ze regelt mijn leven zo goed dat ik iets wil doen om het hare gemakkelijker te maken."

"Nou, ze klaagt er altijd over dat ze nooit tijd heeft om haar appartement schoon te maken, en de was en plas en dat soort dingen te doen, aangezien ze altijd hier aanwezig is."

Ik had toen ik bij haar langsging gemerkt dat ze zich ongemakkelijk voelde, alsof ze me daar niet wilde hebben. Haar woning was chaotisch, wat ik niet had verwacht. Er lagen overal papieren en kleren, en de vieze borden stonden opgestapeld in de gootsteen. Het leek niet te passen bij haar persoonlijkheid, dus toen Matt dat zei, was het ineens allemaal logisch. Als ik niet rijk was, zou ik die dingen ook zelf moeten doen, en omdat ik zo gefocust was op mijn werk, zou ik er waarschijnlijk nooit aan toe komen. "Kan ik een huishoudster voor haar betalen?"

"Elke week?", vroeg hij verbaasd. "Of gewoon eenmalig?"

"Wekelijks." Ze werkte de hele week en deed ook in het weekend dingen voor mij. Ze had letterlijk geen tijd om voor zichzelf te zorgen.

"Wauw... dat is heel aardig van u."

"Kunnen we daar morgenavond mee beginnen? Ik neem haar mee uit eten, en het zou fijn zijn als het appartement schoon zou zijn wanneer ik haar thuis afzet."

"Ja, zeker," zei hij. "Dat kan ik voor u regelen." Hij keek op zijn computerscherm en opende mijn dossier. "Ik kan de schoonmaakuren gewoon toevoegen aan de uwe?"

"Zeker." Ik keek niet naar die rekeningen. Cleo wel.

"Dan is dat afgesproken. Ik regel alles wel."

Ik knikte en wendde me daarna af.

Ik trok een zwarte broek en een overhemd aan en was toen klaar voor het etentje.

Ik droeg een van mijn mooie horloges, waar ik een hele collectie van had. Ik had me geschoren en had niet op mijn gebruikelijke tijdstip gegeten omdat we uit eten gingen. Ik zat net op de bank mijn nette schoenen aan te trekken.

Er werd op de deur geklopt.

"De deur is open." Ik deed de andere schoen aan en gebruikte daarvoor een schoenlepel.

Het getik van Cleo's hoge hakken was hoorbaar op de hardhouten vloer toen ze het appartement binnenkwam. Ze stopte naast de bank en keek me aan.

Ik deed mijn schoen aan, tilde toen mijn hoofd op en keek haar aan.

Ik bekeek haar van top tot teen.

Ze was gekleed in een strakke, zwarte halterjurk waarvan de rug laag uitgesneden was. De jurk zat strak om haar heupen, reikte tot op haar dijen en onthulde de gebruinde en licht gespierde benen eronder. Ze had schoenen met hoge hakken aan en haar teennagels hadden witte randen.

Ik schraapte mijn keel en stond op. "Ik ben klaar om te gaan."

"Geweldig." Ze droeg de oorbellen en armband van haar moeder, alsook een zwarte handtas. Ze glimlachte naar me en was zich helemaal niet bewust van hoe prachtig ze eruitzag. Ze gedroeg zich alsof ze haar normale kleding aan had, alsof het een gewone werkdag was.

We verlieten het appartement en namen de lift naar de lobby. Mijn chauffeur was er al, dus stapten we meteen in en reden weg.

Ik legde mijn handen op mijn dijen en keek uit het raam. Ik zag de lichten van de stad passeren en een schittering op het glas werpen. Ik was in geen tijden nog uit eten gegaan, en kon me zelfs de laatste keer niet meer herinneren. Ik had Cleo meegenomen naar etentjes voor mijn werk, maar dat was niet in restaurants geweest, en het waren stuk voor stuk sociale evenementen waar ik heen moest.

Maar ik had in geen jaren nog een vrouw mee uit eten genomen.

Cleo hield haar handtas op haar schoot en keek uit het raam.

Ik keek even naar haar en wendde daarna mijn blik af. Ik waardeerde haar werk nu nog meer na mijn gesprek met Matt. Hij was heel spraakzaam en had veel vragen gesteld. Hij kon niet zoals Cleo mijn gedachten lezen, waardoor het gesprek een hele klus was geweest.

Met haar was dat nooit het geval.

We kwamen aan bij het restaurant en liepen naar binnen. Het was een chique bistro, een nieuw restaurant dat een paar weken geleden zijn deuren had geopend. Er was een maandenlange wachtlijst, maar het was Cleo gelukt om een reservering voor deze avond te bekomen.

We werden naar een tafel bij het raam geleid.

Ik liep naar een stoel en trok die voor haar naar achter.

Ze was een beetje verrast, maar glimlachte terwijl ik het deed.

Ik ging tegenover haar zitten. Midden op tafel stond een brandende, witte kaars. De verlichting was gedimd, wat een schemerige en stemmige sfeer creëerde. Het raam bood ons uitzicht op de straathoek, en we zagen andere mensen die ook uit eten gingen langslopen. De menukaarten waren zwaar en gemaakt van hout, en op de randen van de glazen met ijsgekoeld water die op tafel stonden, zaten schijfjes citroen.

Nog voordat we de menu's hadden opgepakt, kwam de serveerster al naar ons toe om onze drankbestellingen op te nemen. "Mijn naam is Tess. Ik zal jullie vanavond bedienen. Gewoon ter informatie, maar vieren jullie iets speciaals? Een verjaardag misschien?"

Ik staarde haar even aan, niet zeker wat ik moest zeggen.

Cleo nam het over en lachte lichtjes. "Nee. Dit is eigenlijk mijn baas. Hij wilde me mee uit eten nemen omdat ik een groot project voor hem heb afgerond."

"Wauw." Ze draaide zich naar mij toe en was gekleed in een lange, zwarte jurk. "Dat is heel lief. Nou, dat is volgens mij zeker een speciale gelegenheid." Ze keek naar de wijnkaart. "Kan ik een fles voor jullie openen?"

"Een fles lijkt me wat veel," zei Cleo. "Ik zal gewoon een glas drinken. Witte. Ik vertrouw op jouw keuze."

Ze wendde zich tot mij. "En voor u, meneer?"

"Ik neem een glas Bordeaux."

"Uitstekende keuze. Ik laat jullie nu even met rust." Tess verliet de tafel.

"Rode wijn?", vroeg Cleo. "Ik heb je alleen nog maar witte zien drinken."

"Ik ga vanavond een biefstuk bestellen." Ik at meestal kip of vis, maar omdat we in een goed restaurant waren, had ik besloten eens iets anders te nemen. Ik ging nooit uit, dus kon ik er net zo goed van genieten.

Ze pakte het menu op en nam het door. "Ik kan niet geloven dat je zo snel een keuze hebt gemaakt. Alles ziet er geweldig uit."

Ik had dat zelfs al besloten voordat we hier waren aangekomen.

Ze hield haar vingers onder haar kin terwijl ze het menu doornam en onttrok zo haar kin aan het zicht.

Ik staarde haar aan, en bekeek hoe het kaarslicht op haar gezicht viel, en hoe haar gestifte lippen tegen elkaar wreven terwijl ze de tijd nam om een keuze te maken. Omdat haar ogen naar beneden gericht waren, waren haar donkere, dikke en glanzende wimpers neergeslagen en viel er een schaduw over haar wangen. Haar lichte huid was gaaf, en ze had een mooie teint die aangaf dat ze veel water en heel weinig cafeïne dronk. Ze had een zacht uiterlijk, bijna als een pop. Haar bruine haar was in krullen gedaan en viel vanavond dik en golvend over een schouder. Ondanks de krullen en haarlak, vermoedde ik dat haar lokken zacht waren en dat mijn vingers er met gemak door zouden glijden.

Ze legde haar menu neer. "Weet je, ik wil biefstuk, maar ook gnocchi ... dus ga ik gewoon voor de gnocchi."

Tess kwam terug met onze glazen. "Hebben jullie een keuze gemaakt?"

Ik bleef naar Cleo kijken.

Zij antwoordde als eerste. "Ik neem de gnocchi. De asperges lijken me ook lekker." Ze overhandigde haar menu.

Tess wendde zich tot mij. "En u, meneer?"

"Ik neem de biefstuk, goed doorbakken." Ik gaf haar het menu. "Zij zal hetzelfde nemen. Breng de gnocchi als voorgerecht."

Tess trok dit niet in twijfel, pakte de menu's op en liep toen weg.

Ik bleef naar Cleo kijken.

Ze keek verbaasd. "Wauw ... dit is de fijnste date — etentje — dat ik ooit heb gehad."

"Jij krijgt wat je wilt."

"Dat is veel te veel ... "

"Neem het dan mee naar huis."

Ze knikte. "Een goed idee. Ik kook zelden, dus het zal fijn zijn om iets in huis te hebben om in de magnetron te gooien."

Dat leek me beter dan die diepvriesburrito's.

Ze bracht het wijnglas naar haar lippen en nam een slokje, waarna de kleur van haar lippenstift achterbleef op de rand van het glas.

Ik raakte het mijne niet aan. Ik liet mijn onderarmen op tafel rusten en keek op mijn gemak en helemaal ontspannen naar haar. Er waren maar weinig mensen bij wie ik mezelf kon zijn, bij wie ik gewoon in stilte kon zitten met een intense gezichtsuitdrukking. Mijn korte gesprek met Matt was overweldigend geweest, omdat hij zo veel woorden gebruikte, maar er te lang over deed om ter zake te komen. Zo was Cleo niet. Bij haar telde elk woord, en ze liet het gesprek niet langer dan nodig duren, omdat ze niet doorratelde. Ze had mijn gedrag nog nooit in twijfel getrokken, en accepteerde het feit dat ik anders was. Zelfs mijn gesprekken met Tucker verliepen soms moeizaam omdat ik er niet achter kon komen wat hij probeerde te zeggen.

Ze pakte een stuk brood uit het mandje en brak er een stuk af. "Ooh, dit is het lekkerste brood ooit."

Ik raakte het niet aan.

Ze nam een paar happen en keek me toen aan. "En, waar wil je Derek de volgende keer mee naartoe nemen?"

Mijn zoon was voor mij het gemakkelijkste gespreksonderwerp. "Naar het Hayden Planetarium."

"Dat zal hij geweldig vinden," zei ze glimlachend. "Vooral als we een privérondleiding regelen. Dan kan hij zolang als hij wil rondkijken."

"Is dat een optie?"

Ze glimlachte. "Weet je nu nog niet dat ik echt alles kan regelen?"

Ik glimlachte terug. "Je hebt gelijk."

Haar glimlach verdween onmiddellijk en ze werd terug serieus. Ze hield het brood nog steeds tussen haar vingertoppen op het bord. "Je hebt een hele mooie glimlach. Je zou wat vaker moeten lachen."

Mijn lippen ontspanden zich en waren weer terug in hun gebruikelijke positie. "Dat ligt niet in mijn natuur."

"Ik denk nochtans van wel. Je hebt alleen de juiste omstandigheden nodig." Ze begon weer van het brood te eten.

De serveerster bracht de gnocchi en plaatste het gerecht tussen ons in.

"Je gaat me toch zeker helpen om dit op te eten?" Ze pakte de lepel en schepte wat pasta op haar bord, naast haar brood. "Een man mag een dame nooit een heel bord pasta in haar eentje laten leegeten."

Toen ze klaar was, schepte ik wat op mijn bord. De pasta was overgoten met olijfolie en gegarneerd met kaas en peterselie. Het was lekker en voor mijn smaakpapillen een aangename afwisseling van mijn gebruikelijke dieet.

"Oh man." Ze slikte haar eten door. "Ik denk dat dit het lekkerste is wat ik al ooit heb gegeten."

Ik grinnikte. "Dat zei je net ook over het brood."

"Nee, ik zei dat dit het lekkerste brood ooit was."

"Dus is dit de lekkerste gnocchi? Of is het echt het lekkerste wat je al ooit hebt gegeten?"

Ze zuchtte. "Het is absoluut de lekkerste gnocchi. Maar ik denk dat het misschien ook wel het lekkerste is wat ik al ooit gegeten heb — desserts niet meegerekend."

"Hou je van zoetigheid?"

"Wie niet?"

"Ik niet."

Ze fronste een wenkbrauw. "Vind je dat echt niet lekker? Of kun je gewoon de discipline opbrengen om dat niet te eten?"

Ik at het laatste beetje pasta dat op mijn bord lag op. "Suikers hebben geen doel in het lichaam. Ze zorgen er alleen voor dat je glucose- en insulineniveau omhoogschiet, en verhogen de vetpro-ductie, waardoor je diabetes krijgt ... Dus blijf ik er gewoon van af."

"Waarom niet gewoon alles met mate?"

"Op zich is dat goed. Maar ik ben gewoon niet een van die mensen. Als het voedsel geen doel heeft, heb ik geen zin om het te eten." Soms plaagden mensen me ermee, of stelden ze me een miljoen vragen over mijn dieet, maar wanneer het te irritant werd, negeerde ik de vragen gewoon. Maar zo voelde het niet bij Cleo.

"Je hebt nochtans taart gegeten op je verjaardag."

"Ja ... dat was een speciale gelegenheid." Die herinnering zou voor altijd ecn plekje hebben in mijn hart. Ik had in mijn geheugen een momentopname van dat moment opgeslagen. Ik herinnerde me het geluid van de krekels in het gras, de manier waarop het vuur een gloed had geworpen op het gezicht van mijn zoon en hoe mijn chaotische wereld stil had gestaan ... voor maar heel even. "Ik was echt gelukkig."

Haar ogen werden iets zachter. "Ben je meestal niet gelukkig?"

Ik schudde mijn hoofd. "Ik ben al heel lang niet meer gelukkig geweest ... " De laatste vijf jaar van mijn leven waren een verschrik-king geweest en ik wilde ze gewoon vergeten. Derek was het enige aspect in mijn leven dat me enige vorm van vreugde had gebracht, een paar gelukkige momenten in een zee van depressie.

In plaats van me te vertellen dat ik dankbaar moest zijn voor alles wat ik had, leek ze het te begrijpen. "Ik las onlangs een artikel waarin stond dat hoe intelligenter je bent, hoe groter de kans is dat je last krijgt van depressie en verdriet. En hoe minder intelligent je bent ... hoe gelukkiger je bent. Onwetendheid is een zegen, denk ik."

Ik knikte. "Sociale relaties werken bij mij niet stimulerend, en aangezien dat de sleutel tot geluk is, zal dat altijd een gemis zijn. De enige uitzondering daarop is Derek, maar hij is er niet, dus ... " Ik wilde het gesprek niet verpesten met mijn gebruikelijke sombere zelfreflectie.

"Je lijkt wel goed met Tucker op te schieten."

"Ja, meestal toch."

Ze nipte van haar wijn.

"Maar ik heb een betere band met jou." Er was niemand anders met wie ik aan deze tafel kon zitten en dit gesprek mee voeren. Zij liet de tijd sneller voorbijgaan, en tegelijkertijd ook trager.

Ze glimlachte naar me. "Ik heb ook een band met jou, Deacon."

Ik hield haar blik vast en wikkelde mijn vingertoppen rond de steel van het wijnglas. Als ik haar nooit had ontmoet, zou ik nu thuis zitten, in mijn eentje aan mijn eettafel, met mijn ogen op mijn laptop gericht. Maar nu bevond ik me in de echte wereld … met een echte persoon. Het was helemaal niets voor mij, maar het voelde goed.

---

"Oké, dat was de beste biefstuk die ik al ooit heb gegeten." Ze had alles opgegeten, dus bleef er niets over om mee naar huis te nemen.

Ik grinnikte en was door een tweede glas wijn was een beetje losser geworden. "Het was lekker."

"Lekker? Ik heb alles opgegeten." Ze staarde naar haar lege bord. "Ik sla morgen het ontbijt over."

"Ik eet meestal geen ontbijt."

"Dat had ik al in de gaten. Waarom?"

"Biologisch gezien heeft het geen zin om te ontbijten. We zijn al duizenden jaren jagers. We worden wakker, jagen de hele dag op voedsel en eten dan. Dat je drie maaltijden per dag moet eten … daar is geen wetenschappelijk bewijs voor."

"Dus jij eet maar twee keer per dag?", vroeg ze.

Ik knikte. "Dat heet intermitterend vasten. Het is niets nieuws. Monniken doen het al honderden jaren. Het idee is om je lichaam elke dag zestien uur lang te laten vasten, waardoor je lichaam het vet kan gebruiken als brandstofbron in plaats van de koolhydraten of suikers op te slaan."

"Hoe lang doe je dat al?"

"Tien jaar."

"Nou, ik denk dat ik nu begrijp waarom je lichaam zo ... " Ze schraapte haar keel. "Waarom je zo fit bent."

Ik had zes procent lichaamsvet en een aanzienlijke hoeveelheid mager spierweefsel. Ik verkeerde in optimale gezondheid, en ik was van plan om dat de rest van mijn leven te blijven. Het was makkelijk voor me, omdat ik geen sociaal leven had. Ik at het liefst in mijn eentje thuis.

"Wanneer train je?"

"'s Ochtends. Ik sta vroeg op."

Ze knikte. "Ik train nooit. Ik heb daar gewoon geen tijd voor. Maar ik zou het eerlijk gezegd sowieso niet doen, zelfs als ik er wel tijd voor had." Ze lachte lichtjes.

"Je bent de hele dag op de been. Dat is voldoende training. Ik zit meestal aan mijn bureau op kantoor, of ik sta stil in het lab. Ik moet elke dag cardiovasculaire oefeningen doen. En het is duidelijk dat jouw dieet werkt." Gebaseerd op haar uiterlijk en aan hoe ze voelde, was ze een slanke vrouw zonder vet, en met een hard lichaam onder die kleren. Haar kont was stevig omdat ze overal lopend naartoe ging en veel trappen op en af liep in het gebouw. Ze zette waarschijnlijk minimaal 20.000 stappen per dag.

"Nou ... bedankt."

Tess kwam weer naar onze tafel. "Wauw, je hebt vast genoten van de maaltijd, omdat alles op is."

Cleo keek enigszins beschaamd. "Ja ... het was heerlijk."

Ze pakte de borden. "Een toetje? We hebben een geweldige ijscoupe."

Cleo schudde haar hoofd. "Hoe aanlokkelijk dat ook klinkt — "

"We nemen er een." Ik wist nu dat Cleo van zoetigheid hield, maar dat ze er nooit van kon genieten omdat ze geen tijd had. Dit etentje was ter ere van haar, en ik wilde dat ze alles kreeg wat ze wilde. Ik wenste alleen dat de serveerster die opmerking niet had gemaakt, zodat Cleo zich niet zou schamen, aangezien daar helemaal geen reden toe was.

"Komt eraan." Ze liep weg.

Cleo glimlachte lichtjes. "Dat had je niet hoeven doen — "

"Ik vraag me af of dit ook de lekkerste ijscoupe ooit zal worden."

Haar glimlach werd breder en ze lachte. "Ik heb je nog nooit een grap horen maken."

"Ik heb mijn momenten."

Ze hield haar glas vast en staarde me aan met een brede glimlach en heldere ogen.

Ik staarde terug, dol op de aanblik, alsof ze gewoon blij was om hier samen met mij te zijn en genoot van mijn gezelschap in plaats van er een hekel aan te hebben. Ze keek me op een geheel nieuwe manier aan, die sterk contrasteerde met hoe andere mensen naar me keken, alsof ze me leuk vond om mezelf en niet om mijn genialiteit of mijn geld.

De serveerster zette de ijscoupe midden op de tafel en legde twee lange lepels neer. "Hier is geen haast bij." Ze legde de rekening aan mijn kant van de tafel. "Voor als jullie klaar zijn." Ze liet ons alleen.

Cleo pakte een lepel en stak die in het ijs. "Ik zal dit alleen moeten opeten, hè?"

Ik staarde haar aan.

Ze stak de lepel in haar mond en genoot van de rijke vanillesmaak.

"En?"

"Ja. De lekkerste ijscoupe ooit."

Ik grinnikte en pakte de rekening. Ik opende het mapje en haalde daarna mijn portefeuille uit mijn zak. Er lag een klein visitekaartje in het midden van het mapje, dus pakte ik dat op. Het logo van het restaurant stond op de voorkant, en toen ik het omdraaide, stond de naam van Tess alsook haar telefoonnummer op de achterkant. Ik fronste mijn wenkbrauwen en nam even de tijd om te begrijpen wat er aan de hand was.

Cleo keek me aan en liet haar lepel nu wat langzamer door het dessert glijden. Ze wendde haar blik af.

Ik legde het visitekaartje op de rekening, stopte mijn creditcard in het mapje en schoof dat toen naar de rand van de tafel. Ik legde mijn portefeuille ernaast en keek weer naar Cleo.

Haar houding was totaal veranderd. Dat licht in haar ogen was weg en ze wilde me nauwelijks aankijken. Ze nam kleine hapjes en hield uiteindelijk helemaal op met eten. "Bedankt voor het etentje, Deacon. Dit was de beste maaltijd ooit."

"Hoe zit het dan met de pizza die we in de hut hebben gegeten?"

Ze schudde haar hoofd. "Dat stelde niets voor, niet in vergelijking met dit."

Tess kwam terug naar de tafel en pakte de rekening. "Wauw, het lijkt erop dat je nu echt genoeg hebt."

Cleo glimlachte beleefd, maar het was niet het soort glimlach die ze mij gaf. Haar ogen waren een beetje kil.

Tess pakte alles mee.

Cleo keek uit het raam, met haar glas wijn in haar hand en verbrak het oogcontact met mij.

Ik had in de gaten dat er iets was veranderd, dat er iets mis was, maar ik wist niet wat. Er was niets gebeurd om haar houding zo ingrijpend te laten veranderen.

Tess kwam terug met het bonnetje zodat ik het kon aftekenen.

Ik opende het, en deze keer waren er twee visitekaartjes — alle twee met haar telefoonnummer erop.

Ik nam de pen, ondertekende het ontvangstbewijs en klapte het mapje toen weer dicht. "Ik zal de chauffeur sms'en." Ik pakte mijn telefoon en verstuurde het bericht.

Ze bleef uit het raam staren en draaide met een hand de diamant in haar oorlel rond.

Ik was heel slecht in dit soort dingen, maar ik voelde de verandering in energie. "Vertel me wat er mis is." Ik vroeg gewoon wat ik wilde weten, omdat ik wist dat ik op die manier met haar kon praten, dat ik eerlijk tegen haar kon zijn en dat ze zou antwoorden.

Haar blik verschoof weer naar mij. "Er is niets aan de hand, Deacon."

Ik fronste mijn wenkbrauw. Had ze net tegen me gelogen?

Ze had blijkbaar mijn gezichtsuitdrukking goed gelezen en zich er schuldig bij gevoeld omdat ze zei: "Als je haar telefoonnummer wilt hebben, kun je het kaartje meenemen. Je hoeft het niet te negeren vanwege mij. Ze is een mooie vrouw."

"Waarom heb je tegen me gelogen?"

Ze liet haar hand van haar oorbel glijden. "Ik ... wilde niet dat het raar zou worden."

"Waarom zou dat raar zijn? Je kunt me alles vertellen."

Haar ogen werden zachter.

"En over wie heb je het eigenlijk?"

Ze staarde me een paar seconden lang aan, alsof de vraag haar verbaasde. "Tess."

Ik had niet gereageerd op het visitekaartje dat ze had achtergelaten. Ik had er helemaal niets van begrepen toen ze er nog een tweede bij had gelegd. Ik had wel door dat ze me probeerde te versieren, maar ik vond dat zo oninteressant dat ik het al meteen was vergeten, van zodra het was gebeurd.

"Ik wil niet dat je haar negeert vanwege mij."

Ik begreep hier helemaal niets van. "Dat doe ik ook niet."

Ze fronste haar wenkbrauw, alsof ze dacht dat ik nu degene was die loog.

"De gedachte is echt niet bij me opgekomen."

"Echt niet?", vroeg ze. "Ze is nochtans heel mooi."

Ik kon me nauwelijks herinneren hoe ze eruitzag. Ik had de hele avond naar Cleo zitten staren. "Dat is me niet opgevallen."

Een lichte glimlach kwam weer op haar gezicht en ze sloeg haar blik een beetje neer.

Vanaf het moment dat we waren gaan zitten, waren mijn ogen op haar gezicht gefocust geweest en had ik alleen maar oog gehad voor haar zachte haren, donkere wimpers, smalle schouders en de manier waarop haar slanke nek overging in een mooie voorgevel. Ik kon haar dat onmogelijk vertellen; ik kon de woorden niet vinden, zelfs al zou ik dat willen. Zij was voor mij de enige vrouw in deze ruimte.

# 4

# CLEO

We brachten de rit in stilte door.

Deacon keek uit het raam, met zijn handen op zijn dijen en zijn gezicht lichtjes gedraaid naar het venster. Mijn blik viel op zijn scherpe kaaklijn met de krachtige hoek tussen zijn kin en nek. Zijn overhemd zat strak om zijn brede schouders en legde de nadruk op zijn sterke armen en krachtige borst. Het was ingestopt in zijn broek, waardoor zijn ongelooflijk platte buik goed te zien was.

Hij was verdomd prachtig.

Ik kon het die trut niet kwalijk nemen dat ze hem wilde hebben.

Deacon was op dat gebied te mak en had niet in de gaten gehad wat er werkelijk gaande was. Tess had me een paar keer op een achterbakse manier beledigd, had neerbuigend tegen me gedaan omdat ik had genoten van mijn eten. Ze had geprobeerd om Deacons aandacht te trekken door mij minderwaardig voor hem te laten lijken.

Maar zij had zelf voor joker gestaan, omdat Deacon te briljant was om dat soort onzin op te merken.

Toen ze agressiever werd en hem nog een visitekaartje toeschoof, was ik op de binnenkant van mijn wang beginnen kauwen, iets wat ik alleen deed wanneer ik echt gefrustreerd was.

Maar het had er uiteindelijk niet op geleken dat hij ook maar enigszins in haar geïnteresseerd was.

Hij had alleen oog voor mij.

Dat maakte de avond zelfs nog beter.

We kwamen aan bij mijn gebouw en hij liep met me mee naar binnen. We stapten uit de lift en begaven ons naar mijn voordeur.

Ik haalde de sleutels tevoorschijn en deed de deur open. Ik deed geen poging om de staat van mijn appartement voor hem te verbergen, omdat hij toch al had gezien wat voor puinhoop het was. Maar zodra ik naar binnen stapte, merkte ik dat alles anders was.

Er lagen geen lege verpakkingen van etenswaren.

En ook geen kleren op de grond.

Het tapijt was gestofzuigd.

De vuile borden in de gootsteen waren verdwenen.

De woning was schoon ... als nieuw.

Deacon trok de deur achter zich dicht en kwam naast me staan.

Ik keek om me heen, totaal verward door wat ik zag. Toen draaide ik me naar hem om, met mijn wenkbrauwen gefronst.

Hij stond daar lang, donker en sterk, met zijn handen in zijn zakken. Hij was zo'n knappe man, en soms leek het alsof hij geen idee had hoe mooi hij was. Hij keek me aan met zijn donkere ogen, nog steeds met dezelfde focus als tijdens het diner. Ik kon het Valerie niet kwalijk nemen dat ze kinderen met hem wilde. Mijn eierstokken schreeuwden het uit telkens wanneer we samen in dezelfde kamer waren.

Ik wachtte op een verklaring, in de overtuiging dat hij hier iets mee te maken had.

"Ik heb Matt verteld dat ik iets voor je wilde doen, iets wat je echt kan helpen. Hij zei dat je het zo druk hebt met het zorgen voor andere mensen dat je nooit tijd hebt om voor jezelf te zorgen. Dus ... heb ik een huishoudster voor je geregeld."

Ik staarde hem wezenloos aan. "Wat?"

"Vanaf volgende week komt ze elke maandag."

Ik moest mijn vraag herhalen. "Wat?"

Hij staarde me aan, niet zeker hoe hij daarop moest reageren.

"Ik bedoel, dat had je niet hoeven doen. Dat is ongelooflijk gul en lief van je, maar dat kan ik onmogelijk aannemen."

"Je moet het aannemen."

Ik kneep mijn ogen halfdicht.

"Jij maakt mijn leven zoveel makkelijker. Ik wil hetzelfde voor jou doen."

"Dat begrijp ik." Ik hield mijn stem vriendelijk, omdat ik wist dat hij alleen maar aardig wilde zijn. "Maar het is mijn taak om voor jou te zorgen — niet andersom."

"Daar ben ik het niet mee eens." Hij hield zijn handen in zijn zakken. "Beschouw het als een fooi, als dat helpt."

"Maar je hoeft me niet elke maand een fooi te geven — "

"Ik heb het al geregeld met Matt. Het is allemaal in kannen en kruiken."

Ik ademde uit omdat ik mijn adem had ingehouden, wetende dat ik de discussie had verloren. De klant was altijd koning, en als hij dit echt wilde, kon ik geen nee tegen hem zeggen. Maar hij had al dingen voor me gedaan, zoals me zijn auto en chauffeur ter beschikking stellen zodat ik veilig thuis kon komen, me verdedigen tegen mensen die me geen respect betoonden, me mee uit nemen voor een etentje van vijfhonderd dollar ... en dat allemaal zonder daar een bedankje voor te verwachten. Hij deed alsmaar meer ... En dat was zo lief. "Ik weet niet wat ik moet zeggen ... "

"Waarom moet je überhaupt iets zeggen?" Hij liep naar de bank en ging zitten.

Ik was vergeten dat ik te maken had met een man die niet volgens de normale fatsoensnormen functioneerde. Ik ging naast hem zitten en keek naar de vaas met bloemen die hij me een paar dagen geleden had gebracht. Ze zagen er nog steeds geweldig uit. Mijn appartement zag er eigenlijk best mooi uit nu het opgeruimd was.

Hij liet zijn handen op zijn knieën rusten en zat met een perfect rechte rug.

Mijn benen waren gekruist, en ik wist niet wat ik moest zeggen. Normaal begeleidde hij me tot aan mijn voordeur en vertrok daarna, maar nu bleef hij rondhangen, alsof hij geen haast had om terug te gaan naar huis. "Ik heb me vanavond echt geweldig geamuseerd. Het is leuk om af en toe uit te gaan ... "

Hij wendde zich tot mij.

"Diners zijn voor mij vaak werkgerelateerd, maar deze keer hoefde ik niets te doen."

"Ik ben blij dat je genoten hebt van mijn gezelschap."

"Ik geniet altijd van je gezelschap," flapte ik er zomaar uit, er totaal niet bij nadenkend.

Hij bleef naar me staren.

Ik was een slimme vrouw en was altijd eerlijk tegen mezelf, maar ik wist dat ik mezelf elke dag een grote leugen voorhield. Ik dacht dat ik na Jake mijn les had geleerd, maar Deacon had langzaam mijn hart gewonnen, had ongemerkt vat op me gekregen en had uiteindelijk mijn hart gestolen. Elke keer wanneer hij wegging, miste ik hem. En elke keer wanneer ik hem zag, was ik erg gelukkig. Maar ik verdrong die gedachten, deed alsof mijn gevoelens platonisch waren en zelfs alsof ze helemaal niet bestonden.

Ik deed alsof hij niet de meest sexy man was die ik al ooit had gezien.

Hij keek weer recht voor zich uit. "Ik weet dat ik je nooit kan terugbetalen voor wat je voor mij hebt gedaan, maar ik hoop dat dit een begin is."

"Je hebt meer dan genoeg gedaan. En ik ben zo blij dat we vooruitgang boeken met Valerie. Ik heb het gevoel dat Derek een vriend is. Ik kan niet wachten om hem weer te zien."

Hij stond op en liep naar de deur.

Ik liep met hem mee, omdat ik wist dat het tijd was voor hem om te gaan. "Weet je, ik denk dat we Valerie moeten uitnodigen voor een week New York. Als dat haar goed bevalt, vooral wat jullie beiden betreft, zal ze misschien eerder geneigd zijn om hierheen te verhuizen."

Zijn gezichtsuitdrukking veranderde, alsof dat idee hem niet aanstond. "Ik wil tijd doorbrengen met mijn zoon — niet met haar."

"Dat weet ik ... maar ik denk dat het zou helpen. Je vraagt haar om haar hele leven om te gooien. Je moet haar tonen hoe het zou kunnen zijn. En het is goed voor Derek om te zien dat zijn ouders met elkaar kunnen opschieten, zodat hij leert hoe je op een volwassen manier kunt omgaan met moeilijke situaties, hoe je als man de moeder van je kind behandelt, ook als hij niet van haar houdt." Ik had het recht niet om hem advies te geven of hem te vertellen wat hij moest doen, maar ik wilde hem helpen om dit te laten werken, om Derek hier te krijgen.

Hij zuchtte stil. "Je hebt gelijk."

"Wil je dat ik met haar praat? Of denk je dat jullie relatie stabiel genoeg is om dit zelf te doen?"

"Ik heb liever dat jij met haar praat. Ik zal mezelf moeten dwingen om beleefd te zijn. Ik zal altijd om haar geven omdat ze me Derek heeft geschonken, omdat zij de reden is dat ik hem überhaupt heb, maar voor de rest verafschuw ik haar."

Ik wist dat hij het volste recht had om zich zo te voelen.

"Maar ik weet dat ik het moet doen, omdat ik de enige ben die de relatie kan verbeteren."

"Het spijt me, Deacon. Maar het zal ooit makkelijker worden. Ze zal verdergaan met haar leven samen met iemand anders, en dan zal het een gewoonte worden dat Derek soms bij jou en soms bij haar logeert."

Hij knikte, opende vervolgens de deur en stapte toen de gang in. "Welterusten, Cleo." Hij stond recht voor me, met zijn handen langs zijn lichaam. Hij omhelsde me niet als afscheid, niet zoals hij in de chalet had gedaan. Hij stelde zich al veel meer voor me open, veel kwetsbaarder, maar hij raakte me nog steeds zelden aan.

"Welterusten, Deacon."

Hij bleef naar me staren, alsof hij aan iets anders dacht.

Ik wachtte, met mijn hand op de deur.

"Je ziet er mooi uit in die jurk." Hij keek me nog even aan, draaide zich toen om en liep weg.

Ik zuchtte en keek hem na terwijl hij wegliep. Ik keek naar hoe zijn sterke lichaam zijn kleren liet verschuiven bij elke stap, en mijn oog viel ook op zijn strakke kont in die broek. Toen hij in de lift stapte, deed ik snel de deur dicht zodat hij niet zou weten dat ik naar hem had gestaard.

En gelukkig zou hij daar waarschijnlijk niet achter komen.

---

Matt stapte het kantoor binnen en ging achter het bureau naast het mijne zitten. "Deacon Hamilton vindt je echt wel leuk, hè?" Hij draaide zich om in zijn stoel zodat hij me kon aankijken, en leunde met zijn enkels gekruist achterover tegen de rugleuning van de stoel.

"Hij is gewoon heel gul." Ik bleef mijn e-mail typen.

"Toen hij hier voor het eerst binnenkwam, gedroeg hij zich als een eersteklas lul. Maar jij hebt dat doen keren."

"Hij gedroeg zich niet als een lul."

Hij staarde me aan.

"Goed ... " Ik draaide op mijn stoel. "Hij gedroeg zich misschien een beetje als een lul."

"Maar jij liet hem een toontje lager zingen, net zoals je met iedereen doet."

Ik was gewoon geduldig en bekwaam. Ik won al mijn klanten voor me — toch op een gegeven moment. Deze mensen waren het gewend om op hun wenken bediend te worden. Ze waren niet snel onder de indruk. Maar ik werd uiteindelijk onmisbaar voor hen. "Hij is gewoon anders dan de meeste mensen. Het duurt even om hem te begrijpen."

"En nu heb je een gratis dienstmeid. Dat is best cool."

Dat had compleet mijn leven veranderend. Mijn was stapelde zich niet meer op, de borden werden elke week afgewassen en opgeborgen, mijn bed werd verschoond en al mijn spullen werden netjes opgeruimd. En mijn badkamer, die al een eeuwigheid niet meer was schoongemaakt, was brandschoon — dat was nog het leukste. "Ja, het is echt fijn ... "

"Ik moet beter mijn best doen voor de klanten," zei hij lachend. "Ik krijg af en toe een fooi, zo'n twintig of dertig dollar. Maar nooit iets dat zo leuk is."

Deacon was de enige klant die zelfs maar had overwogen om iets aardigs voor me te terug doen. De anderen namen me voor lief. Wanneer ze verhuisden realiseerden ze zich dat ik hen niet kon blijven bedienen, omdat mijn contract alleen betrekking had op de bewoners van het Trinitygebouw. Als ik het ooit zou verbreken, zou ik een heel grote schadeclaim aan mijn broek kunnen krijgen.

Anna kwam naar het bureau gelopen en zette een pakket op de balie. "Dit kwam net aan voor 32C. Moet ik het nu afgeven of wacht ik tot morgen?"

Ik draaide de doos om zodat ik de afzender kon zien, om er zeker van te zijn dat het niets belangrijks was. Het leek van zijn kantoor te komen en het was zwaar, alsof er dossiers in zaten. "Ik breng het nu meteen naar hem toe." Ik pakte mijn telefoon en sms'te Deacon. *Ik kom langs om iets af te geven.*

Hij sms'te meteen terug. *Laat jezelf maar binnen.*

Ik nam de lift naar zijn verdieping en stapte zonder kloppen zijn woning binnen.

Deacon zat aan de eettafel en glimlachte naar het scherm van zijn laptop. "En wat is er toen gebeurd?"

Dereks stem was te horen via de luidsprekers van de laptop. "Toen crashte hij tegen de zijkant van het huis en mama was echt woest."

Hij grinnikte. "Dat kan ik geloven." Zijn ogen waren zo vriendelijk terwijl hij naar het scherm staarde, met zijn wang rustend in zijn handpalm en een constante grijns op zijn gezicht.

Ik stopte even om naar hem te staren, omdat hij er nog nooit zo goed had uitgezien. Met die glimlach zag hij er prachtig uit. De vreugde was zelfs in zijn ogen zichtbaar en deed hem opleven.

Deacon verschoof zijn blik naar mij toen hij me zag. Zijn glimlach vervaagde niet. "Kom even gedag zeggen."

Ik droeg de doos naar de tafel en ging daarna op de stoel naast hem zitten. Ik zag Derek op het scherm, achterovergeleund tegen een kussen in zijn slaapkamer. Er hing een poster van Neil Armstrong op de maan aan de muur achter hem. "Hoi, Derek." Ik zwaaide naar hem.

Hij zwaaide terug. "Hoi, Cleo."

"Wat een leuke poster."

Hij draaide zijn hoofd om en keek naar de muur. "Best cool, hè? Buzz Aldrin heeft hem gesigneerd."

"Echt?", vroeg ik verrast.

"Ja." Hij pakte zijn apparaat op en bracht het naar de krabbel in de hoek. "Kun je het zien?"

"Wauw, dat is echt cool."

Hij liet het toestel zakken zodat zijn gezicht weer in beeld kwam.

"Hoe heb je hem ontmoet?"

"Papa kent hem," zei Derek.

Ik wendde me tot Deacon.

"Dat is niet helemaal waar, maar ik heb een ontmoeting geregeld." Deacon hield zijn ogen op zijn zoon gericht.

"Zeg, papa?"

"Ja?", vroeg Deacon.

"Heb je die tekening nog die ik voor je heb gemaakt?", vroeg hij.

"Natuurlijk. Die ligt op mijn nachtkastje."

Ik glimlachte, omdat ik hem had zien liggen toen ik vorige week zijn stomerijspullen afleverde.

"Cool," zei hij. "En wanneer gaan we nog eens vissen?"

Het was snel zomer geworden en de luchtvochtigheid was best hoog in de stad. Het was de perfecte tijd om te genieten van het meer en te gaan barbecueën in de vrije natuur.

"Hopelijk snel," antwoordde Deacon. "Je bent nog maar pas terug bij je moeder, dus wil ze je nu waarschijnlijk een tijdje bij zich houden."

"Waarom?", vroeg hij. "Ik ben altijd bij haar. Maar ik zie jou zelden."

Mijn hart brak.

Deacons glimlach verdween langzaam. "We komen er wel uit. Heb gewoon geduld."

Derek zuchtte. "Goed ... "

Deacon zat zwijgend te staren naar het scherm, naar zijn zoon, met ogen waarin de vaderliefde doorblonk. "Zwem je veel?"

"Soms," zei hij. "Mama heeft wat spuitpistolen voor me gekocht, maar ik heb niemand om mee te spelen. Had ik maar een broer of zus."

"Dat komt nog wel," zei Deacon.

Ik vroeg me af of hij het over zichzelf of Valerie had. Ik had hem daar nog nooit naar gevraagd, omdat het te persoonlijk was.

"Derek, het is tijd om te stoppen." Valeries stem klonk vlakbij, ergens buiten het bereik van de camera.

"Nee!" Derek keek met een woedende blik weg van de camera.

"Liefje, papa heeft het druk, en wij moeten — "

"Papa heeft het nooit te druk voor mij," betoogde Derek.

Deacon verhief zijn stem. "Derek, doe wat je moeder zegt. We praten binnenkort wel weer. Neem nu afscheid."

Derek zuchtte, maar luisterde naar zijn vader. "Goed. Tot ziens, papa." Hij zwaaide.

"Ik hou van je," zei Deacon.

"Ik hou ook van jou." Daarna keek hij mij aan. "Tot ziens, Cleo."

Ik zwaaide. "Tot ziens, Derek."

De camera draaide weg en werd op Valerie gericht, die zo opgetut was dat het duidelijk was dat ze indruk op iemand wilde maken. Haar kapsel was volumineus, haar make-up zwaar en ze droeg een diamanten halsketting die meer waard was dan een auto. "Hoi, Deacon." Haar blik verschoof naar mij en ze was duidelijk verrast. "Oh. Hoi, Cleo ... "

"Hoi, Valerie," zei ik beleefd. "Ik heb net een pakje voor Deacon afgeleverd en wilde alleen even hallo zeggen."

Ze glimlachte, maar in haar ogen was achterdocht zichtbaar, alsof ze het niet leuk vond dat ik er was.

Ik ging opzij zodat ik niet meer in beeld was. "Ik zie je later wel, Deacon. Ik wilde je dit pakketje geven omdat het er belangrijk uitzag. Het is afkomstig van je kantoor."

Hij wendde zijn blik af van het apparaat. "Wacht even." Hij keek weer op het scherm naar Valerie. "Bedankt dat ik met Derek mocht praten, Valerie."

"Tuurlijk. Hoe gaat het met je?"

Ik keek live toe hoe Deacon een videogesprek voerde met zijn ex, en ik kon zien dat hij er moeite mee had om met haar te praten — niet alleen omdat hij er slecht in was, maar omdat hij dat gewoonweg niet wilde. Hij wilde niets met haar te maken hebben, maar hij moest aardig doen omdat hij een relatie met zijn zoon wilde. "Goed. En met jou?"

"Het begint hier al echt heet te worden. Maar verder is er niets veranderd."

Deacon staarde, alsof hij niet wist wat hij verder nog kon zeggen; hij wilde gewoon dat er een einde zou komen aan dit gesprek.

Valerie leek zijn humeurigheid niet in de gaten te hebben. Dat bevestigde alleen mijn vermoedens: dat ze niet begreep met wie ze getrouwd was, dat ze niet probeerde om hem te accepteren zoals hij was en dat ze verwachtte dat hij voor haar zou veranderen. "Komt Cleo vaak naar je appartement?"

Oh nee.

"Zij werkt voor alle huurders in het gebouw. Ze brengt me bijvoorbeeld mijn stomerijspullen, laat de schoonmaakster binnen, handelt mijn post af en betaalt mijn rekeningen. Ze regelt eigenlijk alles voor me, wat fijn is omdat ik zelf geen tijd heb om dat te doen." Misschien had Deacon door dat ze jaloers was en probeerde hij haar angst weg te nemen. Of misschien beantwoordde hij gewoon direct haar vraag, zonder zich vraagtekens te stellen bij haar toon. "Dus komt ze om de paar dagen langs."

"Ik begrijp het."

Als Valerie weet zou hebben van de vrouwen die hij mee naar huis nam, zou ze waarschijnlijk haar jaloezie richten op de vrouwen die daadwerkelijk in zijn bed lagen.

"Ik zou het echt fijn vinden als Derek binnenkort weer op bezoek komt. Misschien kunnen we iets regelen."

"Ja, misschien," zei ze vrijblijvend.

"Het is een lange vlucht voor Derek, dus misschien kan hij de volgende keer een week of twee blijven."

"Ik zal erover nadenken."

"Goed. Laat het me weten."

"Dag, Deacon."

"Dag, Valerie." Hij drukte op de knop en deed de laptop dicht.

Ik hoopte echt dat mijn aanwezigheid haar niet irriteerde en dat ze zich niet ongemakkelijk zou voelen bij mij in de buurt. Ik wilde helemaal niet de reden zijn dat ze niet toestond dat Derek hierheen kwam.

Deacon duwde de laptop opzij en keek me aan. "Dat ging goed."

Ja, hij had het dus echt niet door.

Ik ging op de stoel tegenover hem zitten. "Je moet voorzichtig zijn met Valerie. Als je het ooit met haar over mij hebt, zeg dan niets wat te aardig is. Praat zelfs helemaal niet over mij als je het kan vermijden."

Hij staarde me onbegrijpend aan.

"Vertrouw me nu maar wat dat betreft."

"Ik begrijp het niet."

"Ik denk dat ze een beetje jaloers op me is."

"Hoe dan?"

"Op het feit bijvoorbeeld dat ik net op dit moment in je apparte-ment ben, terwijl je met je zoon belt. Ze denkt misschien dat er iets gaande is tussen ons, en dat zou haar kwaad kunnen maken. Wees dus voorzichtig."

"Het gaat haar niets aan of er wel of niet iets gaande is tussen ons."

"Ik weet het. Maar je kan haar nu beter niet kwaad maken."

Hij staarde me lang aan. "We zijn al vijf maanden gescheiden."

"Ik weet het, maar ze is nog steeds bezitterig wat jou betreft."

Het was duidelijk dat hij dit niet zou begrijpen.

"Geloof me nu maar, oké?"

Hij leunde achterover tegen de rugleuning van de stoel. "Ze is een mooie vrouw. Ze kan eender wie krijgen. Het is niet logisch dat ze mij wil."

Schoonheid was niet alles. Anders zou hij nog steeds met haar getrouwd zijn. "Nou, je bent rijk."

"Maar ze heeft al de helft van mijn geld gekregen."

"Je bent briljant."

"Haar zoon zal ook briljant zijn."

"Je bent niet alleen rijk en briljant, Deacon. Ik weet zeker dat ze nog wel wat meer dingen van je mist."

Hij staarde me aan, alsof hij daarover in debat wilde gaan, maar niet wist hoe hij dat moest doen.

Misschien had ik beter helemaal niets gezegd.

"Die vrouw heeft vijf jaar van mijn leven afgenomen, een tijd die ik nooit meer terugkrijg. Ze was beter gewoon een goede vrouw voor me geweest. Maar ze schreeuwde constant tegen me wanneer ik iets zei dat ze niet wilde horen, sloeg me zelfs wanneer ik laat thuiskwam van kantoor, gooide mijn papieren uit het raam toen ik niet de man was die ze wilde dat ik zou zijn .... Ik ben eindelijk van haar verlost, en nu ik vrij ben, begrijp ik niet hoe ik het zo lang bij haar heb kunnen volhouden — hoe ik heb kunnen slapen met een vrouw die ik veracht."

Toen ik me zijn ellende voorstelde en dacht aan hoe hij als afval was behandeld door de persoon die hem het meest hoorde te steunen, brak mijn hart. In plaats van hem te accepteren voor wie hij was, en te begrijpen dat hij nooit een man zou zijn zoals alle anderen, had ze geprobeerd hem te breken en te veranderen ... terwijl hij nooit zou moeten veranderen.

"Ik heb haar onzin veel te lang verdragen. Ik doe het niet langer."

Ik keek naar de boze uitdrukking in zijn ogen, de manier waarop zijn lippen zo strak op elkaar werden gedrukt dat de botten van zijn kaken tegen elkaar schuurden. Die relatie was gewelddadig geweest. Ik kon het zien aan de manier waarop hij zich er zo druk over maakte. Het waren niet zomaar echtelijke ruzies geweest. Het geweld had hem getekend. "Concentreer je op Derek. Blijf nog even aardig tegen haar doen."

Zijn ogen zagen er vermoeid uit, alsof hij elke ochtend de hoogste berg ter wereld moest beklimmen. Een zware, maar onzichtbare last drukte op zijn schouders.

"En hij is zo schattig." Ik probeerde hem op te vrolijken door te praten over het enige dat een glimlach op zijn gezicht kon toveren.

Hij bleef een tijdje stil, maar uiteindelijk verscheen er langzaam een glimlach op zijn lippen. "Hij is altijd schattig."

Ik hield veel meer van deze versie van hem — de gelukkige versie. "Geef het wat tijd. We proberen binnenkort om hem weer hier te krijgen. In de zomer zal het erg leuk zijn in de vakantiewoning."

"Ja." Hij knikte. "Zeker en vast."

"En er zijn een heleboel andere plekken in Manhattan waar je hem mee naartoe kunt nemen."

Hij knikte. "Inderdaad."

"Denk daar dus aan ... en niet aan haar."

Hij keek uit het raam en hield zijn handen samengevouwen op de tafel. De zon ging kort voor achten onder, dus baadde de stad nog steeds in het daglicht en was levendig. "Hoe bevalt je appartement je?" Hij keek me weer aan.

Ik klaagde niet tegen klanten over mijn leven, uit angst dat ze zich daar ongemakkelijk door zouden voelen. Ik deed alsof mijn leven net was als het hunne: eenvoudig en gemakkelijk, met een privéwagen die op me stond te wachten van zodra ik een voet over de stoep zette. Maar dat hoefde ik bij Deacon niet te doen. "Het is nu een totaal andere woning. Het is fijn om na een lange dag van rondrennen op het werk een schoon appartement in te lopen, dat aanvoelt als thuis. Het ruikt anders ... het voelt anders. En slapen op schone lakens is fijner dan ik me had gerealiseerd. Nu begrijp ik waarom klanten hun lakens elke week willen laten verschonen."

Hij knikte lichtjes. "Ik ben blij dat ik je gelukkig heb kunnen maken."

Ik wist dat ik weg zou moeten kijken, maar dat kon ik niet. Ik focuste mijn blik op zijn profiel, en wilde blijven staren, wilde de rest van de avond blijven kijken naar dat knappe gezicht, die uitnodigende lippen en die chocoladekleurige ogen. Hoe was het mogelijk dat Valerie niet de grond waarop hij liep had aanbeden terwijl ze met hem getrouwd was? Hoe had ze haar leven met hem kunnen delen zonder alles te doen om hem gelukkig te maken? Hoe kon ze iemand anders hebben gewild, wanneer hij de man was die naast haar in bed lag? Ik zou het nooit weten of begrijpen.

Hij verbrak de stilte en had geen idee waar ik aan dacht. "Ik sta op het punt te koken. Wil je mee-eten?"

Liever dan wat dan ook. "Ik kan beter gaan. Ik heb nog veel te doen. Maar toch bedankt voor de uitnodiging." Ik stond op, wetende dat ik naar huis zou gaan en iets uit de vriezer zou pakken om vervolgens op de bank neer te ploffen.

Hij stond ook op, gekleed in zijn joggingbroek en T-shirt.

"Tot later." Ik liep naar de deur.

Ik hoorde zijn voetstappen achter me.

Hij liep gewoonlijk niet met me mee naar de deur, maar vandaag wel. Ik draaide me om, zodat ik naar hem kon kijken.

Hij torende boven me uit, en elk van zijn armen was dikker dan die van mij samen. Hij rook fris, alsof hij een douche had genomen nadat hij was thuisgekomen van kantoor, en zijn katoenen kleren roken vers gewassen, naar wasgoed dat net was afgeleverd. Zijn haar zat een beetje in de war, alsof hij er met zijn vingers doorheen was gegaan, waarschijnlijk omdat hij nerveus was geweest door zijn videogesprek met Derek.

Ik kon amper geloven dat hij zo knap was en dat hij daar zelf geen idee van had. Ik kon niet geloven dat hij niet begreep dat Valerie hem nog steeds wilde, zelfs nu nog, nadat hij naar de andere kant van het land was verhuisd om bij haar weg te komen. Hij had geen idee dat die serveerster hem mee naar huis had willen nemen om hem suf te neuken. Hij keek niet op die manier naar de wereld. Zo zag hij zichzelf niet. Zijn briljante geest was gericht op andere dingen.

Ik schraapte mijn keel en dwong mezelf niets geks te doen. "Kan ik nog iets voor je doen, voordat ik ga?"

"Tucker is over een paar weken jarig."

"Wil je dat ik iets bedenk om hem mee te verrassen?"

"Ik heb eigenlijk al iets in gedachten. Vipplaatsen voor de Yankees."

Dat was nog eens een verjaardagscadeau. "Dat kan ik regelen. Ik kan ook plaatsen direct achter het honk voor jullie krijgen."

"Ik wil echt geen seizoenkaarten. Ik heb het daar gewoon te druk voor."

"Nee, een paar van mijn klanten hebben kaartjes maar hebben het zelf te druk om die te gebruiken. Ik weet zeker dat ze het niet erg zullen vinden als jullie daar die avond gebruik van maken."

Hij stak zijn handen in zijn zakken. "Ik vind het niet erg om ervoor te betalen. Ik ben niet op zoek naar een aalmoes."

"Dat weet ik. Ik laat je weten wat ik voor je kan regelen. Nog iets anders?"

Hij schudde zijn hoofd lichtjes. "Nee."

Ik hield zijn blik nog een paar seconden vast. Ik wilde van gedachten veranderen over zijn aanbod en samen met hem naar de keuken gaan. Maar ik dwong mezelf om te vertrekken en me te gedragen als zijn assistent ... en niets meer.

# 5

# DEACON

I<small>K ZAT AAN MIJN BUREAU OP KANTOOR EN HAD HET ZO DRUK DAT IK DE LUNCH HAD OVERGESLAGEN</small>. Theresa had me er een paar keer aan herinnerd, maar had het opgegeven toen ik haar telkens opnieuw negeerde. Het was niet omdat ik geen honger had. Ik wilde dit gewoon zo snel mogelijk af krijgen.

Toen ging mijn telefoon.

Het was mijn moeder.

Ik had haar al een tijdje niet meer gesproken. We hadden vlak na mijn verhuis naar New York weliswaar contact gehad, maar ik was vervolgens te druk bezig geweest met mijn hectische leven en had amper aan haar gedacht. Nu voelde me daar schuldig over. Als vader realiseerde ik me hoeveel ik van mijn zoon hield. Mijn moeder koesterde diezelfde gevoelens voor mij ... en ik nam dat voor lief.

Ik beantwoordde de oproep. "Hoi mama."

"Oh schat, ik ben zo blij om je stem te horen. Ik mis je." Sinds mijn vader was overleden, was ze aanhankelijker geworden en klampte ze zich aan ons vast als waren we reddingsboeien. Tucker en ik leken veel op hem, vooral ik.

"Ik mis jou ook, mama."

"Wat ben je aan het doen?"

"Ik ben op kantoor."

"Natuurlijk," zei ze met een lach. "Zelfs toen je vijf was, wilde je alleen maar werken."

Ik noemde het geen werk. Werk was iets wat mensen deden voor een salaris. Ik deed dit omdat ik dat wilde. "Hoe gaat het met je?"

"Ik voel me heel eenzaam. Soms tref ik mijn vriendinnen, maar ze hebben het vaak te druk ... "

"Tucker vertelde me dat je hierheen gaat verhuizen. Is dat nog altijd het plan?"

"Ja. Ik wilde het daar eigenlijk met je over hebben."

Ik keek naar de stapels papieren en was een beetje geïrriteerd omdat ze me belde tijdens de kantooruren. Ik had niet eens geluncht omdat ik het zo druk had. Maar het ging hier om mijn moeder, dus mocht ik me niet aan haar ergeren of haar zeggen dat ik zou terugbellen. Ik had haar de afgelopen maanden zelf moeten bellen, maar dat had ik niet gedaan ... dus moest ik dit nu voor haar doen. "Tucker heeft me verteld dat je je huis hebt verkocht."

"Ja. De papieren zijn net ondertekend. Ik kom heel binnenkort jullie kant uit om een woning te zoeken."

"Dat is geweldig."

"En ik zag Derek gisteren — eindelijk."

Goed. Valerie gedroeg zich eindelijk wat volwassener. "Hoe gaat het met hem?"

"Perfect, zoals altijd," zei ze zuchtend. "Die kleine jongen is het liefste kind ter wereld."

Ik lachte. "Ja ... dat klopt."

" Tucker bood me aan om bij hem te logeren, maar zijn appartement is veel te klein."

"Het is een driekamerflat ... " Ik was er al eens geweest. Het was geen appartement met een oppervlakte van vijfhonderdzevenenvijftig en een halve vierkante meter zoals het mijne, maar het was alsnog ruim en best mooi.

"Ik zou liever bij jou logeren, schat. Als dat goed is."

Ik kon geen nee tegen haar zeggen, maar ik wilde niet samenwonen met mijn moeder.

"Tucker vertelde me over je assistente, Cleo, hoe ze voor iedereen in het gebouw zorgt, en ik zou graag van haar diensten gebruik maken totdat ik mijn eigen plek heb."

Verdomme, Tucker.

"Zijn er momenteel appartementen beschikbaar?"

Voor zover ik wist, kwam er maar heel zelden iets vrij. Als mensen hier kwamen wonen, hielden ze de woning meestal aan tot ze stierven, en daarna ging het over naar hun kinderen. Zelfs als ze nauwelijks in Manhattan waren, gaven ze er de voorkeur aan om het appartement te behouden omdat ze heel goed beseften dat woonruimte hier een schaars goed was. "Ik zal het aan Cleo vragen, maar ik betwijfel het." En zelfs als die er waren, zou ik niet in hetzelfde gebouw willen wonen als mijn moeder. Ik wilde niet dat ze telkens als ze er zin in had bij me zou binnenwippen, dat ze de vrouwen met wie ik sliep zou zien en een glimp zou opvangen van mijn leven terwijl ik zo op mijn privacy was gesteld. "Maar als dat niet zo is, weet ik zeker dat Cleo een ander mooi appartement voor je kan vinden."

"Misschien zal ze dan ook voor me kunnen zorgen."

Dat was onwaarschijnlijk. "Misschien."

"Dus, is het goed als ik bij jou logeer?"

Ik hield van mijn moeder, maar verdomme, ik wilde mijn leefruimte niet met haar delen. En als ze haar tijd zou nemen om een eigen appartement te zoeken, was het best mogelijk dat ze maanden bij me zou logeren. Ze was met pensioen, dus ze zou elke dag thuis zijn — altijd. "Natuurlijk."

"Dank je wel, schat. Dat is zo lief van je. Ik laat het je weten wanneer mijn vlucht is."

"Goed."

"Ik kan niet wachten om je te zien."

"Ik verlang ook."

"Ik hou van je."

"Ik hou ook van jou, mama."

Ze hing op.

Van zodra het gesprek afgelopen was, belde ik Cleo.

Ze beantwoordde de oproep van zodra de telefoon overging, alsof ze naar haar telefoon had zitten staren net toen mijn naam op het scherm was verschenen. "Hoi, Deacon."

"Hoi ... " Het zoete geluid van haar stem echode even na in mijn hoofd en ik voelde onmiddellijk hoe ik kalmer werd en mijn vijandige stemming afnam. "Ik heb je hulp nodig."

---

Cleo legde haar papieren op de eettafel, samen met haar laptop. "Dus ... je moeder wil bij je komen wonen?"

Ik schepte de zalmfilets op de borden, samen met de rijst, en droeg de borden daarna de eetkamer in. Ik zette er een voor haar neer en nam toen tegenover haar plaats. Ik had twee borden klaargemaakt van zodra ik wist dat ze zou langskomen. Ik had er niet verder bij nagedacht.

Ze staarde niet begrijpend naar het eten. "Deacon, je hoefde geen eten voor me te maken."

"Ik vind dat helemaal niet erg." Als het Tucker was geweest, zou ik ook iets voor hem hebben gekookt. Ik zag haar niet enkel als een assistent die mijn leven regelde. Ik zag haar als een persoon in mijn intieme kring, iemand die ik vertrouwde, iemand waar ik om gaf.

"Nou ... bedankt." Ze nam een hap en rolde een beetje met haar ogen, als teken dat ze het lekker vond. Ze bracht haar papieren op orde terwijl ze at. "Ik neem het haar niet kwalijk dat ze bij jou wil wonen. Er is hier veel meer ruimte. Tuckers appartement is mooi, en er is zeker genoeg ruimte voor twee personen, maar het is geen luxueuze woning."

Wanneer ze Tucker noemde, herinnerde ik me dat ze gedatet hadden, maar het voelde ergens alsof het nooit gebeurd was, alsof ik het uit mijn geheugen kon wissen en doen alsof het alleen een nare droom was.

"Het was aardig van je om ermee in te stemmen."

"Ze zette me voor het blok. Wat had ik anders moeten zeggen?"

Ze glimlachte. "Dat is waar."

"Tucker heeft haar onderdak aangeboden. Dat was onze afspraak. Maar zij heeft gewoon haar veto uitgesproken."

Ze grinnikte. "Ik heb het gevoel dat ik haar aardig zal vinden. Ze weet wat ze wil en windt daar geen doekjes om."

Misschien had ik dat van haar.

"Maar het is alsnog lief dat je ermee hebt ingestemd. Ik weet dat het moeilijk voor jou moet zijn om je persoonlijke ruimte met iemand te moeten delen."

Ik zag er echt tegen op. Het was anders als Derek bleef logeren, omdat ik bereid was om offers te brengen om hem hier te krijgen. Maar met mijn moeder voelde het alsof ik weer een kind was. "Zijn er appartementen beschikbaar in het gebouw?"

"Het zou kunnen dat er binnenkort eentje vrijkomt, maar ... wil je echt dat ze in hetzelfde gebouw woont?"

Ik schudde mijn hoofd. "Nee."

"Misschien vertellen we haar dat dan maar beter niet."

"Maar ze zegt dat ze wil dat jij voor haar werkt. Ik denk dat Tucker haar heeft verteld hoe goed je mij helpt, en zij wil natuurlijk hetzelfde."

"Oh ... " Ze negeerde haar papieren en viel aan op haar eten. Ze at snel en met smaak, alsof ze het echt lekker vond en er niet alleen uit beleefdheid van at. "Dat is begrijpelijk. Hoe oud is ze?"

"Midden zestig."

"Verkeert ze in goede gezondheid?"

Ik knikte. "Maar ik zie haar niet haar eigen boodschappen dragen en zo van die dingen. Als ze ergens anders zou wonen, zou je haar dan toch nog kunnen helpen?"

Cleo schudde haar hoofd. "In mijn contract staan er daaromtrent heel strikte voorwaarden vermeld. Er zijn al klanten die me veel geld hebben geboden om particulier voor hen te werken, maar dit is als een dorpje voor de rijken en beroemdheden, en mijn baas zou het vrij snel te weten komen ... en me aanklagen voor elke cent die ik heb."

Ik nam aan dat dat zo was. "Is er een ander gebouw in Manhattan dat hetzelfde biedt?"

"Eerlijk gezegd is het Trinitygebouw op dat vlak uniek. Daarom willen mensen hier zo graag wonen. Er zijn particuliere servicebe-drijven, maar ze zijn niet zo efficiënt omdat hun klanten over de stad verspreid zijn."

Nu realiseerde ik me hoeveel geluk ik had om hier te wonen, met zo'n ongelooflijk goed personeel dat alles in mijn leven voor me regelde, zodat ik dat niet zelf hoefde te doen en me gewoon kon concentreren op mijn werk. Het was een luxe die ik heel snel voor lief had genomen, en ik had me ongemerkt aan deze verandering aangepast, alsof mijn vorige leven nooit had plaatsgevonden.

"Maar ik zou natuurlijk een persoonlijke assistent voor haar kunnen uitzoeken, iemand die dat allemaal voor haar zou kunnen doen. Maar eerlijk gezegd zijn de goede natuurlijk erg duur. Ik weet niet hoe hoog haar inkomen is — "

"Ik betaal dat wel. Het zal een geschenk zijn."

"Dat is lief van je ... "

"Het zal me gemoedsrust opleveren als ze iemand heeft om haar te helpen. Ze verhuist hierheen om dicht bij Tucker en mij te zijn. Ze is niet het stadstype. Ze is gewend om zelf overal naartoe te rijden, haar SUV op een ruime parkeerplaats te parkeren of op rustige wegen te rijden. Dit zal een grote verandering voor haar zijn. Het zal de overgang een stuk gemakkelijker voor haar maken."

Ze negeerde haar eten en glimlachte naar me. "Je bent een goede zoon."

Daar was ik het niet mee eens. "Toen ze me belde, realiseerde ik me dat ik haar al lang niet meer had gesproken ... "

Haar glimlach begon te vervagen terwijl ik verderging. "Door het samenzijn met Derek realiseerde ik me hoeveel ik van hem hou. Het is iets wat alle ouders voelen voor hun kinderen. Zij voelt hetzelfde voor mij ... en ik neem niet eens de tijd om haar te bellen. Daar voel ik me echt schuldig over."

Ze was even stil en het was duidelijk dat mijn woorden indruk op haar maakten. "Nou, nu krijg je de kans om het anders aan te pakken. Je kunt met haar naar het theater gaan, haar mee uit nemen voor leuke etentjes, haar samen met Derek meenemen naar de chalet ... Je krijgt de kans om het goed te maken."

In plaats van me tot Tucker te wenden om hardop mijn gedachten te uiten, wendde ik me tot Cleo, die me altijd wist op te peppen. Ze was mijn vertrouweling, de persoon met wie ik al mijn geheimen deelde. Zelfs Tucker wist niets van mijn drankprobleem uit het verleden. Hij wist niet hoe erg het was geweest met Valerie. Maar Cleo wist alles over mijn leven ... en ze had me er nooit voor veroordeeld.

Ze staarde me een paar seconden aan, pakte toen het bovenste blad en draaide het naar me toe. "Op basis van haar budget is dit het beste wat ik kon vinden. Het ligt maar een paar straten verderop, tussen jouw appartement en dat van Tucker in, en het heeft een parkeergarage zodat ze een auto kan hebben. Er zijn drie ruime slaapkamers. Normaal gesproken zou deze woning in minder dan een dag verkocht zijn, maar ik ken de eigenaar en — "

"Jij kent echt iedereen." Ik tilde mijn hoofd op, keek haar aan en glimlachte naar haar.

"Ja, dat kan wel zo ongeveer kloppen."

Ik richtte mijn blik weer op het blad papier.

"Dus heb ik er voor tweeënzeventig uur een optie op genomen. Wanneer komt je moeder aan?"

"Dat heeft ze niet gezegd."

"Nou, als we haar hier snel kunnen krijgen om de flat te bekijken, kunnen we de aankoop misschien gauw afronden, zodat ze maar een week of zo bij jou hoeft te logeren."

Zelfs een week was te lang.

Ze had blijkbaar de verschrikking in mijn ogen gezien, want ze voegde eraan toe: "Zie het gewoon als je laatste kans om op deze manier tijd met haar door te brengen, in dit soort omgeving. Je kunt ertegen opzien ... of het naar waarde schatten."

Cleo was de enige persoon in de wereld met wie ik dit soort gesprekken had. Met ieder ander, inclusief mijn moeder, was dat gewoon heel moeilijk. Ik had er moeite mee om de echte betekenis van hun woorden te begrijpen, en hun nabijheid werkte altijd verstikkend. Het was dan alsof ik weer bij Valerie woonde. Ik was altijd in het lab geweest of had mijn tijd doorgebracht in het kantoor boven, alleen maar om wat privacy te hebben.

"Als je wat ruimte nodig hebt, kun je altijd een hotelkamer huren voor een dag, gewoon om de avond voor jezelf te hebben. Je kunt zelfs naar mijn flat komen als je wilt. Ik werk meestal tot laat, dus ik zal er niet eens zijn."

"Geldt dat aanbod echt?", vroeg ik verrast.

"Natuurlijk." Ze pakte haar bord. "Jij hebt jouw woning voor mij opengesteld. Ik kan mijn huis ook voor jou openstellen."

Ze had me opgebeurd, kalmeerde me, verjoeg de angst. "Soms denk ik dat Tucker met opzet heeft gezegd hoe geweldig je bent, zodat ze bij mij zou willen logeren in plaats van bij hem."

"Ik zou daar niet van opkijken."

"De klootzak," zei ik lachend. "Ik liet hem hier enkel logeren op voorwaarde dat hij ermee instemde om onze moeder te huisvesten, maar hij vond alsnog een achterpoortje."

Ze was klaar met haar eten en haar bord was helemaal leeg.

"Heeft het je gesmaakt?"

Ze lachte luid, alsof ik net een grap had gemaakt.

Ik staarde haar aan met een serieuze blik, niet zeker wist wat er net was gebeurd.

Ze zag mijn gezichtsuitdrukking. "Ik lachte omdat je vraag belachelijk is. Natuurlijk vond ik het lekker. Zo eet ik thuis niet."

"Waarom niet?"

"Vooral omdat ik daar geen tijd voor heb."

"Nou, als je ooit met me mee wilt eten, mijn deur staat altijd open."

Haar ogen werden zachter, terwijl ze haar laptop dichter naar zich toe trok. Ze raakte de toetsen aan zodat het scherm zou oplichten. "Hier zijn een paar foto's. Laat me weten wat je ervan vindt."

Ik trok de laptop naar me toe en scrolde door de foto's heen.

Cleo keek naar haar papieren en stopte in gedachten verzonken een lok achter haar oor weg. Haar wimpers waren naar beneden gericht in de richting van haar wang, en onder de korte mouwen van haar blouse waren de kleine spieren van haar armen zichtbaar, alsook de mooie kleur van haar huid.

Ik stopte met klikken en staarde naar haar.

Ze pakte haar pen op en maakte een notitie in haar mooie handschrift.

Toen mijn gestaar te lang duurde, dwong ik mezelf om weer naar het computerscherm te kijken. Ik scrolde door de foto's heen totdat ik het einde bereikte. "Ze zal het mooi vinden."

"Geweldig." Ze tilde haar hoofd op en trok de laptop naar zich terug. "Ik zal een assistent voor haar zoeken."

"Ik weet zeker dat je de juiste persoon zult vinden."

"Nou ... " Ze verzamelde haar papieren, sloot haar laptop en stopte toen alles in haar tas. "Laat het me weten wanneer ze komt. Ik zal alles in het werk stellen om dit zo soepel mogelijk te laten verlopen. En als ze het appartement mooi vindt, laat ik alle noodzakelijke inspecties meteen uitvoeren, zodat we de deal snel kunnen sluiten."

"Dank je." Ik wilde dat dit met de snelheid van het licht zou worden afgerond.

"Bedankt voor het eten, Deacon."

Ik stond op en liep met haar mee naar de deur.

"Dat hoef je echt niet te doen, Deacon. Ik kom er zelf wel uit."

Ik negeerde haar opmerking en opende de deur voor haar.

Ze stapte over de dorpel heen en glimlachte naar me. "Trouwens, ik heb die kaartjes waar je om hebt gevraagd."

"Echt waar?", vroeg ik verbaasd.

"Ja. Ik breng ze morgen langs, samen met de rekening."

"Bedankt. Tucker zal dat geweldig vinden."

"Je bent een zeer attente man." Ze zwaaide en liep toen de gang uit.

Ik deed de deur dicht, liep weer mijn appartement in en voelde hoe oorverdovend de stilte plotseling was. Ik had daar eerder altijd in gedijt. Nu haatte ik het soms.

---

"Haar vliegtuig landt vanavond."

Tucker grinnikte. "Wauw, je eerste logeerpartijtje met mama."

Ik keek hem boos aan, terwijl ik een slokje nam. "Je bent een klootzak."

"Wat?", vroeg hij vol ongeloof. "Het is niet mijn schuld dat ze bij jou wilde logeren."

"Oh, doe niet alsof. Jij hebt haar al die dingen over Cleo verteld — "

"Ik ging toen met haar uit," zei hij. "Ik bedoel maar dat het niet zo gek is dat ik het over haar heb gehad."

"Heb je mama verteld dat je met haar uitging?"

"Nou ... nee."

Ik keek hem weer boos aan. "We hadden een afspraak. Ik heb het wekenlang met jou uitgehouden."

"Kijk, ik neem het haar niet kwalijk. Waarom zou ze in mijn verdomd kleine flat willen logeren wanneer ze in een gebouw vol miljardairs kan wonen?"

Zijn argument was logisch, maar ik wilde de waarheid liever niet horen. Ik zou als volwassen man met mijn moeder moeten samenwonen, zou haar huisgenoot moeten zijn. "We laten haar morgen meteen een appartement zien. Hopelijk vindt ze het mooi en vertrekt ze al snel weer."

"Mama is kieskeurig."

"Ja, maar Cleo heeft deze woning voor haar uitgekozen. Hij is mooi. Het biedt alles wat ze zich kan wensen. En Cleo heeft ook een assistent voor haar gevonden."

"Wauw, je probeert echt zo snel mogelijk van haar af te komen, hè?"

"Ik ben blij dat ze hierheen verhuist — maar nee, ik wil haar niet in mijn appartement."

"Omdat jij en Cleo overal neuken?"

Ik wierp hem een lege blik toe en voelde dat mijn nek een beetje warm werd toen het fictieve beeld explodeerde in mijn hoofd. Ik zat op de bank met haar boven op me, met haar tieten in mijn gezicht en haar natte kutje rond mijn lul. Oh mijn god.

Tucker dronk van zijn bier en staarde me aan. "Wat? Neuk je haar niet overal?"

"Tucker." Zelfs als dat wel zo was, zou ik die details niet delen.

"Het is een oprechte vraag. Nadat ze mij had gedumpt, ging ik ervan uit dat jij achter haar aan zou gaan."

"Ze werkt voor me."

Hij fronste zijn wenkbrauwen. "Meen je dat nu echt? Heb je haar nog niet mee uit gevraagd?"

Ik schudde mijn hoofd.

"Verdomme, wat mankeert jou? Ze is een perfecte tien — "

"Laten we het daar niet over hebben." Ik wist zelf ook dat ze prachtig was. Ik wist al dat ze mooie, pronte tieten had en dat haar kont zo sappig was dat ik er een enorme hap uit wilde nemen. Ik wist als vanzelf dat haar huid smaakte naar snoep en haar kutje naar heerlijk vanilleroomijs. Ik wilde liever niet luisteren naar mijn broer die dezelfde dingen opsomde die ik ook had opgemerkt.

Hij zuchtte. "Ze is geweldig. Waarom zou je niet bij haar willen zijn? En ze is zo gek op jou, man."

"Dat moet je niet zomaar aannemen."

"In dit geval is mijn veronderstelling juist."

"Ik heb onlangs een avond met haar doorgebracht en heb haar toen gevraagd waarom ze het met jou heeft uitgemaakt. Ze heeft het toen helemaal niet over mij gehad."

Hij stak gefrustreerd zijn handen in zijn haar. "Natuurlijk heeft ze het niet over jou gehad. Denk je nou echt dat ze je pal in de ogen zal kijken en zeggen dat ze graag je ballen in haar mond wil opzuigen?"

"Tucker." Het kon me niets schelen als hij zo over andere vrouwen sprak, maar niet over Cleo.

Hij zuchtte. "Zo zijn mensen niet, Deacon. Ze zal je echt niet de waarheid vertellen."

"Ze vertelt me nochtans altijd de waarheid."

"Dit is niet hetzelfde. Ze denkt waarschijnlijk dat jij niet hetzelfde voor haar voelt, dus heeft ze geen reden om over haar gevoelens te praten? Het zou gênant en ongelooflijk ongemakkelijk zijn. Je bent niet zomaar iemand die ze daarna kan vermijden als het fout zou gaan. Je bent haar baas. Snap je wat ik bedoel?"

Ik liet de rest van mijn bier ronddraaien in mijn flesje, zodat ik iets te doen had met mijn handen.

"Praat gewoon met haar. Ze zal zeggen dat ze hetzelfde voor jou voelt. Ik beloof het je."

Ik staarde naar mijn biertje.

"Je kunt wel een eindeloze reeks willekeurige vrouwen oppikken in een bar, maar je kunt niet één bepaalde vrouw mee uit vragen?"

"Dat is niet hetzelfde." Ik sloeg mijn blik op en keek hem aan.

"Jawel, het is zelfs gemakkelijker."

"Als ik een vrouw mee naar huis neem, is het gewoon voor de seks. Dat is alles wat ik wil. Maar dat kan ik niet hebben met Cleo ... "

Hij kneep verward zijn ogen halfdicht. "Ik nam aan dat je dat sowieso niet met Cleo wilde. Het lijkt erop dat jullie allebei meer willen."

Ik schudde mijn hoofd. "Ik ben pas vijf maanden gescheiden ... "

"Nou en?"

"Ik wil geen relatie meer hebben."

Hij zuchtte stilletjes.

"Het was het ergste wat ik ooit heb moeten meemaken, nog erger dan de dood van papa, want het was vijf jaar lang één verdomde marteling. Ik was nooit gelukkig — niet één keer."

"Deacon, het is niet hetzelfde."

Ik schudde mijn hoofd. "Ze pikte de helft van mijn geld in — wat ze niet eens zelf had verdiend. Ze vernietigde mijn onderzoek wanneer ik haar niet gaf wat ze wilde. Ze gooide verdomme een bord naar mijn hoofd toen ik geen antwoord gaf op een simpele vraag, en ik had verdomme een hersenschudding ... "

Hij werd zwijgzaam en wendde zijn blik af.

"Er waren momenten dat ik wenste dat ze een auto-ongeluk zou krijgen en nooit meer zou thuiskomen ... " Ik voelde me schuldig omdat ik dat iemand had toegewenst, vooral de moeder van mijn kind, maar ze maakte mijn leven tot een ware hel.

"Dat zal niet nogmaals gebeuren." Mijn stem werd luider, omdat ik de controle over mezelf verloor. "Waarom zou ik dat in godsnaam opnieuw willen beleven? Ik ben nu gelukkig met mijn leven. Het is de eerste keer in een half decennium dat ik gelukkig ben. En jij denkt dat ik gewoon een andere relatie moet aangaan na die zooi? Vijf maanden nadat ik gescheiden ben?"

Hij zweeg en liet me mijn hart luchten.

Ik staarde naar de tafel en wachtte tot mijn ademhaling weer normaal werd. Misschien was ik in een slechte bui omdat mijn moeder vanavond zou landen. Of misschien was het een moment van openbaring, om wat herinneringen aan mijn huwelijk te delen, dingen die ik zo snel mogelijk had proberen te vergeten. Tucker had altijd geweten dat ik niet gelukkig was, maar hij had nooit de details gekend ... omdat ik die nooit aan iemand had verteld.

Hij keek me een tijdje aan. "Het spijt me, man. Ik wist niet dat het zo erg was."

"Ik bleef voor Derek, tot ik het echt niet langer uithield." Ik herinnerde me nog heel duidelijk de avond waarop ik vertrok. "Ze was vreemdgegaan en schreeuwde daarna tegen me dat ik een klote echtgenoot was. Toen nam ze mijn Nobelprijs en gooide die over het hek. Ik heb er de hele nacht naar gezocht met een zaklamp. Toen ik hem eindelijk had gevonden, heb ik mijn spullen bij elkaar gepakt en ben ik vertrokken."

Hij bleef zijn biertje vastklemmen en keek me verdrietig aan, alsof het hem pijn deed om te weten dat ik zo gepest was geweest, dat ik niet gerespecteerd werd.

"Mijn op een na grootste prestatie ... over het hek gegooid ... nadat die trut *mij* had bedrogen."

"Wat is het belangrijkste?", fluisterde hij.

"Derek."

Zijn ogen werden zachter.

"Dus nee, ik wil geen relatie meer. En ik kan niet zomaar een onenightstand hebben met Cleo. Dus mag ik niets met haar beginnen. Ik kies ervoor om haar vriend te zijn ... en niets meer."

"Misschien ziet ze een onenightstand wel zitten... "

Zelfs als dat zo was, wilde ik het niet. "Zo denk ik niet over haar." Het was niet omdat ik me niet tot haar aangetrokken voelde, want dat was ik wel ... heel erg zelfs. Maar dat leek een belediging voor het soort relatie dat we nu hadden en voor hoeveel ze voor me betekende. Ze was geen willekeurige vrouw die ik had opgepikt in een bar. En als ik haar een keer had gehad ... zou ik haar weer willen.

Tucker staarde me een tijdje aan en probeerde mijn gezichtsuitdrukking te peilen. "Je hebt gelijk. Misschien is het te vroeg. Je bent gekwetst, erger dan ik me realiseerde. Ik begrijp waarom je daar nu niet in geïnteresseerd bent."

Het werd verdomme tijd.

"Maar je vergelijkt een giftige relatie met een gezonde. Ik ken Cleo niet zo goed als jij, maar ik kan je beloven dat ze totaal niet op Valerie lijkt. Zij zou je nooit zo behandelen."

"Ik heb ook nooit beweerd dat ze ook maar enigszins op elkaar lijken."

"Maar je suggereert dat nochtans wel. Je wil geen relatie hebben omdat je ex-vrouw een gestoorde trut is. Cleo is geen gestoorde trut. Ze begrijpt jou. Ze is geduldig met je — veel meer dan alle andere mensen samen. Als ik kwaad over je spreek, snoert ze me de mond. Ze beschermt je altijd, man."

Ik wendde mijn blik af.

"Ik wil dat alleen duidelijk maken, zodat je geen fout maakt."

"Een fout?"

"Ja. Want Cleo zal niet eeuwig wachten. Ze zal uiteindelijk de hoop opgeven en verdergaan met haar leven."

"Je gaat nog steeds uit van een veronderstelling. Ik ben haar baas. Ze heeft misschien wel gevoelens voor me, maar dat betekent niet dat ze bij mij wil zijn. Ze is echt toegewijd aan haar werk, en ik betwijfel of ze het ingewikkeld wil maken."

"Nu ben jij degene die uitgaat van aannames ... "

Ik keek hem boos aan.

"Ik wil gewoon niet dat je iets geweldigs verliest omdat je bang bent — "

"Ik ben niet bang. Ik heb vijf jaar van mijn leven verspild met — "

"De *verkeerde* persoon. Cleo is niet de *verkeerde* persoon."

"En jij gaat ervan uit dat ze de juiste persoon is?", snauwde ik tegen hem.

"Absoluut. En dat weet je zelf ook, Deacon."

Ik kon zijn blik niet langer aan, dus keek ik weg.

Hij bleef me aanstaren.

Ik schudde mijn hoofd. "Kijk ... ik ben gebroken. Ik ben niet in staat om iemand anders dat niveau van intimiteit en toewijding te geven. Ik heb net een nieuwe start gemaakt. Ik heb tijd nodig."

"Deacon, je hoeft niet met haar te trouwen. En je geeft haar al dat niveau van intimiteit en toewijding. Ik heb jullie samen gezien — "

"Dat is niet hetzelfde." Ik werd weer gefrustreerd, omdat ik gedwongen werd om na te denken over dingen waar ik me liever niet mee bezig hield. Ik genoot van de relatie die Cleo en ik hadden, van het feit dat we vrienden waren ... goede vrienden. Ik had een goed persoon in mijn leven, en ik wilde het niet verpesten door er meer van te willen maken. De woede en verbitterdheid over mijn huwelijk waren nog steeds sterk. Ik wilde niet dat iemand iets van me verwachtte, dat ik gebonden zou zijn aan een vrouw. "Je hebt je zegje gedaan. Nu wil ik er niet meer over praten. En ik wil er nooit meer over praten."

Tucker staarde me een tijdje aan en leek teleurgesteld.

Ik wendde me tot de serveerster en bestelde nog een biertje in een poging om de gedachten uit mijn hoofd te verdrijven.

Maar mijn broer bleef naar me staren.

"Wat is er?"

Hij haalde zijn schouders op. "Niets ... "

# 6

# CLEO

IK WIST DAT ER IETS MIS WAS.

Van zodra ik zijn woning binnenkwam, voelde ik de verandering in energie. Het was subtiel, maar onmiskenbaar.

Hij zat aan de eettafel en staarde naar zijn laptop, zonder mijn aanwezigheid te erkennen ... het was alsof we weer vijf maanden terug in de tijd waren. "Hoi ... "

Hij deed zijn laptop dicht maar keek me niet aan.

"Waar is je — "

"Jij bent vast Cleo." Zijn moeder kwam de kamer in gelopen, gekleed in een crèmekleurig vest en een bruine broek, en met een diamanten halsketting om haar nek. Haar korte haar zat in krullen en ze haar opgewekte persoonlijkheid was aanstekelijk. "Ik ben Margo." Ze liep glimlachend naar me toe en schudde me de hand. "Wat een aangename kennismaking."

"Insgelijks." Ik schudde haar de hand. "Bent u opgewonden om vandaag het appartement te gaan bekijken?"

"Heel erg." Ze wendde zich tot Deacon en kneep hem zachtjes in zijn schouder. "Hij heeft me wat foto's laten zien en het ziet er prachtig uit."

Hij keek nauwelijks naar haar omhoog.

"Ik moet alleen even mijn tas pakken." Ze liep door de gang naar de logeerkamer.

Ik draaide me weer om naar Deacon.

Hij stond op en was gekleed in een donkere spijkerbroek met zwart T-shirt. Hij stopte zijn telefoon in zijn zak en deed alsof ik niet bestond.

Wat was er in godsnaam gebeurd?

Ik wilde het hem vragen, maar daar was het nu niet het goede moment voor.

Margo kwam terug dus gingen we naar beneden en stapten in een SUV voor privégebruik. Ik ging achter hen op de derde bank zitten en keek toe hoe zij met elkaar omgingen.

"Wauw, dit is een mooie buurt." Margo sprak met haar zoon alsof er niets aan de hand was, alsof ze zijn gedrag niet raar vond.

Toen hij net in Manhattan was aangekomen, was hij erg kil en zwijgzaam geweest. Misschien had ze het verschil niet opgemerkt. Misschien was ik de enige die het had opgemerkt omdat hij bij mij anders was.

"Wanneer komt Derek op bezoek?", vroeg ze.

"Binnenkort." Hij zei helemaal niet veel.

We kwamen aan bij het gebouw.

"Oh wauw," zei Margo. "Het is zo dicht bij het jouwe. Ik vind het nu al leuk."

We namen de lift naar haar verdieping en ontmoetten daar de makelaar en de persoonlijke assistente waar ik enkele uren eerder mee had gepraat. Zij was het meest gekwalificeerd voor de positie, en ik had bij meerdere van haar klanten navraag kunnen doen.

"Margo, dit is Lily," zei ik toen ik haar voorstelde. "Lily en ik hebben elkaar goed leren kennen tijdens onze diverse telefoontjes, en ik denk dat ze de perfecte assistente voor je zal zijn."

"Bedoel je zoiets als mijn eigen Cleo?", vroeg Margo.

"Ja," zei ik, terwijl het me opviel dat Margo erg energiek was, wat fel contrasteerde met Deacon.

"Laat me jullie rondleiden." De makelaar nam Lily en Margo mee naar de andere kamers van het appartement.

Deacon liep onmiddellijk bij me weg en ging voor de kamerhoge ramen in de eetkamer staan. Het was een kleinere versie van zijn appartement, met hetzelfde niveau van luxe maar gespreid over een veel kleinere oppervlakte. Hij keek uit het raam en stond daar gewoon, met zijn handen in zijn zakken. Zijn houding was sterk en stijf, met brede en krachtige schouders, maar er waren subtiele verschillen in zijn houding, dingen die alleen ik opmerkte.

Dit was niet het moment om een intiem gesprek te voeren, maar mijn bezorgdheid kreeg de overhand. Ik ging naast hem staan. "Wat is er aan de hand?"

Hij bleef uit het raam kijken.

Ik had een hekel aan zijn kilheid. Het had zo ijzig gevoeld toen ik daar de vorige keer aan blootgesteld was geweest, en ik wilde die kilte nooit meer voelen. Ik gaf de voorkeur aan zijn warmte in zijn chocoladekleurige ogen, aan de manier waarop hij ontspande bij mij, maar streng was bij alle anderen.

Mijn hand gleed als vanzelf naar zijn arm en mijn vingers grepen de dikke spieren van zijn lichaam vast, raakten hem aan alsof ze daar het volste recht toe had.

Zijn lichaam spande zich op door het contact en hij klemde tegelijkertijd zijn kaken op elkaar. Maar toen sloot hij zijn ogen en liet de adem die hij had ingehouden ontsnappen. Ik voelde hoe hij zich langzaam ontspande, alsof mijn aanraking hem terug had gebracht naar de werkelijkheid, weg van de demonen die hem achtervolgden.

"Deacon." Ik trok zachtjes aan hem en draaide hem langzaam om, zodat hij me zou aankijken.

Zijn ijskoude en dreigende blik focuste meteen op mijn gezicht. Hij behield die uitdrukking een paar seconden en het was heel even alsof hij me haatte. Maar daarna werd zijn blik weer zachter en schonk hij me zijn gebruikelijke warmte, alsof de aanblik van mijn gezicht volstond om zijn wanhoop te verjagen.

"Praat met me." Ik wist dat er hem iets dwarszat. Het was niet alleen de aanwezigheid van zijn moeder in zijn woning, of iets wat fout was gegaan op het werk. Het was iets wat hem op emotioneel niveau had aangegrepen.

"Tucker en ik hebben ruzie gehad ... "

"Waarover?"

Hij antwoordde niet.

"Nou, ik weet zeker dat jullie er wel uitkomen."

Hij trok zijn arm los uit mijn greep en boog zijn hoofd. "Onze relatie is goed. Ik vond alleen het gesprek niet leuk."

"Je kunt het me gerust vertellen."

Hij schudde zijn hoofd en keek weer uit het raam.

Ik keek ook naar buiten. "Hoe bevalt het je om terug samen te wonen met je moeder?"

Haar stem was te horen aan de andere kant van het appartement. "Oh mijn god, wat een mooie werkbladen ... "

"Het gaat goed," antwoordde hij. "Ze praat wel veel."

Ik lachte. "De woning lijkt haar te bevallen, dus ze zal niet lang bij je wonen."

"Ja."

Toen ze klaar waren met de rondleiding, kwamen ze terug naar de woonkamer.

"Oké, laten we het afronden," zei Margo. "Het is precies groot genoeg voor mij, dicht bij allebei mijn zonen en ik ben weg van dat uitzicht!"

Deacon wendde zich van het raam af en liep naar zijn moeder toe.

"Vind je het mooi, schat?" Ze wreef op en neer over zijn arm.

"Ja," antwoordde hij. "Maar jouw mening is de enige die telt."

Ze gaf hem een knuffel tegen zijn zij, en omdat ze meer dan vijfendertig centimeter kleiner was dan hem, was het alsof ze de stam van een grote boom omhelsde. "Ik heb de beste kinderen. Deze jongen laat me bij hem logeren tot ik me gesetteld heb. Is dat niet lief?"

"Dat is het zeker," zei Lily. "U hebt een geweldige zoon."

"Dat klopt." Ze ging op haar tenen staan en kuste hem op de wang.

Ik keek glimlachend naar hun contact.

Deacon accepteerde de genegenheid en toverde een nep glimlach op zijn gezicht.

"Ik neem het." Margo trok zich terug. "Ik wil deze woning niet door mijn vingers laten glippen."

---

Aangezien ik Deacon een paar dagen niet had gezien, had ik niet meer de kans gehad om met hem te praten over wat er gebeurd was. Ik vermoedde dat het gesprek veel dieper zou zijn gegaan, tot aan de wortel van het probleem, als we alleen waren geweest.

Omdat hij me altijd alles vertelde.

Nu zijn moeder bij hem logeerde, besloot ik verse bloemen in het appartement af te leveren, zonder Deacon eerst om toestemming te vragen. Het was maar tijdelijk, en hij zou misschien van gedachten veranderen nu hij zich meer op zijn gemak voelde bij mij.

Ik zette de vaas met mooie, witte lelies, rode rozen en groene hortensia's op de salontafel.

Ik hoorde zijn voetstappen in de gang.

Ik draaide de vaas wat op de onderzetter zodat het perfect centraal stond en ging toen weer rechtop staan.

Hij was gekleed in een joggingbroek en had geen T-shirt aan.

Ik nam aan dat dit betekende dat hij alleen thuis was. "Ik dacht dat je moeder deze wel zal kunnen smaken nu ze hier logeert."

Hij staarde er even naar en nam toen plaats aan de eettafel.

Ik zette een tweede vaas midden op de eettafel, waar die niet in de weg stond.

Hij klaagde niet.

"Waar is ze?"

"Bij de binnenhuisarchitect." Hij deed een beetje kil tegen me, maar hij had zich dat blijkbaar gerealiseerd, omdat hij opkeek van zijn laptop en me aankeek. "Ze zal de bloemen zeker mooi vinden."

"Ik denk het ook." Ik pakte de stengels vast en schikte ze een beetje anders zodat ze een perfect boeket vormden. "Misschien verander je van gedachten over de aanwezigheid bloemen in het appartement als ze eenmaal terug weg is."

"Nee."

Ik wachtte op een verklaring.

"Valerie had altijd bloemen in huis. Ze doen me aan haar denken."

Nu begreep ik het.

Hij richtte zijn blik weer op zijn computerscherm.

"Hoe gaat het met je?"

Hij staarde niet lang naar zijn computerscherm. Hij richtte al snel zijn aandacht weer op mij, en mijn oog viel op zijn baardstoppels en zijn ietwat te lange haar, alsof hij dringend een knipbeurt nodig had. "Goed."

"We hadden laatst niet echt de kans om te praten. Ik wil gewoon zeker weten dat je je beter voelt." Ik ging op de stoel tegenover hem zitten, bestudeerde zijn blik en analyseerde zijn humeur. Het was zo'n abrupte uitbarsting geweest, dat ik niet zeker wist hoe ik ermee om moest gaan.

Hij sloeg zijn ogen een paar seconden lang neer en nam de tijd om mijn woorden te verwerken. Hij hief zijn blik weer op. "Ik heb Tucker een aantal dingen verteld over wat Valerie me heeft aange-daan toen we nog getrouwd waren ... en ik werd toen gewoon boos."

"Oh ... "

"Ik probeer er niet aan te denken, maar hij provoceerde me."

Waarom zou Tucker Deacon ondervragen over iets waar hij duide-lijk niet over wilde praten? "Nou, ik weet zeker dat het nu achter de rug is ... maak je er maar geen zorgen meer over."

"Ja." Zijn armen rustten op de tafel, met zijn handen samen-gevouwen.

"Je weet dat je altijd met mij kunt praten ... als je je hart wilt luchten."

Zijn bruine, diepe en mooie ogen waren gefocust op de mijne; ze waren zo intelligent en tegelijkertijd zo zacht. Hij zoog mijn woorden altijd op, zoals grond regen absorbeert na een lange droogte en elke druppel ervan opzuigt. "Ik weet het, Cleo."

"Het duurde ook een hele tijd voor ik over mijn scheiding heen was. Het was best moeilijk."

Hij hing aan mijn lippen. "Hoe lang heb jij erover gedaan?"

Ik haalde mijn schouders op. "Als iemand je zo kwetst, kom je er dan ooit echt overheen?" Ik zou waarschijnlijk altijd onzeker blijven, altijd bang dat een minnaar me zou bedriegen omdat ik zo toegewijd was aan mijn werk. "Ik ben eerlijk gezegd niet echt meer met iemand samen geweest sinds mijn scheiding, althans niets serieus. Alleen af en toe een korte affaire ... "

Hij wendde zijn blik niet af van mijn gezicht. "Dus je bent nog niet klaar voor iets serieus?"

Ik begreep de vraag niet, snapte niet of er meer achter zijn opmerking zat dan het leek ... misschien omdat ik gewoon op meer hoopte. "Wanneer je zo bent gekwetst, ben je nooit klaar voor een serieuze relatie — tenzij met de juiste persoon. Ik denk dat je kritischer wordt over met wie je tijd doorbrengt, zodat je niet weer de verkeerde persoon kiest."

Hij bleef me aanstaren.

"Ik weet dat je pas gescheiden bent en dat ze je veel geharrewar heeft opgeleverd, maar niets daarvan was jouw schuld. Je hebt het eervolle gedaan door met haar te trouwen, maar zij maakte misbruik van je en heeft je vanaf het begin gemanipuleerd. Niet alle mensen zijn zo slecht, Deacon. En ik moet mijzelf eraan herinneren dat niet alle mannen bedriegers zijn ... maar het kost gewoon tijd."

Hij wreef met zijn vingers over de baardstoppels op zijn kaken. "Ja ... het kost gewoon tijd."

***

Ik stapte uit de lift en verstijfde toen ik Tucker voor mijn deur zag staan.

Ik droeg een tas met boodschappen omdat ik op weg naar huis van het kantoor wat inkopen had gedaan. Het kostte me een paar seconden om zijn aanwezigheid te verwerken, omdat we elkaar niet meer hadden gezien sinds ik het had uitgemaakt.

Ik hoopte dat hij niet van gedachten was veranderd. "Hoi." Ik liep naar hem toe.

"Laat me dat voor je dragen." Hij nam de tas met boodschappen over zodat ik mijn sleutels kon pakken.

Ik was een beetje nerveus, dus friemelde ik wat met mijn sleutels voordat ik de deur open kreeg. "Waaraan heb ik dit bezoekje te danken?"

Hij stapte naar binnen. "Wauw, het ziet er hier totaal anders uit." Hij keek naar de bloemen en droeg de tas naar het aanrecht.

Deacons bloemen begonnen te verwelken. Ik ververste het water regelmatig en gaf ze plantenvoeding in een poging hun leven te rekken, omdat ik ze voor altijd wilde houden. "Ja. Deacon heeft me een huishoudster cadeau gegeven — als bedankje voor alles wat ik voor Derek heb gedaan. Ik zette mijn tas op de tafel bij de deur en legde mijn sleutels ernaast.

"Wat aardig van hem." Hij liet de boodschappentas achter op het aanrecht en liep terug naar me toe.

"Ja, hij is een lieverd." Hij fleurde mijn dagen op en had me iets gegeven om naar uit te kijken wanneer ik op kantoor was.

"Ik wilde het eigenlijk over hem hebben ... " Hij wreef over zijn nek terwijl hij voor me stond, alsof hij er tegenop zag om aan het gesprek te beginnen.

"Oké ... "

Hij liet zijn hand zakken en stak hem in zijn zak. "Ik weet dat dit raar is omdat we met elkaar hebben gedatet, en het is ook raar omdat het me niets aan gaat, maar mijn broer is ... moeilijk ... en ik wil hem helpen."

Nu was ik nog meer verbijsterd.

"Ik weet dat je het met mij hebt uitgemaakt omdat je gek bent op mijn broer."

Mijn ogen werden groot bij het horen van die suggestie.

"En dat is oké," zei hij snel, terwijl hij zijn handen in de lucht stak om me te kalmeren. "Ik snap niet dat ik het niet eerder heb gezien, dat ik de manier waarop jullie zo goed met elkaar overweg kunnen niet eerder heb opgemerkt. Dus sprak ik er met Deacon over en ... " Hij schudde zijn hoofd.

Ik schaamde me dood. Ik schaamde me echt door en door. Ik bedekte mijn gezicht met mijn handen en wilde me distantiëren van dit moment en doen alsof het niet gebeurde. "Oh mijn god, dat heb je toch niet echt gedaan ... " Ik ademde in mijn handen.

Hij pakte mijn polsen vast en trok ze naar beneden. "Ik heb hem gezegd dat hij voor jou moet gaan — "

"Ik heb geen gevoelens voor hem, Tucker. Ik kan niet geloven dat je dat tegen hem hebt gezegd ... "

Hij keek me aan met een betekenisvolle blik in zijn ogen en het was duidelijk dat hij me niet geloofde. "Cleo ... kom nou."

"Echt niet." Ik loog glashard, om mijn trots te redden.

Zijn ogen werden zachter. "Ik weet dat je wel gevoelens voor hem hebt. En ik weet dat hij iets voor jou voelt."

Ik begon zwaar te ademen en mijn hartslag versnelde plotseling explosief.

"Ik dacht dat hij zelf actie zou ondernemen, maar blijkbaar heeft hij dat niet gedaan. Dus vroeg ik hem ernaar — "

"Dus daar ging jullie ruzie over?" Daarom was Deacon zo kil tegen me geweest.

"Het gesprek was een beetje intens ... ja."

Dit werd alleen maar erger.

"Ik wilde gewoon dat hij me zou uitleggen waarom — "

"Hij hoeft niet uit te leggen waarom hij niet bij mij wil zijn, Tucker. Onze relatie is professioneel en moet ook zo blijven."

"Kun je me even laten uitpraten?", bitste hij.

Ik hield mijn mond en kruiste mijn armen voor mijn borst.

"Hij heeft me wat dingen verteld over zijn relatie met Valerie ... en ik had geen idee dat het zo erg was. Ik had geen idee hoe vergiftigd dat huwelijk was, hoe ellendig hij zich voelde. Hij vertelt me nooit dat soort dingen, maar hij ontplofte gewoon ... "

Ik wilde de details niet horen. Het zou alleen maar pijn doen. Die man verdiende enkel het allerbeste.

"En hij zei dat hij niet meer aan een relatie wil beginnen, dat het gewoon nog te vroeg voor hem is en dat hij denkt dat elke relatie zal zijn zoals met Valerie. Ik probeerde hem om te praten, hem uit te leggen dat het niet weer zo zal zijn ... maar hij was niet bereid om te luisteren."

"Waarom vertel je me dit?"

"Omdat ik wil dat je geduldig met hem bent. Geef hem wat tijd. Hij draait wel bij."

Mijn hart ging nog steeds tekeer.

"Ik denk dat jij de juiste persoon voor hem bent ... en ik ben zo dom geweest om dat niet eerder te beseffen."

Mijn ogen werden zachter. "Dus ... hij weet wat ik voor hem voel?"

Hij schudde zijn hoofd. "Telkens wanneer ik het hem probeer te vertellen, zegt hij dat ik uitga van aannames, terwijl ik dat niet hoor te doen. Je weet hoe hij is: hij vat alles letterlijk op. Tenzij jij hem in de ogen kijkt en het rechtuit tegen hem zegt, zal hij aannemen dat je geen gevoelens voor hem hebt."

Ik zuchtte van opluchting, dankbaar dat Deacon niet doorhad wat er recht voor zijn gezicht gebeurde. "Godzijdank."

"Ik zie hoe hij bij jou is, de manier waarop hij begint te stralen van zodra jij de kamer binnenloopt, de manier waarop hij zich zo op zijn gemak voelt bij jou ... de manier waarop hij over jou praat. Ik ken hem al zijn hele leven en ik heb hem nog nooit zo gezien."

"Als dat de waarheid is, waarom liet hij je dan met mij uitgaan?"

Hij haalde zijn schouders op. "Hij heeft me nooit echt verteld dat hij gevoelens voor je heeft — hij draait eromheen."

Ik voelde me opeens heel verdrietig. "Dus, je gaat uit van een veronderstelling ... "

"Ja. Maar zeg nou zelf."

"Deacon is niet zoals andere mannen — "

"Dat besef ik. Maar ik denk echt dat hij gevoelens voor je heeft. Of hij het zich nu echt realiseert of niet, de gevoelens zijn er. Dus, ik denk dat als je het wat tijd geeft, hij zal openstaan voor een relatie. Valerie heeft hem gewoon erg gekwetst ... "

"Dat weet ik. Maar je moet in gedachten houden dat ze pas een paar maanden geleden gescheiden zijn. Dat is niet lang. Het heeft mij een jaar gekost om me weer goed te voelen."

"Dat is begrijpelijk."

"En Deacon is diepzinnig en heeft een ingewikkelde persoonlijkheid; hij reageert anders op dingen dan wij. Zijn geheugen is een miljoen keer sterker dan het onze, dus hoewel hij al een paar maanden geleden gescheiden is, is het voor hem alsof het net gebeurd is. Ik waardeer wat je probeert te doen ... maar Deacon zal misschien jaren nodig hebben om eroverheen te komen."

In zijn ogen werd teleurstelling zichtbaar.

"Deacon is sowieso mijn baas. Ik kan onmogelijk een van mijn klanten daten. Daar hebben we een strikt beleid over."

Hij zuchtte.

Ik voelde me plots heel teleurgesteld nu ik besefte hoe graag ik Deacon wilde terwijl ik hem niet kon hebben, nu ik besefte hoe groot mijn interesse in hem was omdat hij me zo blij maakte. En het deed pijn. "Het is gewoon niet voorbestemd ... "

Tucker zweeg lang en nam het nieuws in zich op, alsof hij niet zelf zes weken met me had gedatet. Toen nam hij terug het woord. "Ik denk nochtans dat het wel is voorbestemd. Ik denk dat jij de juiste persoon voor hem bent ... en dat hij de ware is voor jou."

# 7

# DEACON

"Dit is geweldig lekker, schat." Mama zat tegenover me, sneed een stukje van haar malse zalmfilet en dompelde het vervolgens onder in de saus. "Ik wist niet dat jij zo goed kon koken."

Ik haalde mijn schouders op.

"Van wie heb je dat geleerd?"

"Van YouTube."

Ze grinnikte en nam nog een hap. "Hoe was het op kantoor?"

Ik probeerde de tijd met mijn moeder naar waarde te schatten en deed een poging om me niet verstikt te voelen door de vragen en alle aandacht. Nu mijn moeder de hele tijd bij me was, zag ik Cleo amper. Er was geen gelegenheid voor ons om gewoon een gesprek te voeren. Ik miste haar natuurlijk omdat ze zo gemakkelijk was om mee te praten. "Goed. Ik heb de hele dag in het lab gewerkt. Ik heb de gegevens verwerkt die ik over mijn patiënten heb verzameld."

"Ik hoop dat je vindt wat je zoekt. Ik ben zo trots op je."

Het deed me altijd iets wanneer ze dat soort dingen zei en ik voelde mijn borst opzwellen. "Bedankt, mama."

Ze at in stilte verder. "Hoe gaat het met Valerie? Houdt ze het beschaafd?" Haar toon werd duisterder en het werd me meteen duidelijk dat ze Valerie helemaal niet mocht, zonder dat ze het expliciet hoefde te zeggen. Ze wist dat zij mij bedrogen had, en niet omdat ik het haar had verteld, maar omdat het in het nieuws was geweest.

"Voor het overgrote deel."

"Ze is knap, maar ik geef niets om haar."

"Dan zijn we met twee."

"Hoe ga je het aanpakken met Derek?"

Daar wilde ik niet op ingaan. "Ik wil haar ervan overtuigen om hier te komen wonen."

Ze trok een vies gezicht, alsof ze daarvan walgde. "Als je haar er nou eens van overtuigt om je de volledige voogdij te geven?"

Dat zou nooit gebeuren. "Ze zou tot het bittere einde blijven vechten."

"Jammer. Jij bent een veel betere ouder dan zij."

Dat zou mijn moeder altijd denken, zelfs als dat niet zo was.

"Wat heeft zij hem te bieden? Jij bent de briljante geest. Jij bent degene die hem kan helpen met zijn huiswerk, die kan communiceren met hem omdat jullie allebei zo hoogbegaafd zijn. Zij kan hem alleen maar voor de tv zetten, met de afstandsbediening naast hem, en daarna weglopen ... "

Ik wist dat ik ervoor kon zorgen dat Derek goed zou gedijen en zijn volledige potentieel zou kunnen bereiken. Geen van mijn ouders was hoogbegaafd, maar ze hadden begrepen dat ik behoeftes had die zij niet konden invullen, dus hadden ze me met docenten in contact gebracht, naar speciale programma's gestuurd en me alles gegeven wat ik nodig had. "Als ze hier is, weet ik zeker dat ik al die dingen zal kunnen doen."

Ze stak haar vork in haar rijst. "Ga je met iemand om?"

Ik verafschuwde die vraag. Mijn vader had me nooit zulke dingen gevraagd. Zij was een stuk nieuwsgieriger.

"Kom nou, Deacon. Je bent een volwassen man. Ik ben niet bemoeizuchtig."

Ik praatte met niemand over mijn privéleven. Ik was altijd heel op mezelf geweest. "Nee."

"Je bent de meest begeerde vrijgezel in dit land, dus neem gerust de tijd."

Ik zou de rest van mijn leven vrijgezel blijven. Ik had een zoon die ik liefhad, en had niet meer nodig. "Ga jij met iemand om?"

Ze lachte, alsof de vraag belachelijk was. "Nee." Ze stak haar linkerhand op. "Je vader heeft nog steeds mijn hart." Ze pronkte met haar trouwring die een enorme diamant had.

"Je bent nog jong, mama. Je kunt hertrouwen."

"Vind jij tweeënzestig jong?", vroeg ze lachend.

"Mensen worden tachtig en ouder, dus je hebt nog twintig jaar om te genieten. Dat kun je net zo goed samen met iemand doen."

Ze glimlachte. "Dus je zou het niet ongemakkelijk vinden om me te zien met iemand anders?"

Ik schudde mijn hoofd. "Nee. Zolang het maar een goede man is."

Ze glimlachte. "Mijn jongen is beschermend ... dat is lief."

Mijn vader was dood, dus was het mijn beurt om voor haar te zorgen, wat hij ook zou hebben gewild. Ik was blij dat ze nu hier kwam wonen, omdat ik haar zou kunnen helpen als ze iets nodig had en als Lily niet aan haar behoeften kon voldoen; maar ook om haar te troosten op de verjaardag van mijn vader. Ik leek zo op hem dat ze het gevoel had dat hij er nog was.

"Denk je dat je ooit zult hertrouwen?"

"Nee." Ik hoefde daar geen seconde over na te denken en gaf meteen antwoord.

"Nooit?", vroeg ze vertwijfeld. "Deacon, je hebt een vrouw nodig —
"

"Ik heb niemand nodig." Ik was perfect in staat om voor mezelf te zorgen, en ik had geen behoefte aan gezelschap.

"Wil je niet nog meer kinderen?"

"Ik heb aan Derek genoeg."

Ze keek teleurgesteld maar ze zeurde er verder niet over. "Een scheiding is echt moeilijk. Uit elkaar gaan is moeilijk. Een echtgenoot verliezen is moeilijk. Het zal een tijdje pijn doen, maar op een dag ... zul je je beter voelen." Ze was klaar met eten en keek toe terwijl ik verder at. "Ik was er kapot van toen ik je vader verloor, maar na verloop van tijd ... kwam ik weer uit bed. We doen het allemaal in ons eigen tempo."

Ik was niet verdrietig over mijn breuk met Valerie. Ik had genoeg van haar onzin gepikt.

Ze keek me verwachtingsvol aan, alsof ze dacht dat ik iets zou zeggen. Toen ik dat niet deed, veranderde ze van gespreksonderwerp. "Cleo is erg mooi ... "

Mijn borst werd strak toen haar werd genoemd.

"Het lijkt erop dat jullie het goed met elkaar kunnen vinden."

Ze had ons nauwelijks samen gezien, dus nam ik aan dat Tucker haar dat had ingefluisterd.

"Ze is slim, succesvol, jong — "

"Mama."

Ze zuchtte en merkte mijn toon op. "Goed, goed. Maar je weet dat ik altijd zal blijven proberen om je aan iemand te koppelen ... "

"Mama, ik ben miljardair. Ik heb echt geen probleem om zelf afspraakjes te regelen."

Een paar weken later besloot ik om te proberen om Derek terug naar hier te krijgen. Ik belde Valerie vanuit mijn kantoor, omdat ik thuis niet veel privacy meer had.

Ze nam op nadat de telefoon een paar keer was overgegaan. "Hoi, Deacon." Ze was in een betere bui dan tijdens ons laatste gesprek.

Mijn haat voor haar was diep, dus had ik er moeite mee om rustig en kalm te blijven. Het was makkelijker als ik haar niet hoefde aan te kijken, maar haar stem was genoeg om me te irriteren. "Hoe gaat het met je, Valerie?" Ik had in dat boek gelezen dat ik haar naam moest zeggen omdat dit een niveau van intimiteit creëerde, ook al was dat er eigenlijk niet.

"Goed. Ik ben vandaag gewoon naar de yogales geweest en heb Derek leren zwemmen ... dat soort dingen."

"Dat klinkt geweldig."

"En jij?"

Ik moest bij haar iemand zijn die ik niet was en me gedragen zoals zij dat wilde in plaats van mezelf te zijn. Ik haatte dat. "Mijn moeder logeert momenteel bij me. Ze is net hierheen verhuisd."

"Is dat zo? Ze heeft me daar niets van gezegd."

"Het was een beetje kort dag."

"En, hoe vind je het om je moeder in de buurt te hebben?"

Ik hield mijn antwoorden kort. "Het is leuk om tijd met haar door te brengen, maar ik verlang tot haar eigen stek klaar is."

Ze grinnikte. "Dat geloof ik meteen."

Ik was stil, niet zeker waar ik nog over kon kletsen. Ik had een hekel aan geklets. Waarom zeiden mensen niet gewoon wat ze bedoelden? Waarom zeiden ze niet gewoon wat ze echt wilden zeggen? Waarom voerden ze dit toneelstukje op om de ander te behagen? Het was stom. "Ik mis Derek. Ik hoopte eigenlijk dat hij weer op bezoek kan komen."

"Nou ... hij was pas nog bij je."

Waarom had deze teef alle macht in handen gekregen? "Ik wil hem meenemen naar het planetarium en zo van die dingen, voordat hij terug naar school moet."

Ze zweeg.

Waarom moest ik elke keer slijmen als ik iets van haar wilde? "Misschien kan hij een week of twee blijven. Dan heb jij wat tijd voor jezelf."

"Twee weken is lang ... "

"Het is ook een lange vlucht."

"Zou Cleo hem weer komen halen?"

"Ja." Ik zou het zelf doen, maar ik wilde haar niet lijfelijk ontmoeten. "En mijn moeder zou ook graag wat tijd met hem doorbrengen."

Na een lange zucht, gaf ze toe. "Ik denk dat tien dagen wel moet lukken ... "

Ik sloot mijn ogen en bootste Dereks vreugdesprongetje na door opgewonden mijn elleboog naar mijn borst te trekken en mijn geballe vuist omhoog te steken. "Geweldig. Ik zal het regelen. Bedankt Valerie." Ik kon niet geloven dat ik haar moest bedanken. Ik moest tot het uiterste gaan om mijn eigen zoon te kunnen zien.

"Graag gedaan, Deacon."

Teef. "We spreken elkaar later nog wel."

"Dag."

Ik hing op en gooide de telefoon hard neer. Ik leunde achterover in mijn leren stoel, wreef met mijn handen over mijn gezicht en dwong mezelf om mijn woede te laten afnemen. Ik liet mijn hoofd achterover tegen het kussen rusten en liet mijn handen zakken. Ik sloot mijn ogen terwijl ik probeerde om weer rustig te worden. Ik probeerde me te concentreren op de beloning.

Tien hele dagen met Derek.

---

Ik liep het gebouw binnen en wandelde langs de lift naar Cleo's bureau.

Ze zat op haar computer te typen, met haar haren naar achteren getrokken in een strakke paardenstaart. Ze zat in een perfecte houding en hield haar ranke kaarsrecht. Een gouden halsketting hing over haar roze blouse. Ze merkte me niet op.

Dus bleef ik even staan en keek toe hoe haar wenkbrauwen op en neer bewogen terwijl ze zich concentreerde op haar werk. De make-up rond haar ogen was wat donkerder dan gewoonlijk, waardoor ze nog mooier was dan anders.

Ze keek mijn kant op, alsof ze plots mijn grote lichaam vanuit haar ooghoek had opgemerkt. Ze stopte abrupt met wat ze aan het doen was en zag er op slag verward uit. "Het spijt me, Deacon. Ik had je daar niet zien staan." Ze stond op en streek ondertussen haar rok glad.

Wanneer ik zo dicht bij haar was, kon ik alleen maar denken aan haar volle lippen, de slanke rondingen van haar middel en de rozengeur die rond haar hing.

Ze hield haar handen samengevouwen voor haar middel en wachtte geduldig tot ik zover was om het woord te nemen.

Ik schraapte mijn keel en was helemaal de draad kwijt. "Valerie heeft gezegd dat ik Derek tien dagen mag hebben."

"Wauw ... tien dagen?" Ze glimlachte. "Dat is geweldig. Jullie zullen zoveel plezier hebben samen." Zij leek heel goed te begrijpen hoe blij Deacon me echt maakte.

Ik merkte dat ik al mijn goede nieuws met haar wilde delen, omdat ze mijn opwinding echt leek te delen. In plaats van te klagen over Valerie, deelde ze mijn vreugde. Dat was fijn. "Ik vroeg me af of je die rondleiding in het planetarium nog zou kunnen boeken?"

"Zeker. Heb je nog iets anders in gedachten?"

"Hij houdt van honkbal, en de Yankees spelen binnenkort tegen de Giants."

"De Giants is zijn favoriete team, toch?"

"Ja ... " Het verbaasde me dat ze dat wist.

"Ik zal een paar goede plaatsen voor jullie regelen. Wat nog meer? Houdt hij van toneelstukken? Musea?"

Ik schudde mijn hoofd. "Hij is niet echt het artistieke type."

"Net als jij ... dat had ik kunnen weten. Ik weet zeker dat jullie wat tijd in de chalet zullen doorbrengen, niet?"

Ik knikte.

"Neem je deze keer vrijaf?"

Ik had daar nog niet over nagedacht. "Ik zou dat graag doen, maar ik kan niet ... "

"Dat is niet erg. Je kunt hem na het werk zien. Zal je moeder op hem passen?"

Daar had ik ook nog niet aan gedacht. Ik zou een kindermeisje moeten aannemen als Derek hierheen verhuisde. "Ik weet zeker dat ze het niet erg zal vinden om een paar dagen op hem te letten. En ik kan hem ook altijd mee nemen naar kantoor."

"Goed. Ik zal nog nadenken over eventuele andere uitstapjes. Dit is New York, er zijn een miljoen opties."

"Dank je." Ik wist dat ze alles zou plannen, het vervoer zou regelen, privérondleidingen zou boeken er een ervaring van zou maken die Derek nooit meer zou vergeten.

"Wanneer komt hij?"

"Vrijdag."

"Goed. Ik reserveer de vluchten en haal hem op."

Ik hoefde het haar niet eens te vragen. "Bedankt." Ze was als enige van het personeel in het kantoor, dus bleef ik rondhangen en staarde naar haar terwijl ze voor me stond. Ik genoot van de aanblik van haar gezicht na een lange dag op kantoor. Praten met Valerie was altijd vervelend, maar het was gemakkelijk om de nachtmerrie te vergeten als ik naar Cleo keek, die niet wist wat onvriendelijkheid was.

"Ben je blij dat je moeder morgen vertrekt?"

"Je hebt geen idee hoe blij."

Ze grinnikte. "Zo erg kan ze niet zijn."

We hadden wat diepe gesprekken gehad, samen gegeten en gesproken over mijn wijnverzameling. "Het is leuk geweest. Ze stelt me alleen te veel vragen."

"Zo verloopt een gesprek nu eenmaal."

"Jij stelt me niet veel vragen."

"Oké ... Zo werkt een gesprek met je moeder nu eenmaal."

Een lichte glimlach speelde op mijn lippen. Bij haar gebeurde dat moeiteloos. Het was niet zoals wanneer ik een prijs kreeg of mijn moeder gelukkig moest maken. Het was geen belasting voor mijn wangen, en al zeker niet voor mijn geest. "Bedankt voor alles. Als je dat appartement niet voor haar had gevonden, was ze waarschijnlijk nog maanden bij mij blijven wonen."

"Dat zou je seksleven hebben verwoest," zei ze plagend.

"Ik heb geen seksleven." Pas toen de woorden al uit mijn mond waren gevlogen, drong het tot me door wat ik had gezegd. Ik had niet echt nagedacht over wat ik zou zeggen en had die woorden eruit geflapt — zoals ik wel eens bij anderen deed. Ik pikte niet langer vrouwen op in bars omdat ik nooit meer die aandrang had. Ik had gedacht aan Derek, had het druk gehad met mijn werk, was bezig geweest met mijn moeder ... Het was gewoon niet in me opgekomen. Ik had ook genoeg van de domme gesprekken, van de moeite om hen uit mijn appartement te krijgen, van het negeren van hun tekstberichten de daaropvolgende dagen, totdat ze eindelijk de hint begrepen. Voor mij was het puur fysiek, en ze hadden mij niets anders te bieden dan seks. Ze waren niet interessant. Ze waren niet slim. En meestal waren ze onbeleefd, slordig, en verwaand.

Cleo staarde me aan met haar handen nog steeds samengevouwen voor zich en haar blik gefocust op mijn gezicht.

Ik wist niet waarom ik dat had gezegd. "Ik kook vanavond voor mijn moeder, om haar laatste avond te vieren."

"Ik weet zeker dat ze van je kookkunsten houdt." Haar stem was nu stil, echt stil.

"Ja. Dat doet ze."

"Laat het me weten als ik je nog iets kan bezorgen. Meer wijn, of zo."

"Ik denk dat we genoeg hebben, maar toch bedankt."

Ze glimlachte naar me. "Nou, tot later."

"Ja." Ik had haar bijna uitgenodigd om te komen eten, maar toen realiseerde ik me dat dat raar zou zijn met mijn moeder erbij, omdat ze sowieso erg gefocust was op het vinden van een nieuwe vrouw voor me. Ik staarde nog even naar haar, draaide me toen eindelijk om en liep weg.

# 8

# CLEO

De liftdeuren gingen open en ik stapte de gang op met een grote vaas met bloemen voor het appartement in de hand. Ik opende de deur, zette de vaas op het tafeltje naast de ingang, sloot de deur daarna en vertrok meteen.

De lift ging omlaag, naar de lobby — maar stopte op de zeventiende verdieping.

Oh nee.

Er woonden veel mensen op deze verdieping. Dit betekende niet meteen dat hij voor de liftdeuren zou staan.

De deuren gingen open ... en daar stond hij.

Hij droeg een spijkerbroek die laag op zijn heupen hing en een T-shirt dat strak om zijn gespierde armen zat, en het zag ernaar uit dat hij uitging voor een drankje. Hij had zijn maatpak aan de kapstok gehangen en gekozen voor vrijetijdskleding. Zijn blik focuste zich op de mijne van zodra de deuren opengingen en hij staarde me een paar seconden aan voordat hij bij me in de lift stapte.

Oh mijn god ...

De deuren gleden dicht.

De lift kwam in beweging.

Mijn hart klopte razendsnel. Ik werd plots misselijk. De spanning was verstikkend.

Ik moest gewoon dertig seconden rustig zien te blijven ... dan zou het voorbij zijn.

"Neuk je Deacon Hamilton?" Hij wendde zich tot mij en sprak luid, ook al was er absoluut geen reden om te schreeuwen.

Ik sprong bijna uit mijn vel.

"Doe je dat?"

Ik wendde me tot hem en wenste dat deze lift gewoon met lichtsnelheid naar de begane grond zou dalen en ik zo snel mogelijk in de lobby zou zijn. "Nee — niet dat het jou iets aangaat."

"Echt?", zei hij uitdagend. "Dus hij kwam gewoon zomaar tussenbeide toen we laatst aan het praten waren?"

"Hij kwam tussenbeide omdat hij een goede man is — wat ik van jou niet kan zeggen."

"Je vond me nochtans een goede man toen we samen waren."

Ik fronste mijn wenkbrauwen. "Toen je je vrouw bedroog? Nee, je was een verdomde klootzak — "

"Ik heb haar verlaten. Wat wil je nog meer van me?"

"Niets. Absoluut niets."

Zijn neusgaten gingen wijd open staan terwijl hij me aanstaarde. "Wil je echt niet bij me zijn, enkel en alleen omdat ik een paar maanden geleden nog getrouwd was? Ik ben nu vrijgezel, ongebonden, en ik ben nog steeds in je geïnteresseerd als — "

"Ik ben niet in jou geïnteresseerd, Jake."

Hij kneep zijn ogen half dicht. "Je zei dat je met iemand uitgaat. Als het Deacon niet is, wie is het dan wel?"

"Dat gaat je niets aan." De deuren gingen open. "Niemand dus." Ik stapte uit de lift en liep richting mijn bureau in de wetenschap dat Matt er nog was. Ik snelde weg van bij de liften en zag mijn reddende engel zitten.

Toen ik bij mijn bureau aankwam en me omdraaide, was Jake weg; hij was waarschijnlijk naar buiten gestormd.

---

Matt kwam het appartement in met zijn bagagekar, klaar om de tassen op te laden en die naar de lobby te brengen, net als in een hotel.

Margo's tassen stonden gestapeld naast de ingang; crèmekleurig en schoon, alsof ze helemaal nooit op het vliegveld waren geweest.

Ze stond daar en knuffelde haar zoon. "Schat, bedankt dat ik bij je mocht logeren. Ik heb een geweldige tijd gehad. Het was leuk om elke avond naar je gezicht te kunnen kijken onder het genot van een glas wijn." Ze trok zich terug en legde haar hand op zijn wang, alsof hij nog een kleine jongen was.

Deacon glimlachte en liet zijn moeder haar gang gaan. "Ik heb ook genoten van onze tijd samen."

"Maar we zullen elkaar heel vaak zien," zei ze opgewonden. "Ik ben zo blij dat ik mijn jongens bij me heb. En ik ben zo blij dat ik binnenkort ook mijn kleinzoon zal zien." Ze sloeg haar armen om hem heen en omhelsde hem weer, maar liet hem deze keer hem niet meer los.

Hij omhelsde haar terug, met zijn kin op haar hoofd. Hij keek nu naar mij, en hij hield mijn blik vast.

Toen ze zich terugtrok, kneep ze hem lichtjes in zijn armen. "Je vader zou enorm trots op je zijn ... "

Door die woorden verstijfde hij, en hij verplaatste zijn blik naar haar gezicht en bleef haar aankijken. Hij zweeg en keek haar met een uitdrukkingsloos gezicht aan.

"Niet alleen omwille van alles wat je hebt bereikt, maar omdat je voor mij zorgt." Ze glimlachte even naar hem en wendde zich toen af. "Goed, ik ben klaar om te gaan."

Deacon bleef staan, gekleed in een T-shirt en joggingbroek, met een lege gezichtsuitdrukking, alsof hij niet wist wat te denken of voelen.

"Ik laat je iets weten van zodra ik gesetteld ben."

Matt stapelde de bagage op de kar. "Ik breng deze alvast naar de auto."

"Tot ziens, schat." Margo zwaaide naar Deacon.

Hij keek haar na terwijl ze wegliep. "Tot ziens, mama."

Ze liepen het appartement uit.

Ik bleef achter, in de ban van Deacons gezichtsuitdrukking en de manier waarop hij naar de deur staarde, zelfs nadat ze al weg was. Hij was altijd knap, ongeacht zijn humeur en emoties. Hij was altijd mooi - of hij nu een grimas of een glimlach op zijn gezicht had.

Ik liep op hem af maar bleef staan toen we dicht bij elkaar waren.

Hij verplaatste zijn blik naar mij en bleef me aankijken.

"Je moeder is lief."

Hij klemde zijn kaken lichtjes op elkaar en was met zijn gedachten duidelijk ergens anders.

Ik wachtte tot hij het me zou vertellen.

"Ik voel me gewoon schuldig … "

"Waarom?"

"Ik had bijna drie maanden niet met haar gepraat."

Mijn hart sloeg een slag over, alsof ik kon voelen wat hij voelde, alsof ik hetzelfde zware schuldgevoel moest torsen. "Deacon, je had het toen heel moeilijk. Je had net een slecht huwelijk achter je, verhuisde naar de andere kant van het land, naar een stad waar je helemaal niemand kende. Wees niet zo hard voor jezelf."

"Ik pakte mijn spullen en ging er gewoon vandoor ... ik vluchtte weg."

"Het is soms beter om weg te rennen. Hoe kun je voor andere mensen zorgen, als je niet eerst voor jezelf zorgt? Kijk jou nou eens. Je bent nu op een veel betere plek. Je pakt het goed aan met Valerie. Je hebt een woning voor je moeder geregeld, wat verderop in de straat. Alles loopt op wieltjes."

"Maar dat is allemaal dankzij jou." Hij keek me aan met zijn diepe, bruine ogen en geconcentreerde blik. "Ik zit daar helemaal voor niets tussen."

"Maar je hebt mij ingehuurd."

Hij wreef over z'n nek, alsof hij geen eer wilde opstrijken voor dingen die ik had gedaan.

"Ik heb de bal misschien aan het rollen gebracht, maar jij zou het zelf hebben laten gebeuren ... wanneer je er klaar voor was."

Hij wreef met zijn handpalm over zijn kaaklijn, over de baardstoppels die zichtbaar begonnen te worden.

"Laat het los."

Hij stak zijn handen in zijn zakken.

"Het maakt niet uit hoe je op dit punt bent aanbeland. Je bent er nu. En je bent een geweldige zoon, een geweldige vader en een geweldige vriend ... " Hij had ook een heleboel dingen voor mij gedaan, was zeer gul, zorgzaam, beschermend ... en hij besefte dat niet eens. "Je bent niet voor niets mijn favoriete klant."

Hij glimlachte lichtjes. "Omdat ik je soms te eten geef ... "

Ik was dol op die glimlach. Ik was er zo dol op dat mijn hart er pijn van deed. "Dat helpt ... ik zal daar niet over liegen."

Hij grinnikte, en zijn ogen werden zachter, zelfs zorgeloos, iets wat maar zelden het geval was.

Ik wilde hier voor altijd blijven, wenste dat ik me de hele tijd zo goed kon voelen. Deacon en ik hadden niet eens een relatie, maar het voelde als de beste relatie van mijn leven. Mijn huwelijk was erbij vergeleken harteloos geweest, en mijn affaire met Jake voelde heel verkeerd aan. Dit voelde goed, zelfs perfect. "Nou, ik moet gaan." Ik wendde me af.

Hij pakte mijn pols vast.

Mijn hart stond stil.

Hij trok me zachtjes naar zich toe, dichter bij zijn harde lichaam. Hij keek me aan, nog steeds glimlachend.

Ik zou het elk moment besterven.

Toen sloeg hij zijn armen om mijn middel en omhelsde me, waarbij zijn krachtige armen bijna mijn hele rug bedekten. Zijn gezicht gleed naar mijn hals terwijl hij zachtjes in me kneep. Hij hoefde zich niet diep te bukken, omdat ik mijn hoogste hakken droeg.

Ik sloeg mijn armen om zijn gespierde bovenlichaam en drukte mijn wang tegen zijn borst, met mijn oor boven zijn hart.

Oh wauw ...

Hij bleef me maar vasthouden en groefde met zijn vingers door mijn kleren in mijn vlees. Zijn ademhaling was diep en zacht, en zijn hartslag was stabiel, als een trommel die op de achtergrond klinkt tijdens een ballade.

Ik sloot mijn ogen en genoot van het moment.

Het was maar een knuffel, een simpel gebaar tussen vrienden en familieleden.

Maar voor mij was het beter dan seks.

Ik kreeg vlinders in mijn buik, mijn hart ging wild tekeer, mijn handpalmen werden zweterig en mijn dijen hunkerden ernaar om in zijn heupen te knijpen. Ik wilde met mijn lippen de zijne strelen, wilde zijn warme adem op mijn gezicht voelen. Ik wilde mijn hoofd in mijn nek gooien en zijn hete kussen op mijn hals voelen, wilde zijn baardstoppels over mijn huid voelen schuren, het liefst over de binnenkant van mijn dijen, terwijl hij zijn mond drukte op het gebied dat het meest naar hem hunkerde.

Verdomme, ik had het flink te pakken.

Hij bleef me knuffelen, bleef me vasthouden alsof dit normaal was ... terwijl dat niet zo was.

Ik had nog nooit zo intens verlangd naar een man.

Ik had niet gedacht dat ik ooit nog iemand zou kunnen vertrouwen, vooral niet zo snel, maar ik was klaar om mezelf helemaal opnieuw te geven, elk klein stukje van me ... en hij mocht me voor altijd houden.

Hij fluisterde tegen me. "Jij bent het beste wat me ooit is overkomen ... "

Mijn ademhaling haperde en mijn hart sloeg onregelmatig. Kon hij voelen hoe mijn hart tekeerging? Kon hij mijn onregelmatige ademhaling voelen? Kon hij voelen hoe warm ik het had ... overal?

Zijn armen gleden langzaam van mijn lichaam en hij maakte een einde aan de warmste en innigste omhelzing die ik al ooit had gehad.

Nee.

Hij toonde zijn genegenheid niet langer, deed een stap achteruit en keek me aan.

Ik kon me mijn blik, mijn rode wangen, mijn vochtige ogen en mijn ietwat geopende lippen die wanhopig hunkerden naar een kus maar al te goed voorstellen. Ik wist dat Deacon nooit genegenheid toonde voor iemand buiten zijn familie, en ik was op de een of andere manier zijn vertroeweling geworden. Ik merkte dat hij iets voor me voelde, dat hij deze chemie ook ervoer. Maar hij handelde er niet naar, nam mijn gezicht niet in zijn handen en kuste me niet op de manier waarnaar ik zo verlangde.

Tucker had gezegd dat ik geduldig moest zijn. Hij had gezegd dat ik moest wachten.

Ik wist nu dat ik eeuwig op deze man zou wachten.

---

Derek droeg een rugzak met een opdruk van het heelal, en op zijn bagage stond net als de vorige keer een superheld afgebeeld. Hij was klaar om te vertrekken, en toen hij me zag, lichtten zijn ogen op, net zoals ze dat deden voor zijn vader. "Cleo!"

"Hoi, Derek." Ik knielde en keek toe terwijl hij in mijn armen rende.

Hij duwde me bijna omver met zijn sprint, en ik hield hem vast. "Ik was vergeten hoe sterk je bent."

"Mama dwingt me om spinazie te eten." Hij zette een stap achteruit en herinnerde me aan zijn vader, maar dan een veel onschuldigere versie.

"Dat merk ik." Ik kneep lichtjes in zijn kleine biceps. "Je zult ooit net zo sterk zijn als je vader."

Hij spande de spieren van zijn armen op. "En ik zal ook net zo slim zijn als hij."

"Dat ben je volgens mij al." Ik glimlachte en ging toen rechtop staan.

Valerie was niet zo vriendelijk als de vorige keer. Ze bekeek me van top tot teen en keek me aan alsof ik een tegenstander was, in plaats van als een neutrale kennis.

Ik deed alsof ik het niet merkte. "Hoe gaat het met je, Valerie?" Ik stak mijn hand uit om de hare te schudden.

Ze nam die aan, maar reageerde verder niet.

De chauffeur kwam de bagage oppikken om in de kofferbak te zetten. Derek liep achter hem aan en vertelde hem allerlei dingen over de ruimte.

Toen haar zoon buiten gehoorsafstand was, deed ze haar zegje. "Het is heel onprofessioneel om achter je baas aan te gaan, Cleo. Deacon heeft veel te hoge standaarden om in jou geïnteresseerd te zijn — ", ze bekeek me van top tot teen, " — zijn bediende."

Hoe had Deacon ooit met deze feeks kunnen trouwen? Sprak ze echt zo met mensen? Hoe kon zo'n gemene vrouw zo'n schattig kind hebben? "Valerie, ik weet niet waar deze vijandigheid vandaan komt, maar ik date met Deacons broer Tucker." Ik had het uitgemaakt omdat ik onbewust had beseft dat ik nooit meer een kans zou maken bij Deacon als het ooit serieus en ingewikkeld zou worden met Tucker. Maar dat hoefde zij niet te weten. Het meeste van wat ik had gezegd was waar.

Haar vijandigheid nam onmiddellijk af, en ze had echt de gratie om zich te schamen. "Oh ... dat wist ik niet."

"We gaan nu al twee maanden uit. Deacon heeft ons zo'n beetje bij elkaar gebracht."

Opluchting werd plots zichtbaar in haar ogen. "Nou, dat is een verrassing."

Zou ze zich niet bij me verontschuldigen?

Nu glimlachte ze. "Sms me als je er bent."

Deze vrouw was manipulatief en controlerend, en had geen grenzen of respect voor iets anders behalve haar eigenbelang. Het was moeilijk om naar haar te kijken en haar niet te haten, om haar niet in haar eigen huis op haar gezicht te slaan. "Dat zal ik doen." Ik wendde me af en stopte met glimlachen van zodra ze mijn gezicht niet meer kon zien.

"Schiet op!" Derek stampte met zijn voet. "Papa wacht op me."

Ik sms'te Deacon toen we op nog vijf minuten rijden van het gebouw verwijderd waren.

Derek lag tegen mijn zij aan met zijn hoofd op mijn schouder en sliep tijdens de rit.

*We zijn er over vijf minuten.*

*Bedankt, Cleo. Hoe gaat het met mijn kleine man?*

Ik nam een selfie en probeerde om niet te bewegen en hem wakker te maken. Ik verstuurde die.

*Derek vindt je echt leuk.*

*Ik heb het gevoel dat hij iedereen leuk vindt.*

*Nee. Hij is kieskeurig, net als ik.*

De chauffeur parkeerde de auto naast de stoeprand en we stapten uit.

Derek opende langzaam zijn ogen, en hij werd weer helemaal opgewonden toen hij het gebouw herkende. "Ja!"

Ik pakte zijn bagage bij elkaar en nam alles mee de lift in.

"Wat gaan we morgen doen?" Hij keek me aan.

Ik haalde mijn schouders op. "Dat is een verrassing."

"Kom op, Cleo. Ik weet dat jij alles weet."

Ik lachte. "Ik weet alles ... maar ik wil dat je vader het je zelf vertelt."

"Ga je me niet eens een hint geven?"

Ik schudde mijn hoofd.

De deuren gingen open en we liepen door de gang.

Derek rende naar de deur en drukte meermaals op de deurbel. "Papa!"

Ik glimlachte en nam mijn tijd, omdat ik hen de kans wilde geven om elkaar te omhelzen voordat ik daar aankwam.

De deur ging open en Deacon knielde neer. "Hier is mijn kleine man." Hij sloeg zijn armen om hem heen en omhelsde hem stevig, met zijn kin rustend op zijn hoofd.

Derek omhelsde hem terug, een miniatuurversie van zijn vader. Hij trok zich terug en haalde een opgevouwen stuk papier uit zijn zak. "Ik heb nog een tekening voor je gemaakt." Hij ontvouwde hem en gaf die aan zijn vader. "Het is een tekening van jou en mij in de vakantiewoning."

Deacon glimlachte breed terwijl hij ernaar keek. "Ik vind het prachtig. Dank je."

"Ik dacht wel dat je het leuk zou vinden, omdat je de laatste ook al zo mooi vond."

"Heel attent van je. Dank je." Hij gaf hem nog een knuffel en een kus op de haarlijn. "Heb je honger?"

Hij schudde zijn hoofd. "Ik heb cornflakes gegeten in het vliegtuig."

Hij stond op. "Dat is niet genoeg voor een man in de groei als jij." Hij trok hem mee naar binnen.

Ik bereikte de deur.

In plaats van te stoppen met glimlachen toen hij naar mij keek, glimlachte hij nog steeds, alsof hij net zo blij was om mij te zien. "Laat me dat van je overnemen." Hij trok de rugzak van mijn arm en nodigde me uit om binnen te komen.

Ik rolde de koffer de woonkamer in.

Hij zette de rugzak op de bank en kwam daarna naar me toe. "Hoe was de vlucht?"

Derek liep naar de keuken en opende de koelkast. "Mag ik een biertje?"

Deacon keek hem aan over zijn schouder. "Wat?"

"Jij drinkt dat toch ook."

"Nee, Derek. Als je ouder bent."

"Dat zeg je altijd ... Als je ouder bent."

Deacon grinnikte en wendde zich weer tot mij. "Sorry, hoe was de vlucht?"

"Die was goed. We hebben gekleurd." Ik vond hem zelfs nog aantrekkelijker wanneer hij interactie had met Derek en zich gedroeg als een vader ... omdat hij daar goed in was. Hij was liefdevol, aanhankelijk en dankbaar dat hij een zoon als Derek had.

"Wil je met ons mee-eten? Het is gegrilde kipfilets met rijst en groenten."

Derek reageerde vanuit de keuken. "Bah. Kipnuggets zijn beter!"

Hij haalde zijn blik niet van me af. "Of kipnuggets, als je dat liever hebt."

Ik zou nee moeten zeggen en vertrekken, maar ik was het beu om zijn verzoeken af te wijzen wanneer ik eigenlijk wilde blijven ... omdat ik niet naar huis wilde gaan, naar mijn lege appartement, om daar gewoon te zitten met het geluid van de tv aan op de achtergrond. Ik wilde Deacons stem en Dereks gelach horen. "Ik pas wat de nuggets betreft. Maar dat eerste klinkt goed."

"Geweldig." Hij glimlachte naar me, en hij had de knapste glimlach die ik al ooit had gezien, het soort lach waarbij al zijn tanden zichtbaar waren en waar zijn ogen van schitterden. Hij gaf me een knuffel met een arm en trok me mee naar binnen om vervolgens de deur achter me dicht te doen.

De aanraking was snel, maar voelde natuurlijk.

Alsof hij het had gedaan zonder erbij na te denken.

---

Derek keek naar het glas van zijn vader. "Wat is dat?"

"Wijn." Deacon sneed in de kip.

"Het lijkt wel vies water."

Ik grinnikte. "Goed geobserveerd."

"Mag ik ook wat?" Hij greep naar het glas.

Deacon trok het weg. "Waarom ben je ineens zo geïnteresseerd in alcohol?"

Hij haalde zijn schouders op en keek naar zijn lege bord. "Volwassenen drinken het de hele tijd."

"Maar jij bent geen volwassene."

"Ja ... denk ik. Waar komt wijn vandaan?"

"Van druiven," antwoordde Deacon.

"Komt mijn sap niet ook van druiven?"

"Correct." Deacon toonde nooit ergernis over al zijn vragen.

"Dus ... drink ik wijn?", vroeg Derek.

"Nee. De druiven gaan door een fermentatieproces," legde Deacon uit. "Dat brengt de alcohol naar buiten. En de druiven in wijngaarden zijn anders dan de soorten in je sap. Als je een druif van een wijnstok zou plukken en in je mond zou stoppen, zou die zuur smaken, niet zoet."

Derek nam de informatie op en leek erover na te denken.

"Hoe gaat het met je moeder?", vroeg Deacon hem.

Derek liet de asperges op zijn bord liggen en at alleen de nuggets op die zijn vader voor hem had klaargemaakt. "Hetzelfde."

"Hebben jullie het leuk samen?"

"Niet echt," antwoordde hij. "Ze is saai. Ze vindt niets leuk."

Dat verbaasde me helemaal niet. Ze had alleen een zoon om Deacon aan zich te binden, niet om hem te kunnen verwennen en op te voeden tot een geweldig persoon. Het was volkomen egoïstisch. Bah, ik haatte haar. Ik kon nauwelijks aan haar denken zonder me er druk over te maken.

Deacon stelde geen vragen meer.

"En, wat zullen we morgen doen?", vroeg Derek. "Gaan we naar de chalet?"

"We zullen je eigenlijk meenemen naar het planetarium," antwoordde Deacon.

*We?*

"Echt waar?" Derek stak zijn hand in zijn dikke haarbos en was zo opgewonden dat hij zou kunnen ontploffen, als een raket. "Papa, dat is zo geweldig! Daar heb ik altijd al naartoe willen gaan. Het wordt zo gaaf. Het zal het coolste ooit zijn ... " Hij bleef maar door ratelen.

Deacon wendde zich tot mij en glimlachte lichtjes terwijl hij luisterde naar zijn zoon die maar bleef praten.

Ik glimlachte terug en begreep dat hij me bedankte met zijn blik, en dat hij de opwinding van zijn zoon met mij deelde ... alsof ik bij de familie hoorde.

---

Ik had een van Deacons kamers ingericht als een permanente slaapkamer voor Derek.

Ik had het gevoel dat hij vaker op bezoek zou komen.

Derek liep naar binnen en zag de muren met behangpapier in ruimtethema, alsook een poster van Neil Armstrong op de maan, precies zoals zijn exemplaar thuis. Hij keek naar het bed en de andere bijpassende meubels die ik erin had laten plaatsen. Aan de muren hingen ingelijste foto's van hem en Deacon samen, foto's die ik had genomen bij de chalet. "Wauw ... wat cool." Hij rende naar het bed en begon erop te springen.

Deacon leunde tegen de deurpost met zijn armen voor zijn borst gekruist, en staarde met een lichte grijns op zijn gezicht naar zijn zoon. "Ik denk dat het hem bevalt."

Hij bleef maar springen. "Kijk, ik lijk wel Armstrong op de maan ... "

Deacon grinnikte. "Ik ga Cleo even naar buiten begeleiden. Ik kom zo terug."

Derek was te geïnteresseerd in zijn kamer om wat om mijn vertrek te geven.

Deacon draaide zich om, haalde zijn telefoon uit zijn zak en verstuurde snel een sms. Toen stopte hij het apparaat terug in zijn zak. "Bedankt dat je hem vandaag hebt opgehaald."

"Met alle plezier."

"Ik zou zelf gaan, maar ik denk niet dat het goed zou aflopen als ik Valerie zag. Ik weet dat je het druk hebt en dat ik beter iemand anders zou sturen, maar ik vertrouw niemand anders met Derek."

Dat was het grootste compliment dat hij me al ooit had gegeven. "Ik vind het niet erg om te doen."

"Hoe was ze?" Hij stapte de gang in.

Ik besloot hem niet te vertellen hoe gestoord ze zich had gedragen. "Het ging goed. Wat ben jij eigenlijk aan het doen?"

Hij draaide zich naar me om.

"Deacon, je hoeft me echt niet naar buiten te begeleiden."

Hij keek de woning in, alsof hij twijfelde over wat hij nu moest doen. Hij wilde me naar buiten begeleiden, maar hij wilde zijn zoon ook niet alleen laten. "Mijn chauffeur staat beneden op je te wachten."

Nu wist ik wie hij had ge-sms't. "Ik meen het, Deacon. Dat hoef je niet te doen.

"Ik laat je niet in het donker naar huis wandelen."

"Ik zou een taxi kunnen nemen — "

"Maar ik weet dat je dat niet zult doen. En ik wil ook niet dat je in je eentje in een taxi stapt."

Deacon deed altijd zijn uiterste best om me te beschermen ... ook al was ik niet zijn verantwoordelijkheid. Het was aandoenlijk, meer dan ik onder woorden kon brengen. "Nou ... bedankt."

"Graag gedaan." Hij trok de deur achter zich dicht, zodat we Derek niet zouden horen schreeuwen terwijl hij op het bed stuiterde. Hij kwam voor me staan, ook al viel er niet veel meer te zeggen. "Hoe laat vertrekken we morgen?"

"De auto zal jullie om zeven uur 's avonds ophalen."

"Je bedoelt, ons."

Ik fronste een wenkbrauw. "Ik wist niet dat je wilde dat ik jullie vergezelde."

"Ik ging ervan uit dat je zou meegaan ... tenzij je het te druk hebt of zo."

Zelfs als dat zo was, zou ik al mijn plannen annuleren om de avond met hem en Derek door te brengen. "Nee, ik heb het niet te druk. Maar ik dacht dat je de avond alleen met hem zou willen doorbrengen. Het zal een geweldige herinnering zijn voor jullie twee."

"Het kan toch ook een geweldige herinnering zijn als we met zijn drietjes gaan?" Hij stelde de vraag, alsof hij oprecht verbaasd was door mijn opmerking, alsof ik net zo goed een deel van hun leven was als Tucker of zijn moeder, alsof ik hier thuishoorde.

"Dan zie ik je morgen." Nu kon ik niet wachten om te gaan slapen en vroeg op te staan, omdat ik wist dat ik de avond zou door-brengen met hun beiden ... de mensen die familie van me waren geworden, ook al had ik niet beseft dat ik familie miste. Toen mijn man me had verlaten, had ik me zo alleen gevoeld, erg eenzaam. Maar Deacon gaf me het gevoel dat ik deel uitmaakte van een geheel ... en niet omdat het mijn werk was. "Welterusten."

"Welterusten, Cleo." Hij glimlachte naar me voordat hij weer zijn woning in liep. Dereks geschreeuw was niet meer te horen toen de deur eenmaal dicht was.

Ik bleef daar nog een paar seconden staan en miste hen beiden van zodra ze bij me weg waren.

# 9

# DEACON

WE KWAMEN NA SLUITINGSTIJD AAN BIJ HET PLANETARIUM, en Cleo meldde ons aan. Op de een of andere manier was het haar gelukt om het voor ons drietjes te reserveren, zodat we er exclusief van konden genieten. Ik had haar nog nooit om iets gevraagd dat ze niet waar kon maken. Ze was een vrouw met een onbegrensd doorzettingsvermogen, met een vastberadenheid die niet kon worden ontmoedigd.

Van zodra we de lobby binnentraden, zagen we grote planeten en sterren aan het plafond hangen.

Derek was meteen onder de indruk. "Wauw ... "

We bezochten de verschillende tentoonstellingen en simulaties. Er was een Mars Rover-simulatie waar Derek virtueel met het karretje over de planeet kon rijden, met behulp van echte beelden die verzameld waren door het toestel. Op een andere afdeling leerden we dan weer over de gasreuzen aan de rand van het zonnestelsel. We kregen zelfs een replica van Voyager 1 en 2 te zien.

Derek was enorm onder de indruk.

We liepen het theater binnen waar stoelen stonden die plat konden worden gelegd, zodat we de projectie van het universum op het plafond konden zien. Het was een documentaire over het ontstaan van het universum, de formaties van sterren en sterrenstelsels en over de relatieve kleinheid van de aarde in vergelijking met de massa die zich miljarden lichtjaren over het universum uitstrekte.

Toen ik mijn hoofd naar Cleo draaide om te zien of ze genoot van de voorstelling, was zij al naar mij aan het kijken, en haar blauwe ogen weerkaatsen het licht van de virtuele sterren. Haar haren hingen los en vielen op een perfecte manier langs haar keel. De lichte glimlach op haar lippen was zo zacht.

Ik staarde een tijdje naar haar, meer geïntrigeerd door haar uiterlijk, dan door de show waar mijn zoon zo door gefascineerd was. Soms zat ik als gevangen in dit soort momenten waarin ik enkel naar haar wilde staren, omdat mijn hersenen zo in de ban waren door haar uiterlijk dat ik niet weg kon kijken.

Ze was de mooiste vrouw die ik al ooit had gezien.

De presentatie was afgelopen en de lampen floepten aan.

Dereks stem onderbrak mijn gedachten. "Ze hebben helemaal niets gezegd over aliens."

Ik verbrak het oogcontact met Cleo en wendde me tot mijn zoon. "Er is geen wetenschappelijk bewijs dat hun bestaan ondersteunt, dus waarom zouden ze het dan moeten vermelden?"

"NASA zegt dat er fossielen van bacteriën op Mars zijn, wat betekent dat er ooit leven was. Kwalificeert dat niet als alien?"

Mijn zoon maakte altijd indruk op me met zijn intelligentie. "Ik denk van wel."

"Nou, ze hebben er niets over gezegd."

"Misschien komt het straks nog aan bod."

Cleo ging rechtop zitten. "Hoe zit het met Area 51? Wat denk je dat zich daar bevindt?"

Derek klom uit zijn stoel. "Geen aliens. Ik denk dat ze daar kennis verbergen, technologische dingen waar het publiek niets van mag weten."

Ik stond op en pakte Dereks hand vast zodat hij niet van de trap zou vallen terwijl we het theater verlieten. "Misschien komen we daar ooit nog achter."

"Dat betwijfel ik," zei Derek, terwijl hij met zijn ogen rolde.

We begaven ons naar de souvenirwinkel omdat onze tijd er bijna op zat.

Derek koos meteen een handvol dingen uit. "Ik neem dit en dit ... "

"Je mag één ding uitkiezen, Derek."

Hij wendde zich tot mij, met zijn handen vol spullen. "Wat? Dat is niet eerlijk!"

"Eén ding," herhaalde ik.

Hij gromde bij het uitademen en begon spullen terug te leggen.

Ik wendde me tot Cleo. "Ik wil hem niet verwennen."

Ze glimlachte. "Goede beslissing."

"Kinderen die gewend zijn om alles te krijgen wat ze willen, worden later echte klootzakken."

"Heb jij altijd je zin gekregen?"

Ik draaide me naar haar om en zag de glimlach op haar gezicht. Ik wist dat het een grap was, en had dat ook meteen door, terwijl ik gewoonlijk nooit de grappen van iemand begreep. "Erg grappig."

Haar glimlach werd breder. "Denk je dat Derek ooit astronaut zal worden?"

Ik keek weer naar mijn zoon en zag dat hij in de winkel snuisterde en probeerde om een enkel item uit te kiezen om mee naar huis te nemen. "Nee."

Ze fronste een wenkbrauw. "Waarom niet?"

"Astronauten zijn extreem intelligent, maar ze zijn ook snel ter been, hebben snelle reflexen en kunnen zeer snel problemen oplossen. Als Derek opgroeit zoals ik, wat ik me best kan inbeelden, zal hij niet dat soort intelligentie hebben. Ik neem altijd mijn tijd om goed na te denken over dingen. Ik zie hem eerder een astrofysicus of theoretisch fysicus worden. Maar kinderen veranderen doorlopend van gedachten. Ik kan me voorstellen dat hij een heleboel opties heeft."

Ze glimlachte. "Denk je dat hij een dokter wordt, zoals jij?"

Ik keek weer naar mijn zoon. "Daar heeft hij nog nooit interesse in getoond. Maar wie weet."

"Kan het je niets schelen wat hij beslist?"

Ik schudde mijn hoofd. "Zolang hij maar een goed mens is, kan het me niets schelen."

"Goed antwoord."

Derek koos eindelijk iets uit. "Ik wil de replica van de Rover ... maar ik wil ook een T-shirt. Ik kan niet kiezen ... " Hij hield ze allebei omhoog, als de twee kanten van een weegschaal.

Het was moeilijk om naar zijn innerlijke strijd te kijken, dus gaf ik zoals alle ouders gewoon toe. "Goed. Je mag ze allebei hebben."

"Echt waar?" Hij hield beide voorwerpen in de lucht. "Ja! Bedankt, papa." Hij droeg ze naar de kassa.

Cleo grijnsde naar me.

Ik keek haar weer aan. "Wat?"

"Hij heeft je onder de duim."

"Is dat zo duidelijk?"

Ze knikte. "En het is schattig."

Ik liep naar de T-shirts en koos er een voor mezelf uit. Toen pakte ik een vrouwenversie en nam de kleinste maat die ze hadden. "Is dit je maat?"

"Ga je een T-shirt voor me kopen?", vroeg ze verrast.

"Ja." Ik droeg alles naar de kassa. "Dan hebben we bij elkaar passende outfits."

---

We sloten de avond af in een restaurant met een laat etentje.

Derek had zijn T-shirt al aan, met daarop een foto van het zonnestelsel en het logo van het planetarium op de voorkant. Hij had ook zijn Rover-speelgoed mee naar binnen genomen, en zat er rustig mee te spelen tegenover me aan tafel.

Cleo keek naar het menu. "De pappardelle lijkt me lekker ... "

Ik had al besloten wat ik ging eten van zodra ik het menu had bekeken. "Derek, wat ga jij nemen?"

"Pizza." Hij keek niet op van zijn speelgoed.

"Geen pizza. Je hebt vanmiddag al pizza gegeten."

"Maar ik ben dol op pizza."

Ik keek naar het kindermenu. "Wat denk je van kip in noedelsoep? Of de gegrilde kip?"

Hij stak zijn tong uit.

Cleo probeerde niet te grinniken, maar faalde daarin.

"Je kunt niet altijd junkfood eten, Derek." Ik legde het menu neer. "Je wilt net zo sterk worden als ik, toch?"

Hij zuchtte.

"Ik eet toch ook geen pizza."

"Het is al goed ... " Hij bleef spelen met zijn speelgoed.

De ober kwam naar ons toe en ik bestelde voor ons twee en keek toen naar Cleo.

"Ik neem de pasta." Ze gaf het menu aan de ober.

Die liet ons daarna alleen.

Derek bleef spelen met zijn speelgoed, maar het was duidelijk dat hij moe begon te worden. Zijn energie was verdwenen en zijn oogleden waren een beetje zwaar. Als ik 's avonds zijn slaapkamer binnenliep, vond ik hem meestal slapend aan zijn bureau, met zijn miniatuurmodellen voor zich uitgestald, alsof hij had gespeeld tot de uitputting hem teveel was geworden. "Wat gaan we morgen doen?"

"Oma wil samen lunchen en daarna gaan we naar de film."

"Oma?", vroeg hij, terwijl hij me aankeek.

"Je oma is ook hierheen verhuisd," zei ik. "Ze woont wat verderop in de straat."

"Ik wil ook verhuizen ... " Hij concentreerde zich weer op zijn speelgoed.

"Misschien gebeurt dat ooit," zei ik, wensend dat ik hem niet over tien dagen weeral moest terugsturen. Dat deed elke keer enorm veel pijn. Ik wenste dat hij hier altijd bij mij kon blijven. Zelfs als hij voornamelijk bij Valerie zou wonen, zou ik hem gewoon kunnen ophalen en meenemen naar een voetbalwedstrijd of zoiets. En als hij me nodig had, bevond ik me op maar een paar minuten rijden. Hoe kon ik hem helpen wanneer ik aan de andere kant van het land woonde?

"Zal Oom Tucker er ook bij zijn?"

"Ja."

"En Cleo?" Hij wendde zich tot haar.

Ze begon te praten. "Nou, ik — "

"Ja, natuurlijk." Ik wendde me tot haar. "Jij bent natuurlijk ook uitgenodigd."

Ze sloot haar mond en staarde me aan, alsof ze verrast was door het aanbod.

"Je gaat toch ook mee?", vroeg Derek.

"Euhm, natuurlijk," antwoordde Cleo. "Ik breng graag tijd met jullie door."

En ik vond het heerlijk om haar in de buurt te hebben. Ik voelde me altijd beter wanneer ze bij me was. Na mijn gesprek met Tucker had ik de gedachte verdrongen en gedaan alsof het nooit gebeurd was. Ik had haar in eerste instantie weg willen duwen, maar op het moment dat ze mijn arm had aangeraakt in het appartement van mijn moeder, was al mijn tegenstand verdampt. We waren meteen weer terug bij af geweest.

"Wanneer gaan we naar de chalet?", vroeg Derek.

Ik nam een slok van mijn wijn. "Volgend weekend."

"Dat is nog zo lang wachten ... " Hij zakte teleurgesteld onderuit in de stoel.

"Voor je het weet is het weekend." Hij had zoveel energie en was klaar om door het leven te razen als een sneltrein.

"Wat doen we tijdens de week?", vroeg Derek.

"Je zult af en toe naar oma gaan," antwoordde ik. "En ik zal je meenemen naar mijn werk."

"Ik ben nog nooit op je werk geweest," zei hij.

"Nou, ik zal je een rondleiding geven."

Hij knikte. "Cool."

De ober bracht ons eten en we aten in een comfortabele stilte. In plaats van een scène te maken, at Derek zijn kip en groenten, gemotiveerd om ooit zoals mij te worden. Maar hij werd bij elke hap vermoeider en slaperig.

Cleo porde me in mijn zij en knikte naar hem.

Ik keek naar mijn zoon, die met zijn hoofd op de tafel lag, zo moe dat hij in slaap was gevallen in een druk restaurant. "Het is me gelukt. Ik heb hem eindelijk uitgeput."

Ze grinnikte. "Tot het morgen weer helemaal opnieuw begint."

---

Hij lag tegen mij aan te slapen in de auto, met mijn arm om zijn schouders geslagen.

Cleo keek naar ons vanaf haar kant van de auto en speelde met de diamant in haar oorlel.

We kwamen aan bij haar gebouw.

Ze zwaaide naar me zonder iets te zeggen, omdat ze hem niet wakker wilde maken.

"Ik loop met je mee." Ik maakte mijn veiligheidsgordel los.

"Dat is niet nodig, Deacon — "

"Ik vind het niet erg." Ik schudde Derek een beetje door elkaar.

Hij werd wakker en keek me met zware oogleden aan.

"Laten we Cleo naar haar deur begeleiden."

Hij dacht er niet lang over na, maar klom uit de auto en begon langzaam te stappen.

Ik pakte zijn hand vast en liep samen met Cleo het gebouw in.

"Waarom doen we dit?" Hij was zo moe dat hij mijn been vastpakte en tegen me aan leunde.

Cleo glimlachte naar hem.

Ik pakte hem op en hield hem in mijn armen, omdat ik wist dat hij te moe was om wakker te blijven, maar ik had hem niet alleen in de auto willen achterlaten. Ik kende mijn chauffeur goed, maar ik voelde me niet op mijn gemak om mijn zoon achter te laten bij iemand anders, behalve bij Cleo. "Omdat een man altijd een vrouw naar haar voordeur begeleidt."

De liftdeuren gingen open en ik liep met haar tot aan haar voordeur, met Derek in mijn armen terwijl zijn ene arm over mijn rug bungelden.

Ze ontsloot de deur en draaide zich toen naar me om. "Ik heb het echt geweldig naar mijn zin gehad. Bedankt dat ik mocht meegaan."

Ik wist niet waarom zij mij bedankte, aangezien zij degene was die alles voor mij had geregeld. "Welterusten."

"Welterusten." Ze zwaaide en deed toen de deur dicht.

Ik droeg mijn zoon terug naar de lift.

Van zodra ik hem had opgetild, was hij in slaap gevallen. Als ik hem zo vasthield, voelde ik zijn zachte hartslag en de manier waarop zijn borst op en neer ging terwijl hij ademde. Hij was een beetje zwaar, als een blok hout, maar ik vond dat niet erg. Kon ik dit maar elke dag doen, kon ik maar altijd van hem genieten terwijl hij nog deze leeftijd had. Want op een dag zou hij volwassen zijn en gehard door de wereld, door hoe mensen hem behandelden omdat hij anders was, net als ik.

Mama en Tucker waren al in het restaurant toen we er aankwamen.

"Oma!" Derek rende naar haar toe en sprong in haar armen.

Tucker kwam tussenbeide en ving hem op voordat hij tegen onze moeder zou botsen. "Rustig aan, kleine man." Hij zette hem op de grond en liet hem toen mama omhelzen.

Mama sloeg haar armen om hem heen. "Derek, ik ben ook zo blij om je te zien." Ze omhelsde hem stevig en hield hem ter hoogte van haar middel vast.

"Je moet een beetje voorzichtig zijn." Tucker wreef met zijn hand door Dereks haar. "Je bent sterker dan je denkt."

Derek liep naar hem toe en omhelsde hem.

Mama kwam naar mij toe en schrok een beetje toen ze Cleo naast me zag staan, alsof ze niet had verwacht dat die zich bij ons zou voegen. "Lieverd, ik kan niet geloven dat dit gebeurt. We lunchen allemaal samen, iets wat we in geen tijden meer hebben gedaan."

"Ik weet het, mama." Ze wist altijd hoe ze me heel schuldig kon laten voelen. "Maar we zullen dit vanaf nu vaker doen." Ik omhelsde haar en kuste haar op de wang.

Daarna wendde ze zich tot Cleo. "Wat fijn om je terug te zien, lieverd. Ik wist niet dat je zou meekomen."

"Deacon heeft me uitgenodigd." Ze stak haar hand uit.

Mijn moeder negeerde het gebaar en trok haar tegen zich aan voor een knuffel.

Tucker keek naar mij, met een alwetende blik in zijn ogen.

Ik begreep de blik niet, dus negeerde ik die.

Tucker legde zijn handen op Dereks schouders en bleef achter hem staan. "Cool T-shirt, man. Zijn jullie gisteren naar het planetarium geweest?"

"Ja." Hij draaide zijn hoofd om, zodat hij naar zijn oom kon kijken. "Papa, Cleo en ik hebben allemaal bij elkaar passende T-shirts."

"Geweldig." Tucker keek op en keek mij weer aan.

"Wat is er?", vroeg ik botweg, verward door zijn houding.

Hij gaf geen antwoord.

We gingen aan tafel en Derek zat naast mij aan het hoofd, terwijl Cleo aan mijn andere kant ging zitten.

Mijn moeder was dol op Derek; hij was haar trots en vreugde. "Vertel me alles over het planetarium."

Derek begon meteen te ratelen en praatte haar de oren van haar hoofd.

Tucker bleef naar mij kijken.

Cleo keek naar de menukaart.

Ik besefte ineens waarom de situatie raar was: Cleo en Tucker hadden elkaar waarschijnlijk niet meer gezien sinds ze het hadden uitgemaakt. Ik was eerlijk gezegd helemaal vergeten dat ze ooit hadden gedatet. Ik had daar helemaal niet meer aan gedacht.

Cleo keek op van het menu. "Ik neem een wafel. En jij?"

Tucker pakte het menu op. "Waarschijnlijk de Cobb salade."

Ze knikte. "Het mijne lijkt me een stuk lekkerder."

Hij grinnikte. "Ja, dat klopt."

Ik keek naar hun interactie, die vrij vlot leek te verlopen.

Derek was druk aan het vertellen over het planetarium.

"Hoe gaat het met je?", vroeg Tucker. "Nog nieuws?"

"Niets dan werk," zei ze. "En jij?"

"Hetzelfde," antwoordde hij. "Ik werkte eerst alleen 's ochtends, maar omdat het nu hoogseizoen is, heb ik wisselende werktijden."

"Ik ook," antwoordde ze.

Ik bekeek het menu.

Cleo wendde zich tot mij. "Wat ga jij nemen?"

"De schotel met gesauteerde boerenkool."

Derek trok een vies gezicht toen hij dat hoorde. "Papa, dat hoef ik toch ook niet te eten?"

"Natuurlijk niet," zei mijn moeder. "Neem gewoon wat je wilt, lieverd."

Derek grijnsde meteen breeduit. "Ik hou van je, oma."

Ze grinnikte. "Nou, ik hou ook van jou."

Ik keek Cleo aan en rolde een beetje met mijn ogen.

Ze glimlachte terug. "Grootmoeders worden verondersteld om hun kleinkinderen te verwennen."

"Zodat de vader de boeman lijkt," zei ik.

Tucker keek naar ons en nam een slok van zijn ijsthee, met zijn blik gefocust op onze interactie.

Nadat we ons eten hadden besteld, begonnen we wat te kletsen. Mijn moeder had het over haar ervaringen in Manhattan. Voordat het eten kwam, verontschuldigde Cleo zich om naar het toilet te gaan.

Wanneer Derek samen was met mensen die hij goed kende, wilde hij maar niet ophouden met praten, dus zei hij alles wat in hem opkwam, omdat hij wist dat zijn grootmoeder toch van elk woord zou genieten.

Tucker staarde me aan. "Dus ... je trekt op met Cleo?"

Mama bemoeide zich meteen met ons gesprek. "Ze is een lief meisje, Deacon. En heel mooi."

Misschien was het een slecht idee geweest om haar mee te nemen. Telkens wanneer Cleo bij ons was, paste ze perfect in het plaatje, en voordat mijn familie me er vragen over begon te stellen, had ik daar nooit echt over nagedacht. Ik pakte mijn glas ijsthee op en nam een slokje.

Mama bleef naar me staren, alsof ze me een vraag had gesteld.

Tucker had dezelfde blik.

"Nou?", drong mama aan.

"Nou, wat?", vroeg ik, echt verward.

"Waarom is Cleo mee?", vroeg ze.

"Wat voor vraag is dat nou?", counterde ik boos. "Ik wist niet dat we zo'n exclusieve familie waren."

"Nee," zei mama. "We zijn allemaal dol op Cleo, Deacon. Maar ik wil alleen maar weten ... of ze hier is voor zaken of plezier?"

Dat was weer een rare vraag. "Ze is mijn vriend."

Mama wisselde een blik uit met Tucker.

Tucker schudde zijn hoofd, alsof hij daar haar onuitgesproken vraag mee beantwoordde.

Cleo kwam even later terug. "Ik heb zo'n zin in die wafel ... "

Alsof de ober haar had gehoord, bracht hij de borden en zette ze voor ons neer.

Derek had pannenkoeken met chocolasaus gekozen, ervan profiterend dat hij van zijn grootmoeder mocht bestellen wat hij wilde. Er zat een grote hoop slagroom bovenop. Cleo's gerecht leek er erg veel op.

We begonnen te eten en Dereks gezicht zat al snel onder de chocoladesaus.

"Derek." Ik hield zijn servet omhoog. "Kom nou, waar zijn je manieren?"

Hij nam zijn servet en veegde zijn gezicht schoon, maar hij bleef eten als een puppy.

"Laat hem met rust," zei mama. "Laat die jongen eten."

Derek grijnsde en nam nog een hap.

Cleo grinnikte.

Mijn moeder wendde zich daarna tot haar. "Cleo, wil jij kinderen?"

Ik liet mijn vork op mijn bord vallen. "Mama." Ik keek haar boos aan, omdat ik precies wist wat ze aan het doen was.

"Wat?" vroeg ze onschuldig. "Ze gaat geweldig met Derek om, dus ik ben gewoon nieuwsgierig ... "

Cleo leek het niet erg te vinden. Of anders wist ze het goed te verbergen. "Ja. Ik wil ooit een gezin hebben."

De gezichtsuitdrukking van mijn moeder veranderde, alsof dat antwoord haar beviel. "Ben je uit New York afkomstig?"

"Nee." Cleo kreeg niet veel gelegenheid om te eten, want ze werd nu overspoeld met vragen. "Ik ben geboren in Seattle. Mijn ouders zijn bijna tien jaar geleden overleden, dus besloot ik om hier te komen wonen."

"O," fluisterde ze. "Het spijt me ... "

Cleo haalde haar schouders op. "Ja, ik heb het moeilijk tijdens de feestdagen, maar ik zal ooit mijn eigen gezin hebben, dus het komt wel goed."

"Helemaal waar, lieverd," zei mama. "En hoe lang heb je deze baan al?"

"Meer dan zeven jaar. Ik ben er gewoon ingerold."

"En is Deacon je beste of slechtste klant?", vroeg mama.

Cleo glimlachte. "De beste — absoluut."

Ik at verder maar wenste dat mijn moeder haar niet zou uitvragen.

"Heb je een vriendje?", vroeg mama, weer totaal ongepast.

Ik keek haar boos aan. "Houd op met te proberen om me koppelen aan elke vrouw die werkende eierstokken heeft."

"Schat, ik probeer je niet te koppelen." Ze focuste zich weer op haar eten. "Jij bent degene die haar heeft meegenomen ... "

# 10

## CLEO

De opdringerige vragen van zijn moeder stoorden me niet.

Als ze me zou vragen wat ik voor haar zoon voelde, zou ik haar waarschijnlijk de waarheid vertellen.

Mijn emoties waren zo puur dat ik er waarschijnlijk niet over zou kunnen liegen.

Deacon bracht het voorval niet meer ter sprake en refereerde er ook niet naar. Hij deed alsof het nooit gebeurd was.

Er gingen een paar dagen voorbij, voordat hij me sms'te. *Ik heb je hulp nodig.*

*Tuurlijk. Wat kan ik voor je doen?* Het was nu midden in de week en ik had hem en Derek niet meer gezien. Ik nam aan dat Deacon Derek bij zijn moeder afzette op weg naar zijn werk, en dat ze elke avond samen uit eten gingen en daarna tv keken. Ik had Deacon het eerst ontmoet en had hem algauw leuk gevonden, maar ik had ondertussen ook een sterke band met zijn zoon opgebouwd. Dus als ik Deacon miste, miste ik ook Derek.

*Ik ben vandaag de hele dag aan het werk in het lab. Kun jij hem lunch bezorgen?*

*Natuurlijk. Pizza?* Ik maakte een grapje, ook al wist ik dat hij het waarschijnlijk niet zou snappen.

*LOL.*

Had Deacon net LOL terug ge-sms't?

*Breng hem maar een vegetarisch broodje met hummus, kaas, komkommers en sla. Ik wil niet dat hij vleeswaren eet.*

Ik vroeg niet waarom. *Goed.*

*En melk, druiven en wat worteltjes.*

*Komt in orde.*

*Bedankt.*

*Ik neem aan dat hij in je kantoor is?*

*Ja. Ik kon hem niet langer bij mijn moeder achterlaten. Elke keer als ik hem ophaal, heeft hij de hele dag alleen maar taart en koekjes gegeten.*

*LOL.*

*Ik kan Tucker niet vragen om op hem te letten. Het zou bij hem nog erger zijn.*

We hadden nog nooit zo uitgebreid ge-sms't. Hij zei meestal gewoon wat hij wilde, meer niet. In mijn inbox zaten sowieso maar weinig berichten van hem van in de maanden dat ik hem kende. *Dat weet ik niet. Tucker lijkt me nochtans een goede oom.*

Hij antwoordde niet.

*Ik zal hem zijn lunch rond het middaguur komen brengen.*

---

Ik meldde me bij zijn assistente en liep vervolgens zijn kantoor binnen.

Derek zat op de vloer van de zithoek, op het tapijt voor de salontafel. Er lagen overal onderdelen, alsof hij probeerde om iets te bouwen. Hij draaide zich om en keek me aan. "Cleo?" Hij stond op toen hij me zag.

"Je vader vroeg me om je je middageten te brengen."

Zijn glimlach verdween. "Het zal wel sla zijn of zo, niet?"

Ik grinnikte. "Nee. Het ziet er eigenlijk best lekker uit." Ik zette alles op de tafel en haalde de volkoren sandwich, het fruit en de worteltjes boven. Daarna zette ik de melk op tafel.

Hij tilde het bovenste deel van de sandwich op om te zien wat ertussen zat. "Bah, wat is dat?"

"Hummus."

Hij keek me aan met een wezenloze blik, die sterk op die van zijn vader leek.

"Gemaakt van bonen."

Hij rolde met zijn ogen. "Papa is irritant ... "

"Hij wil gewoon dat je sterk en gezond bent."

"Oma laat me eten wat ik wil."

"Ja, maar zij wil alleen maar dat je haar leuk vindt. Je vader geeft zoveel om je dat hij het beste voor je wil, zelfs als je hem daardoor niet altijd mag."

Derek zweeg en liet die woorden op zich inwerken, alsof hij echt nadacht over wat ik net had gezegd. Hij vouwde de sandwich weer dicht en nam een hapje.

Ik glimlachte. "Goed zo, jongen." Ik ging op de vloer naast hem zitten, met mijn hoge hakken onder mijn kont. "Waar werk je aan?"

"Ik bouw een auto met afstandsbediening."

"Bouw je die?", vroeg ik verbaasd.

Hij knikte. "Papa heeft me de onderdelen gegeven en heeft me gezegd dat ik hem in elkaar moet zetten. Maar hij wil me niet helpen."

"Hij wil dat je het zelf leert."

Hij haalde een kabeltje uit een doos. "Wil jij me helpen?"

"Ik moet eerlijk zijn, Derek. Ik ben daar niet slim genoeg voor ... "

"Papa zegt dat iedereen alles kan, en dat het niet uitmaakt hoe slim je bent."

Ik lachte. "Hij zegt dat omdat hij een groot hart heeft."

Hij nam hapjes en bouwde ondertussen verder.

Ik besloot om nog wat te blijven, omdat hij zich waarschijnlijk wat verwaarloosd voelde, zo helemaal alleen in dit kantoor. "Wat vind je van papa's kantoor?"

"Het is groot."

"Heeft hij je een rondleiding gegeven?"

Hij knikte. "Hij nam me mee naar zijn lab en liet me zien waar hij aan werkt."

"Je vader maakt echt een verschil in de wereld. Ik weet zeker dat jij dat op een dag ook zult doen. Wat wil je later worden als je groot bent?"

Hij haalde zijn schouders op. "Ik hou echt van de ruimte, maar ik denk niet dat ik astronaut wil worden."

"Waarom niet?"

Hij bleef friemelen met de onderdelen. "Ik zou niet zo lang weg willen zijn van bij mijn vader ... "

Zijn woorden waren zo lief dat ik een pijnscheut in mijn hart kreeg.

"Ik vind het nu al verschrikkelijk wanneer ik niet bij hem ben. Hoe zou ik me dan voelen op een andere planeet?"

"Dat is waar."

"En papa zegt dat ik van alles kan, niet maar een ding. Dus ik wil later een paar dingen doen."

"Heb je iets in gedachten?"

Hij bevestigde het kabeltje aan de accu en nam toen het volgende onderdeel vast. "Soms wil ik een dokter worden zoals hij ... omdat hij levens redt."

"Het is een heel belangrijke baan."

"Maar ik hou ook van dieren, dus soms wil ik dierenarts worden."

"Dat is ook een geweldige baan."

Hij legde zijn spullen neer en nam nog een hap van zijn broodje. Hij draaide zich naar mij toe en keek naar me terwijl hij kauwde, met dezelfde gezichtsuitdrukking als zijn vader. Hij staarde me lang aan, alsof hij zich helemaal op zijn gemak voelde bij mij. "Ben jij de vriendin van mijn vader?"

Ik voelde dat ik begon te blozen door de vraag. "Euhm ... nee. We zijn gewoon vrienden."

"Maar je houdt van hem."

Ik verstijfde en voelde hoe mijn hart een slag oversloeg door de observatie van een vijfjarige. "Nou ... ik hou ook van jou. Ik hou van veel mensen."

"Maar je houdt van hem zoals Romeo en Julia van elkaar houden." Hij bleef eten en had niet door dat hij me een ongelooflijk ongemakkelijk gevoel bezorgde.

Ik kon het me niet veroorloven dat hij dit tegen zijn moeder zou zeggen — of nog erger, tegen Deacon. "Ik denk dat ik een oogje op hem heb ... "

"Ja, dat kan ik zien," zei hij lachend.

"Maar kun je het geheim houden?", fluisterde ik. "En het hem niet vertellen?"

Hij dacht even na over de vraag, maar knikte toen. "Oké."

Ik hoopte dat hij zijn woord zou houden, maar als hij dat niet deed, zou Deacon het niet serieus nemen.

"Maar waarom wil je niet dat hij het weet?"

"Het is ingewikkeld ... "

"Waarom is het ingewikkeld?", vroeg hij. "Want ik denk dat hij ook van jou houdt."

Ik haalde diep adem toen ik dat hoorde en hoopte dat zijn observatie van zijn vader net zo correct was als wat hij bij mij had opgemerkt. "Het is moeilijk uit te leggen ... volwassenen zijn soms gewoon raar."

Hij nam nog een laatste hap en veegde zijn vingers af aan zijn servet. "Ja, papa en mama zijn raar."

"Ik weet dat het moeilijk moet zijn geweest toen ze uit elkaar gingen."

Hij opende de plastic tas met druiven en graaide erin met zijn hand. "Ik kon zien dat papa echt verdrietig was. Maar hij is nu een stuk gelukkiger, dus ik vind het goed."

Ik vroeg me af of Derek niet alleen hoogbegaafd was, maar ook een ander soort intelligentie had geërfd die Deacon miste — sociale intelligentie. Hij las nauwkeurig zijn omgeving, de emoties van mensen en hun gedrag. Dat was iets wat Deacon nooit zou kunnen, ongeacht hoe hard hij zijn best deed. "Het is niet omdat je ouders niet meer samen zijn dat ze minder van je houden."

"Dat weet ik," fluisterde hij. "Ik zou mijn vader graag wat vaker zien."

"Ja ... "

Toen hij zijn druiven op had, concentreerde hij zich weer volledig op zijn bouwpakket.

"Nou ... " Ik pakte de glazen voorraaddozen op en stopte ze terug in de tas zodat ik ze kon laten afwassen. "Ik moet gaan."

"Ga je weg?" Hij keek op, duidelijk bedroefd door mijn vertrek.

"Ja, ik moet weer aan het werk." Ik moest nog wat spullen afleveren en voor mijn andere klanten zorgen.

"Oh ... oké." Hij focuste zich weer op zijn schaalmodel.

Toen ik naar de klok op de muur keek, realiseerde ik me dat het pas één uur 's middags was. Deacon zou waarschijnlijk nog tot vijf uur in het lab zijn. Dat betekende dat Derek hier nog uren alleen zou blijven. "Ik denk dat ik toch nog even blijf."

"Ja?" Hij keek weer omhoog, deze keer glimlachend. "Geweldig. We kunnen dit samen bouwen. Ik heb ook mijn kleurboek en kleurpotloden meegenomen."

"Perfect," zei ik glimlachend. "We hebben veel te doen. Maar ik heb geen idee hoe ik je hiermee kan helpen."

"Ik kan het je laten zien." Derek gaf me vanaf dat moment instructies. Hij vertelde me welke kabeltjes ik moest pakken en welke koperen onderdelen ik daaraan moest bevestigen, zoals een professor die lesgeeft. Hij leek precies te weten waarmee hij bezig was — ook al had hij er geen ervaring mee.

Ik kon niet geloven dat een vijfjarige slimmer was dan ik.

Maar dit was Deacons zoon, dus moest ik het wel geloven.

---

Deacon kwam door de deur naar binnen lopen, gekleed in een spijkerbroek en een T-shirt. "Dag, kleine man. Sorry dat ik — " Hij stopte met praten toen hij mij op de grond zag zitten met zijn zoon, nog steeds bezig met het bouwpakket, en met een kleurboek en kleurpotloden aan de andere kant van de salontafel. "Ik wist niet dat je er nog was."

Ik bleef op de grond zitten. "Derek liet me helpen met zijn miniatuurmodel."

Hij keek over zijn schouder naar zijn vader. "Ik denk dat we bijna klaar zijn, papa."

Hij liep naar de zithoek, ging op de bank zitten en ondersteunde zijn kin met zijn knokkels. Hij zag er moe uit, alsof hij urenlang geconcentreerd bezig was geweest in het lab, zonder een pauze te nemen. Hij keek naar ons, bestudeerde het model en richtte zijn blik toen op mij. "Ja, jullie hebben veel vooruitgang geboekt. Maar ik zei toch dat je geen hulp mocht hebben."

Ik grinnikte. "Geloof me, ik was geen hulp. Derek heeft me constant verteld wat ik moest doen."

Trots kwam op in zijn ogen.

"We hebben ook gekleurd." Derek pakte zijn kleurboek en opende het. "We hebben de pagina's met platen over de oceaan gedaan. Zij deed de ene kant, en ik deed de andere. Is dat niet cool?"

Deacon keek ernaar en zag onze twee verschillende stijlen aan weerszijden van de onzichtbare lijn. "Dat is gaaf, Derek. Heel creatief." Hij gaf het terug. "Pak je spullen maar zodat we kunnen gaan. Laat je bouwmodel maar hier. Je kunt er morgen verder aan werken."

"Goed." Derek pakte zijn kleurboek en wat andere spulletjes en droeg alles naar zijn rugzak die bij het bureau stond.

Deacon staarde me aan. "Je hoefde niet de hele middag bij hem te blijven."

"Ik vond het niet erg." Het was onmogelijk om Derek iets te weigeren, omdat hij zo schattig was. En hij had een stukje van mijn hart gestolen, dat ik nooit meer terug kon krijgen. "We hebben samen een leuke namiddag gehad."

Deacon staarde me vertwijfeld aan, met zijn wenkbrauwen licht gefronst. "Nou ... bedankt."

"Graag gedaan."

"Papa?" Derek kwam terug naar de tafel. "Mag Cleo morgen weer op me passen?"

Mijn ogen werden groot bij het horen van die vraag.

Deacon draaide zich naar hem toe. "Wat?"

"Kun je me morgen niet gewoon bij Cleo afzetten?", vroeg Derek weer. "We hebben het echt leuk samen."

Deacon leek zich enigszins te schamen door de vraag. "Jongen toch, Cleo heeft net als ik een baan. Ze kan niet de hele dag op je letten."

Ik wilde het wel aanbieden, maar ik had echt te veel werk. Ik zou ook mijn werk van vandaag moeten inhalen, want ik had veel tijd verloren door te blijven spelen met deze kleine jongen.

Derek zuchtte geërgerd.

"Ik zou dat wel willen, Derek," zei ik, ontroerd door zijn teleurstelling. "Maar je vader heeft gelijk. Ik heb te veel dingen te doen."

"Kun je me niet meenemen?", vroeg Derek.

Deacon begon boos te worden. "Derek." Zijn stem klonk diep en kreeg een ongewone toon, waar hij bijna nooit mee sprak.

Derek begreep dat hij gestraft zou worden als hij bleef aandringen, dus zweeg hij.

Deacon stond op. "Ben je klaar om te vertrekken, Derek?"

Hij knikte.

Deacon wendde zich tot mij. "Kan ik je een lift geven?"

We moesten sowieso naar dezelfde plek, dus zag ik er geen kwaad in. "Graag." Ik stond voorzichtig op, om mijn rok naar beneden te houden, zodat hij of Derek niet te veel van mijn dijen zouden zien. Ik pakte de tas met de voorraaddozen om ze af te geven in de keuken.

Deacon pakte zijn laptop van het bureau, stopte die in zijn tas en raapte toen nog wat andere spullen bij elkaar. Hij schakelde zijn monitor uit, sloot de deur af en voegde zich tenslotte bij Derek en mij die bij de dubbele deuren stonden te wachten. "Goed. Laten we gaan."

# 11

## DEACON

IK HAD EEN VRIJE DAG GENOMEN, zodat we vroeg aan het weekend zouden kunnen beginnen.

Derek had eerst ontbeten en zich daarna klaargemaakt, terwijl ik aan de eettafel zat en wat had gewerkt op mijn laptop. De tassen waren al gepakt en stonden klaar. Ik moest alleen nog wachten tot Derek aangekleed was en zijn schoenen aan had.

Cleo sms'te me. *De auto is er. Staan jullie tassen klaar?*

*Ja.*

*Ik stuur Matt alvast naar boven. Ik heb ook een lunchpakket klaarge-maakt voor als Derek honger krijgt tijdens de rit.*

Ik kon Derek nauwelijks zover krijgen dat hij stilzat om te eten. Hij rende liever rond of werkte ergens aan. *Bedankt.*

*Geniet van jullie weekend samen. Ik zie jullie wel als jullie terug zijn.*

Ik staarde wezenloos naar het scherm, verward door haar bericht. Het kostte me een paar seconden om te reageren. *Ik had de indruk dat je met ons zou meegaan.*

*Heb je me dan gevraagd om mee te gaan?*

Ik dacht diep na, en nee, ik kon me niet herinneren dat ik het haar had gevraagd. *Nee.*

*Waarom zou ik dan in de veronderstelling zijn dat ik zou meegaan?*

Ik was eraan gewend dat ze mijn gedachten las, dat ze precies wist wat ik wilde, zonder dat ik het moest zeggen. Derek en ik hadden al genoeg quality time gehad 's avonds na mijn werk. We hadden samen gegeten, films bekeken en aan verschillende projecten gewerkt. *Nou, wil je met ons meegaan?* Ze zou snel naar huis moeten gaan en inpakken, wat oponthoud zou geven, maar dat was oké. Het zou geen verschil maken als we een uur later aankwamen.

*Het spijt me, Deacon. Ik moet vandaag werken. Ik moet ook een diner bijwonen voor een van mijn klanten.*

Soms vergat ik dat ik niet haar enige cliënt was. Ze gaf me het gevoel dat ik de enige was. *Heb je zin om morgenochtend te komen?*

Er verschenen geen stippen op het scherm, alsof ze eerst even naar haar scherm moest staren.

Ik bleef naar het scherm van mijn telefoon kijken, wachtend tot er iets zou gebeuren.

Toen verschenen de puntjes, samen met haar antwoord. *Graag.*

Ik blies de adem die ik had ingehouden uit, alsof elk ander antwoord dodelijk zou zijn geweest. *Ik zal mijn chauffeur vragen om je op te halen, zodat je zondag dan samen met ons terug kunt rijden.*

*Goed. Tot morgen dan.*

---

Derek en ik zaten op de achterbank van de SUV terwijl we de stad achter ons lieten en het platteland op reden. Van zodra we de tunnel verlieten, voelde het niet langer als New York. Hoe meer kilometers we aflegden, hoe zuiverder de lucht werd en hoe minder auto's er op de weg waren.

Derek keek uit het raam. "Komt Cleo niet mee?"

Ik wendde me tot hem. "Ze komt morgen."

Opwinding maakte plaats voor ontzetting. "Weet ze eigenlijk hoe ze moet vissen?"

"Dat weet ik niet."

"Ik kan het haar leren. Weet ze hoe ze de sterren moet lezen?"

"Dat weet ik niet."

"Dat zal ik haar ook leren." Hij keek weer uit het raam.

Ik had noch Tucker noch mijn moeder uitgenodigd omdat ze soms verstikkend konden zijn. Ik hield dan wel van hen, maar ik voelde me toch niet helemaal op mijn gemak bij hen, zeker in vergelijking met de rust die ik voelde bij Cleo. Zij was de enige persoon bij wie ik echt mezelf kon zijn. Derek was voorheen altijd de enige geweest, maar nu waren ze met twee.

Derek draaide zich weer naar mij toe. "Ik zou het niet erg vinden als Cleo mijn stiefmoeder was."

Ik had uit het raam zitten kijken en het kostte me een paar seconden om te begrijpen wat hij had gezegd en om vervolgens mijn hoofd met half dichtgeknepen ogen weer naar hem toe te draaien. "Wat zei je net?"

"Wat?", vroeg hij onschuldig. "Ik weet dat jij en mama niet meer bij elkaar zullen komen ... niet dat ik dat zou willen."

Ik dacht dat het de droom van elk kind was om zijn ouders weer bij elkaar te zien. "Wil je dat niet?"

Hij schudde zijn hoofd. "Je was niet gelukkig met mama, niet zoals je dat bent met Cleo."

Ik bleef mijn zoon aanstaren als een verschrikt hert.

"Ik weet dat je van haar houdt, pap."

"Derek." Nu ging hij echt te ver.

"Wat?"

"Zeg dat niet — en zeker niet waar ze bij is."

"Waarom?", vroeg hij verward. "Ik dacht dat liefde het mooiste ter wereld was. Waarom zou je je ervoor schamen?"

"Ik schaam me er niet voor — "

"Ik hou ook van Cleo."

"Daar ben ik blij om. Maar dat soort dingen kun je niet zeggen waar mensen bij zijn."

Hij staarde me lang aan en ik zag mijn eigen gezicht terug gespiegeld. "Ik denk dat dat jouw probleem is, papa. Je zou dat eigenlijk wel luidop moeten zeggen."

Nadat we onze tassen hadden uitgepakt, brachten we de middag door op het meer, onder het zeil dat ik over de boot had gespannen, zodat we niet urenlang onbeschermd in de zon zouden zitten.

"Waarom moet ik hieronder zitten als ik zonnebrandcrème op heb?", vroeg Derek, met zijn hengel in zijn hand.

"Omdat zonnebrandcrème alleen niet genoeg is."

"Maar de zon is mooi."

"Ja, maar het is een vuurbol. Je zou toch ook niet te dicht bij een vuur gaan staan?"

Hij keek op naar de lichtcirkel die nog net door het zeil zichtbaar was. "Maar ze is zo ver weg."

"Licht kan eindeloos reizen. Het reist miljoenen kilometers ver en raakt dan direct je huid. Dat noemen we stralen, en die zijn slecht voor het DNA in je huid omdat ze de strengen verbreken, wat er dan weer voor zorgt dat je huid snel veroudert en er leerachtig gaat uitzien."

Wanneer Derek niets zei, wist ik dat hij echt luisterde.

"Dat veroorzaakt huidkanker."

"Is opa daaraan gestorven?"

"Kanker, ja. Maar een ander soort."

Hij keek uit over het meer, in gedachten verzonken.

"Daarom moet je je insmeren met zonnebrandcrème en zoveel mogelijk uit de zon blijven — en ook als ik er niet ben om je daaraan te herinneren."

"Mama zegt me nooit dat ik me moet insmeren met zonne-brandcrème ... "

Ik wist dat ze van onze zoon hield, maar ze was een slechte ouder. "Vertrouw er niet op dat zij het voor jou doet. Je moet voor jezelf zorgen, Derek."

Hij knikte en haalde zijn lijn een beetje op. "De vis wil vandaag niet bijten."

"Misschien is het te warm. Ze blijven waarschijnlijk op de bodem van het meer."

"Dat kan tientallen meters diep zijn ... "

"Ja."

Toen de zon zich achter de bomen begon te verbergen, keerden we terug naar het huis om te douchen en te eten. We gingen op het achterterras zitten en staken de open haard. Derek stak een paar marshmallows op stokjes, zodat hij ze kon roosteren boven het vuur.

"Wil je er een, papa?", vroeg Derek, zittend in de stoel met een stokje in de hand.

Ik zag marshmallows niet als eten. Het was een stel samenge-voegde chemicaliën. Maar de herinneringen met mijn zoon waren belangrijker dan mijn sterke afkeer van bewerkte voedingsmidde-len. "Tuurlijk." Ik stak er een op een stokje en hield hem boven het vuur.

Die van Derek vatte vlam, dus blies hij het vuur uit en nam een hap. "Bah."

"Laat ze bruin worden. Niet laten aanbranden." Ik pakte zijn stok en verving de marshmallow. "Zo moet je het doen." Ik hield de mijne weer in het vuur en draaide hem langzaam rond, waardoor het witte oppervlak geleidelijk bruin werd. "De buitenkant wordt daardoor een beetje knapperig en de binnenkant kleverig. Maar hou hem niet te lang in het vuur. Anders smelt hij van de stok."

Hij deed me na en het lukte hem meteen. Toen maakte hij een s'more, met behulp van twee stukken chocola in plaats van maar een. "Wat gaan we morgen doen?"

"Wil je gaan wandelen?"

"Ja." Toen hij in de s'more beet, hing zijn gezicht meteen vol chocola en marshmallow. "Ik wil Cleo die mierenhoop laten zien die ik de vorige keer heb gevonden."

Ze had zelf geen kinderen, dus was ik verbaasd dat ze zo goed kon omgaan met Derek. Ze was een natuurtalent. Het zou fijn zijn om haar erbij te hebben, zodat we ons met zijn drieën konden ontspannen, ver weg van de buitenwereld.

Toen Derek klaar was, veegde hij zijn mond af en ging daarna ontspannen in de stoel zitten, starend in het vuur. Zijn oogleden werden al snel zwaarder en vielen tenslotte helemaal dicht, waarna hij zijn hoofd een beetje heen en weer schudde in een poging om wakker te blijven omdat hij niet wilde slapen.

Ik keek met een glimlach op mijn gezicht toe.

Hij verloor uiteindelijk de strijd en viel in slaap in de stoel.

Ik staarde naar mijn zoon, die met zijn gezicht een beetje naar me toe gedraaid lag. Hij leek een andere versie van mezelf, met hetzelfde donker haar, dezelfde ogen ... een echte kopie, maar dan een betere. Tucker en ik hadden vroeger veel tijd samen doorgebracht, maar ik had ons nooit als vrienden beschouwd. Derek was de enige vriend die ik al ooit had gehad ... totdat Cleo op het toneel was verschenen.

---

Derek en ik waren aan de eettafel aan het ontbijten toen we een auto voor het huis hoorden parkeren.

"Is Cleo er?" Hij draaide rond op zijn stoel, sprong eraf en landde op zijn voeten.

"Laten we gaan kijken." Ik liet mijn mok met koffie achter en we liepen samen door de voordeur naar buiten.

De chauffeur opende net de kofferbak en pakte haar tas.

Cleo was gekleed in een spijkerbroek en een T-shirt, een soortgelijke outfit als bij haar vorige bezoek. En net als de vorige keer, zag haar kont er in die strakke spijkerbroek uit als een perzik. Ze nam de tas over van de chauffeur. "Bedankt voor de lift."

Ik liep naar de chauffeur en gaf hem een fooi voor zijn moeite. "Bedankt, man."

Hij glimlachte dankbaar, stapte toen in de auto en reed weg.

"Cleo!" Derek rende naar haar toe, en zijn hoofd knalde tegen haar buik toen hij tegen haar aan botste.

Ze kantelde achterwaarts, maar lachte hem toe met een brede glimlach en stralende ogen, alsof ze de stormloop helemaal niet erg vond. "Hoi, Derek." Ze knielde voor hem neer, precies zoals ik altijd deed, sloeg haar armen om hem heen voor een innige knuffel en liet haar kin op zijn schouder rusten. Ze omhelsde hem stevig en liet hem toen weer los. "Ik ben zo blij je te zien."

"Ik ook. We gaan na het ontbijt wandelen. Ik wil je een mierenhoop laten zien."

"Wauw, dat klinkt interessant." Ze stond op en pakte haar tas weer op.

"Ik draag die wel." Ik nam de tas van haar over en haakte de riem over mijn schouder. Ik stond op het punt iets te zeggen toen ik bij haar kwam, maar nu kon ik geen woord meer uitbrengen. Haar blauwe ogen straalden van dichtbij nog meer en de vreugde brandde in haar blik, als twee blauwe zonnen. Ik zweeg niet omdat ik een stijve hark was of me niet op mijn gemak voelde. Het was om een totaal andere reden.

"Bedankt." Ze glimlachte naar me en was duidelijk gewend aan mijn zwijgende gestaar.

Ik kreeg mezelf eindelijk weer onder controle. "Bedankt dat je gekomen bent."

"Met alle plezier. Het weekend doorbrengen in een chalet aan het meer is eerder een vakantie."

Ik leunde naar haar toe, sloeg mijn arm om haar middel voor een eenarmige knuffel en trok haar tegen me aan terwijl mijn platte hand op haar rug bleef liggen.

Ze omhelsde me terug, sloeg haar armen rond mijn middel en kneep even lichtjes in mijn middel.

Ik schraapte mijn keel en draaide me om naar de voordeur, omdat ik wist dat Derek daar stond. "Wil je ontbijt?"

"Ik heb onderweg gegeten."

Ik nam haar mee het huis in en droeg haar tas de trap op. Er was een logeerkamer met een queensize bed en een eigen badkamer, dus zette ik haar tas op het bed. "Is deze goed?"

"Maak je een grapje? De kamer is prachtig." Ze stapte naar binnen en liet haar blik glijden over de foto's aan de muren, het van boomstammen gemaakte meubilair en het diepgroene tapijt met de afbeeldingen van eenden. "Ik zou hier eeuwig kunnen blijven."

"Ik ook." Als ik kon, zou ik de smog van de stad achter me laten en in de wildernis gaan wonen. Ik heb er al over gedacht om elke dag op en neer te rijden, maar heb dat idee alweer snel verworpen. "Ik laat je je omkleden." Ik draaide me om en liep naar de deur.

"Deacon?"

Ik stopte bij de deur en keerde me weer naar haar toe.

"Hoe lang zal de wandeling zijn?"

"Misschien vijftien kilometer."

Haar ogen werden groot.

"Dat lukt je wel," zei ik glimlachend. "Dat doe je sowieso elke dag op je werk, en zelfs op vijftien centimeter hoge hakken."

---

Ik had een korte sportbroek en een zwart T-shirt aan, en de zware rugzak hing over mijn schouders, gevuld met een EHBO-doos, proviand en water. Ik was altijd bang dat Derek gewond zou raken, ook al gingen we niet ver, en ik wilde niet vast komen te zitten in de wildernis zonder de essentiële zaken om hem te kunnen verzorgen. "Loop niet te ver voor ons uit, Derek."

Hij dwaalde van het pad af en keek in het gras. "Ik weet zeker dat de mierenhoop hier ergens in de buurt is ... "

Cleo was gekleed in een korte broek en een tanktop. Ze liet meer huid zien dan ooit tevoren. Ze had mooie benen die als gebeeldhouwd waren, van haar enkels tot aan haar dijen, en ze hadden een sexy gloed gekregen na een paar uurtjes in de zon. Haar topje zat strak en omhulde de diepe glooiing van haar onderrug terwijl haar pronte tieten er mooi in uitkwamen omdat de welving bovenaan uit het topje werd geperst. Haar haren waren achterover getrokken in een gladde paardenstaart, en die stak door het gat in de achterkant van haar baseballpet.

Zoals ik al had verwacht, hield ze ons goed bij.

"Het is hier prachtig." Ze wandelde net zo snel als ik, zonder dat ze daar sneller door moest ademen.

"Dat vind ik ook."

"Je zal hier veel mooie jaren beleven." Haar armen zwaaiden langs haar lichaam terwijl ze stapte en haar schouders glinsterden omdat ze een beetje zweette, maar ondanks de lichamelijke inspanning, was zo net zo mooi als altijd.

"Ik denk het ook."

Derek bleef zoeken naar de mierenhoop en liep nu wat langzamer omdat hij zocht in het gras.

"Je zult wel een andere vinden, Derek," zei ik, met mijn blik constant op mijn zoon gericht, omdat we diep in het bos waren.

"Maar deze was heel groot." Hij liep het gras in en uit en keerde terug naar het pad, waarbij hij de leiding nam met zijn grote, slappe hoed op en T-shirt met lange mouwen aan. Hij rende telkens ver voor ons uit, zodat hij tijd zou hebben om in het gras te zoeken naar tekenen van mieren en spinnen.

"Hij is tenminste niet bang voor insecten," zei Cleo.

"Als er een spin in huis is, wil hij hem altijd naar buiten brengen en vrijlaten."

"Wauw, dat is lief," zei ze.

"Valerie heeft daar een hekel aan. Maar ik heb hem verteld dat spinnen alle insecten opeten die je niet in je huis wilt hebben."

"Dat klopt."

"Maar hij heeft ook al een keer geprobeerd om een wesp te redden … en dat was een vreselijke ervaring."

Ze grinnikte. "Dat kan ik me voorstellen."

"Ik ben drie keer gestoken."

"Oef. Heeft de wesp het overleefd?

"Ja," zei ik grommend. "De klootzak heeft het overleefd."

Ze barstte uit in luid gelach en wist mijn grap wel te smaken.

Ze begreep me — en dat vond ik net zo leuk aan haar.

"Hij is zich bewust van andere dingen buiten zichzelf, wat ik een goede zaak vind. Hij begrijpt de gevoelens van mensen heel goed. Hij kan het gedrag van iemand anders observeren en correct interpreteren."

Dat had ik ook al opgemerkt. "Dat heeft hij niet van mij."

Ze grinnikte. "Nee, niet van jou. Maar het is maar goed dat hij het heeft. Zijn sociale vaardigheden zullen beter zijn."

"Ja." Ik wilde niet dat hij zoals ik een buitenbeentje zou worden, dat hij in eenzaamheid zou moeten leven bij een meer, zonder iemand anders in de buurt. Ik was altijd anders geweest omdat ik tegen de stroom inging, wat het altijd moeilijk had gemaakt om dingen gedaan te krijgen. Ik was daardoor al vaak uitgemaakt voor klootzak.

"Hij is eigenlijk een perfecte mens."

Ik was eigenlijk blij dat ik Valerie had geneukt en vijf jaar een ellendig bestaan had geleid — omdat ik hem daardoor had gekregen.

"Toen we een paar dagen geleden in je kantoor waren, vertelde hij me dat je nu een stuk gelukkiger bent dan bij Valerie. Hoe kan een vijfjarige dat opmerken?"

Ik schudde mijn hoofd. "Geen idee."

"Ik heb het gevonden!" Derek liep van het pad af en wees naar de hoge hoop grond.

"Wauw, die is groot." Cleo ging naast hem staan en hurkte neer bij de mierenhoop.

Mijn blik ging onmiddellijk naar de onderkant van haar kont die onder de zoom van haar korte broek uitstak.

"Wat voor mieren zijn dit?", vroeg ze.

Derek bleef ze bestuderen. "Ik weet het niet, maar ze zijn heel groot."

Ik wendde mijn blik af van haar sexy billen en pakte mijn telefoon uit mijn zak. "Laten we een foto maken zodat we het later kunnen opzoeken." Ik pakte een takje, legde dat naast een mier en nam toen een foto.

"Waarom heb je dat gedaan?", vroeg Derek, terwijl hij naar het takje keek.

"Zodat je de mier in perspectief ziet." Ik stond op en stopte de telefoon terug in mijn zak.

Hij pakte het takje op en begon ermee in de heuvel te steken.

"Hoe zou jij je voelen als iemand dat met jouw huis deed?", vroeg ik. "Als iemand een metalen paal door je slaapkamerraam naar binnen zou rammen?"

Derek legde de tak neer en zag er schuldbewust uit.

Cleo keek me aan met een zachte blik in haar ogen.

Derek bleef gehurkt op de grond zitten en observeerde de mieren.

Ik ging in de schaduw staan en Cleo voegde zich bij me. Ik haalde een fles water tevoorschijn zodat we wat konden drinken.

Ze deed de dop eraf en nam een slok. "Nu weet ik waar hij het vandaan heeft."

Ik was klaar met drinken en staarde haar aan.

"Waarom hij zo attent is voor andere mensen ... omdat jij hem dat geleerd hebt."

---

Toen we terug waren in het vakantiehuis, lunchten we en namen we een douche. Daarna deed Derek een dutje. Hij had meer energie dan ik, maar als hij overdag te opgewonden was, kon hij al snel zijn ogen niet meer openhouden.

Ik pakte twee biertjes en liep het terras op. Ik trof Cleo in een van de stoelen, gekleed in een spijkerbroek en een topje. Ze zag me niet meteen en zat te genieten van de aanblik van het rustige meer en van hoe de zon het oppervlak van het water raakte. Haar lippen en ogen waren ontspannen.

Ik ging op de stoel naast haar zitten en hield een flesje omhoog.

Ze nam het aan.

"Dit is het enige wat ik in huis heb. Is dat goed?"

"Ik drink graag bier." Ze nam een slokje en ontspande zich weer terwijl haar haren los over haar schouders vielen.

Ik spreidde mijn knieën uit elkaar en liet mijn armen op de armleuningen van de stoel rusten, met het flesje bier bungelend tussen mijn vingers. Ik keek een tijdje naar het meer, luisterde naar de stilte en keek naar de bladeren die bewogen in de lichte bries. De wereld was zo stil, zo traag. Manhattan bruiste voortdurend van activiteit, en de mensen renden praktisch over de stoep naar hun volgende afspraak. Maar hier ... was het enige tijdverdrijf kijken naar de beweging van de zon terwijl de wereld doordraaide.

Ik wendde me tot haar. "Hoe was je diner gisteravond?"

"Goed." Ze liet haar hoofd tegen de houten achterkant van de stoel rusten en draaide haar gezicht naar me toe. "Mijn cliënt organiseerde een liefdadigheidsgala voor het Rode Kruis, dus heb ik geholpen om alles te regelen en zorgde ervoor dat de avond soepel verliep."

"Heb je ook plezier gehad?"

Ze haalde haar schouders op. "Ik was aan het werk."

Had ze het gevoel dat ze werkte nu ze bij mij was? "Vind je je cliënt leuk?"

"Ik vind al mijn klanten leuk."

"Meen je dat echt, of moet je dat zeggen?"

Ze glimlachte door mijn directe vraag. "Niet al mijn klanten zijn hetzelfde. Sommige zijn moeilijker dan anderen. En de ene vind ik leuker dan de andere. Maar ja, voor het grootste deel vind ik hen allemaal leuk ... op één of twee na."

Jake Patterson was vast een van die twee. Ik had een keer samen met hem in de lift gestaan, en hij had me aangestaard alsof we een bloedvete hadden. Maar ik liet me niet intimideren door een man die op die manier met vrouwen sprak. Ik mocht hem niet. Ik had zo'n hekel aan hem dat ik hem op zijn gezicht zou timmeren van zodra hij me daar een reden toe gaf. "Ik ben toch niet een van die twee?"

Ze glimlachte met haar ogen. "We kennen allebei het antwoord op die vraag."

Ik bleef mijn flesje bier vasthouden terwijl ik naar haar staarde, de enige persoon bij wie ik niet op mijn hoede hoefde te zijn, bij wie ik kon zwijgen. De meeste van mijn gesprekken hadden een welbepaald doel, en we hadden altijd wel iets te bespreken. Maar er waren momenten dat ik Cleo absoluut niets te zeggen had — maar toch sprak.

"Ik heb een vlucht voor maandagochtend geboekt."

Ik wilde er niet aan denken om Derek weer naar huis te moeten sturen.

Ze had blijkbaar het verdriet in mijn ogen opgemerkt, omdat ze zei: "Ik regel het wel met Valerie. Ik zorg dat ze hierheen verhuist."

Ik zou haar normaal gesproken duidelijk maken dat het onmoge-lijk was, dat die vrouw te koppig en veel te haatdragend was, maar als het iemand kon lukken, dan was het Cleo wel. "Ik hoop het." Ik nam een slokje van mijn bier. "Geen enkele ouder zou dit moeten meemaken ... om zijn zoon te moeten terugbrengen wetende dat hij hem een maand niet zal zien."

"Ik weet het," fluisterde ze. "Toen ik hem de vorige keer naar Valerie bracht, voelde ik me tijdens de hele terugreis verschrikke-lijk ... alsof ik een stukje van mijn hart had achtergelaten."

Dat was de perfecte omschrijving.

"En ik zal elke keer nog een stukje van mijn hart achterlaten ... elke keer opnieuw."

Ik knikte.

"Maar we komen er wel uit, Deacon. Dat beloof ik."

Als deze vrouw een belofte deed, maakte ze die ook waar. En ik had er vertrouwen in dat het zou gebeuren. "Goed."

We aten en gingen daarna voor het vuur zitten, met onze stoelen dicht bij elkaar, zodat we allemaal in de vlammen konden kijken. Cleo had een deken over haar lichaam heengetrokken om warm te blijven, en ze deelde die met Derek.

Derek stak een marshmallow op de stok en gaf die aan haar. "Heb je dit al ooit eerder gedaan?"

"Nee," antwoordde ze. "Kun jij me laten zien wat ik moet doen?"

Ik glimlachte lichtjes, omdat ik wist dat ze loog.

"Nou, je moet oppassen dat de marshmallow niet aanbrandt," instrueerde Derek. "Dat smaakt niet lekker. Geloof me."

Ze grinnikte. "Goed. Niet laten aanbranden. Ik snap het."

Hij stak een marshmallow op zijn stokje en stak dat in het vuur. "Steek het ook niet te ver, net genoeg om hem aan de buitenkant bruin te laten worden. En draai hem regelmatig, net als die hotdogs bij het benzinestation."

Ik zuchtte geërgerd en wenste dat Valerie hem niet het junkfood van het benzinestation zou laten eten.

Cleo deed wat hij haar opdroeg en draaide de stok langzaam rond. "Vrij simpel. Bedankt, Derek."

"Papa heeft het me geleerd." Hij bleef de stok draaien. "Maar we moeten voorzichtig zijn, want als hij van binnen smelt, zal hij van de stok glijden. Dan is al ons harde werk voor niets zijn geweest."

"Oh nee," zei ze.

Ze bleven met hun stokken ronddraaien.

Ik bekeek hen, een beetje moe van al het bier dat ik die middag had gedronken. Ik beperkte me meestal tot een of twee biertjes per dag, maar omdat ik zo ontspannen was, was ik blijven drinken. Nu begonnen mijn oogleden een beetje dicht te vallen. Mijn hersenen barstten niet van een eindeloze gedachtestroom. Ik ... leefde gewoon in het moment. Ik glimlachte lichtjes terwijl ik naar hen beiden keek.

"Oké, haal hem eruit." Derek trok de stok terug en pakte twee borden.

Cleo trok haar marshmallow uit de vlammen.

"Nu neem je twee crackers ... " Hij legde ze op het bord. "En een stuk chocolade. Dan leg je de marshmallow erbovenop ... zo." Hij smeerde hem in de chocolade.

"Wauw, dat ziet er lekker uit."

"Dan leg je er nog een stukje chocolade boven op ... " Hij legde de chocoladereep op de hete marshmallow.

Ze fronste een wenkbrauw. "Moet je normaal gesproken niet maar één stukje chocola gebruiken?"

"Ja, maar dat is dom." Hij legde de cracker erbovenop. "En klaar is Kees."

Ze grinnikte en deed hetzelfde — ook met twee stukken chocola. Toen ze een hap nam, kraakte het luid. "Wauw, dat is lekker."

"Het is heerlijk." Derek maakte er een puinhoop van en smeerde de inhoud over zijn hele gezicht uit.

Cleo was er een stuk beter in, en er bleef dan ook nauwelijks wat chocolade bij haar mondhoek achter.

"En nu beginnen we gewoon opnieuw." Hij pakte zijn stok weer vast.

Ik wilde dat Derek van zijn jeugd zou genieten, dat hij al de leuke dingen kon doen nu het nog kon, maar ik wilde niet dat hij verslaafd raakte aan suiker. "Nog één, Derek."

Derek wendde zich tot Cleo en rolde met zijn ogen, alsof ik hem niet kon zien.

Cleo probeerde niet te glimlachen, maar slaagde daar niet in.

Ze waren zo schattig samen, dus deed ik alsof ik het niet zag.

---

Derek viel in slaap in zijn stoel, met de deken omhooggetrokken tot aan zijn kin, terwijl de schaduwen van de vlammen over zijn gezicht dansten. Hij sliep altijd met zijn lippen iets uit elkaar, waardoor een paar van zijn kleine tanden zichtbaar waren.

Cleo zat op haar gemak in haar stoel, met de andere helft van de deken over zich heen, en haar oogleden waren zwaar. Ze was ook moe.

Ik wist dat het tijd was om Derek in bed te stoppen en het vuur te doven, maar ik wilde niet opstaan. Als de muggen ons niet levend zouden opeten, zou ik waarschijnlijk gewoon blijven zitten. Maar als Derek vol met rode insectenbeten zou terugkeren, zou Valerie misschien niet meer toestaan dat hij op bezoek kwam.

Ik bleef toch zitten en stelde het in beweging komen zo lang mogelijk uit.

Ik was echt een beetje dronken.

Cleo draaide zich naar me toe. Haar oogleden waren ook zwaar, alsof ze uitgeput was van de lange dag, of misschien had ze ook te veel gedronken. Ze focuste haar blauwe ogen op mijn gezicht en staarde me aan, alsof mijn uiterlijke kenmerken hypnotiserender waren dan de vlammen die alsmaar kleiner werden.

Ik dacht altijd wel aan iets, aan een notitie die ik wilde maken, aan zaken die ik voor mezelf wilde vastleggen. Maar nu waren mijn hersenen rustig, lekker sudderend als een hete soep. Het was fijn om te genieten van de rustige avond en alles te absorberen, om een niveau van rust te voelen dat ik in jaren niet had ervaren. Ik had me in geen tijden meer zo kalm gevoeld ... zo gelukkig.

Ze bleef naar me kijken en knipperde nauwelijks met haar ogen.

Ik zou eeuwig kunnen staren.

De deken bewoog toen ze haar arm verplaatste, waardoor die dichter bij de rand van de stoel kwam. Toen trok ze haar arm helemaal van onder de deken uit en legde hem op mijn dij, op de plek waar mijn hand op mijn spijkerbroek rustte. Zonder haar blik van de mijne af te wendde, pakte ze mijn hand vast, verstrengelde onze vingers in elkaar en hield me zo vast. Toen ze niet meer bewoog, zuchtte ze diep, een geluid dat duidelijk weerklonk in de stilte.

Haar hand was warm omdat die onder de deken had gezeten, en ik voelde hoe dun haar vingers waren en hoeveel kleiner haar handpalm was. Mijn hart ging een beetje sneller slaan door de aanraking, dit onverwachte teken van affectie. Mijn ogen bleven op de hare gefocust.

Ze keek me aan, maar nu een beetje alerter, alsof ze bang was dat ik mijn hand zou wegtrekken.

Maar dat deed ik niet.

Mijn vingers knepen instinctief lichtjes in de hare.

Haar ogen werden zachter terwijl ze naar me keek, met haar kleine hand helemaal in de mijne.

Ik dacht niet na bij deze handeling. Ik was te moe, te aangeschoten. Het voelde goed en juist, dus liet ik het gewoon gebeuren.

## CLEO

"Je doet de worm zo aan de haak." Derek haalde de worm uit de bokaal met lokaas en haakte hem eraan.

"Goed." Ik deed hetzelfde en krom ineen door de stank. "Wauw, dat stinkt verschrikkelijk ... "

"De vissen vinden dat net lekker," zei Derek. "Hoe meer het stinkt, hoe beter."

"Kunnen vissen ruiken?"

"Ja." Derek maakte zijn hengel klaar om uit te gooien.

Ik keek naar Deacon ter bevestiging.

Deacon knikte.

Dat wist ik niet.

"Zo werp je de lijn uit." Derek bracht zijn hengel naar achter.

Deacon stond snel op en greep de hengel stevig in zijn hand, zodat hij me er niet mee in het gezicht zou raken. "Derek, we hebben het hier al eerder over gehad. Je zal ooit eens iemands oog uitsteken." Hij liet de hengel wat zakken en pakte Dereks polsen vast, zodat ze de beweging samen konden maken.

"Maar op deze manier kan ik niet zo ver ingooien," zei Derek.

"De vis zal naar jou toe komen." Deacon liet hem los en ging weer zitten.

Derek gooide rustig uit en het aas landde een paar meter verder in het water. "Ik kan normaal gesproken verder ingooien ... "

"Dat is ook best ver hoor." Ik stond op, deed zijn bewegingen na en gooide de lijn in het water. Ik gooide wat verder naar rechts, zodat onze lijnen niet in elkaar zouden verstrengelen. "En wat nu?"

"We blijven heel stil en wachten." Derek leunde over de rand van de boot en keek in het water.

Ik genoot van het landschap, de rust en de frisse lucht. "Wat doen we als we beet hebben?"

"Dan gooien we de vis terug," zei Derek. "Ik wil ze niet doodmaken ... "

"Goed idee," zei ik. "Ik ook niet."

We zaten daar te wachten en luisterden naar de kwetterende vogels in de bomen, het verre geluid van andere boten aan de andere kant van het meer en het water dat tegen de achtersteven van de boot kabbelde.

Ik draaide me om naar Deacon.

Hij zat op zijn gemak onder het zeil en was al naar mij aan het kijken.

Toen ik gisteravond zijn hand had vastgepakt, had ik daar niet verder bij nagedacht. Ik had het niet gepland. Het moment voelde gewoon goed, dus had ik het gedaan. Hij had me de laatste tijd betrokken bij zowat elk aspect van zijn leven. Niet omdat hij me nodig had gehad, maar omdat hij me erbij wilde. Ik wist dat Tucker had gezegd dat ik geduld met hem moest hebben, dat ik hem wat tijd moest geven, maar ik kon niet langer geduldig zijn.

Ik wilde deze man zo graag.

En ik geloofde dat hij mij ook wilde.

Ik kon het niet veel langer verborgen houden. Als de tijd er rijp voor was, zou ik hem gewoon vertellen wat ik voelde, aangezien Tucker had gezegd dat Deacon nooit zelf iets zou doorhebben. Ik zou volkomen duidelijk moeten maken wat ik wilde en hem ervan verzekeren dat ik hem nooit zou kwetsen ... dat hij me kon vertrouwen.

En op het beste hopen.

Het weekend was in een oogwenk voorbij. We pakten onze bagage in en keerden terug naar de stad.

Derek zat tijdens de rit tussen ons in en liet me alle tekeningen zien die hij de voorbije dagen had gemaakt.

Deacon zat zwijgend aan zijn kant van de auto.

Ik had niet beseft hoe eenzaam en leeg ik me had gevoeld, totdat ik Deacon had ontmoet — en daarna de kleinere versie van hem. Ik merkte dat ik verlangde naar deze momenten samen, wanneer we alleen met zijn drieën waren.

Het voelde alsof ik weer een familie had.

Toen we aankwamen in Manhattan begeleidde Deacon me zoals altijd tot aan de deur. Het leek er niet op dat hij zijn zoon ooit zonder toezicht achterliet, tenzij bij mij dan, dus nam hij hem mee.

Ik maakte de deur open. "Nou, bedankt — "

Derek liep naar binnen. "Is dit jouw woning?" Hij liep naar de salontafel en bekeek de verwelkte bloemen. "Deze zien er oud uit."

Deacon leek zich een beetje te schamen voor de botheid van zijn zoon. "Derek. Je loopt niet zomaar bij mensen naar binnen zonder eerst uitgenodigd te worden." Hij liep ook naar binnen en zag Derek rondkijken. Hij wendde zich tot mij. "Het spijt me ... "

"Nee, het geeft niet," zei ik snel.

Hij keek naar de bloemen in de glazen vaas. "Zijn dat de bloemen die ik je heb gegeven?"

"Ja ... " Ik had al het mogelijke gedaan om ze in leven te houden en ik kon ze gewoon niet weggooien, ook al zagen ze er verschrikkelijk uit en begonnen ze te stinken. Het was al een tijdje geleden dat hij ze voor me had gekocht, dus hadden ze hun beste tijd gehad.

Deacon leek zich daar geen vragen over te stellen en begreep waarschijnlijk niet dat ik ze niet weggooide omdat hij ze aan mij had gegeven.

"Ik vind je woning mooi," zei Derek. "Waar is de rest?"

Nu keek Deacon hem boos aan. "Derek."

"Wat?", vroeg hij onschuldig, wat duidelijk maakte dat hij me niet had willen beledigen.

Deacon liep naar hem toe. "Zeg dat soort dingen niet."

"Zoals wat?", vroeg hij, helemaal niet beseffend wat hij verkeerd had gedaan.

"Deacon, het is in orde," zei ik zachtjes. "Hij bedoelde er niets mee."

Deacon greep hem vast bij zijn arm. "We zullen er in de auto over praten. Kom, laten we gaan. Zeg maar gedag tegen Cleo."

Toen hij wist dat hij gestraft zou gaan worden, werd hij neerslachtig. "Tot ziens, Cleo ... "

Ik had er een hekel aan om hem verdrietig te zien, vooral omdat hij zo onschuldig was. Hij had een goed hart, net als zijn vader. "Tot ziens, Derek. Tot morgen."

Deacon keek me aan en trok toen zijn zoon met zich mee. "Bedankt dat je het weekend met ons hebt doorgebracht."

Het was lief van hem om dat te zeggen, vooral omdat hij het meende. "Er is niemand anders waarmee ik liever mijn tijd zou doorbrengen."

Ik keek hier niet naar uit.

Ik was altijd blij om hen te zien — behalve als ik Derek moest wegbrengen.

Ik haatte het om Deacon te kwetsen. Dat was wel het laatste wat ik wilde doen.

Ik klopte met mijn vuist op de deur.

Deacon maakte open, gekleed in een spijkerbroek en een overhemd, alsof hij van plan was om hierna meteen naar zijn werk te gaan. "Hoi." Zijn toon was somber, alsof hij zijn verdriet amper kon verbergen.

Ik glimlachte verdrietig naar hem en liep toen verder door naar binnen.

Derek stond klaar, met zijn bagage en zijn rugzak, en hij keek niet naar zijn vader, alsof hij boos was.

"Ben je klaar om te vertrekken, kleine man?", vroeg ik.

Derek ademde zwaar, alsof hij woedend was. "Waarom moet ik gaan? Ik haat mama — "

"Zeg dat niet nog eens." Deacon hoefde niet te schreeuwen, zoals de meeste ouders dat wel moesten doen. Hij hoefde maar van toon te veranderen en streng te klinken om Derek te laten gehoorzamen. Hij knielde neer, zodat ze op ooghoogte kwamen. "Je haat je moeder niet. Jij houdt van haar, en zij houdt van jou."

Derek wilde hem nog steeds niet aankijken. "Ik wil bij jou wonen ..."

"Dat weet ik." Deacon werd niet emotioneel zoals de vorige keer, maar leek nu voorbereid op dit moment. "Ik ga proberen om iets te regelen met je moeder en informeren of ze bereid is om hier te komen wonen."

"Zodat ik bij jou kan komen wonen?" Hij tilde zijn hoofd op en keek naar zijn vader.

"Nee." Deacon loog niet om zijn zoon op te beuren. "Maar zodat ik je elke dag of zo veel mogelijk kan zien."

Derek knikte. "Ik vind het verschrikkelijk dat ik je niet elke dag zie."

"Ik weet het, kleine man," fluisterde hij. "Ik regel het wel. We zijn een gezin — we zouden samen moeten zijn."

Hij knikte.

Deacon trok hem tegen zich aan voor een knuffel. "Dit is geen vaarwel. We zien elkaar snel weer."

Derek fluisterde tegen zijn borst aan. "Tot snel, papa."

Deacon drukte hem tegen zich aan en liet hem toen uiteindelijk los. "Ik hou van je."

"Ik hou ook van jou ... "

Deacon kneep lichtjes in zijn armen en stond toen op. Na een diepe zucht wendde hij zich tot mij. "Laat het me weten van zodra je hem thuis hebt afgeleverd."

"Dat zal ik doen."

"En laat het me weten wanneer jij weer thuis bent."

Ik knikte. "Dat zal ik doen."

Hij liep vervolgens naar me toe en omhelsde me stevig, alsof hij afscheid nam, zoals hij net afscheid had genomen van zijn zoon.

Ik voelde me het gelukkigst in zijn armen. Ik sloot mijn ogen, inhaleerde zijn geur en barstte bijna in tranen uit. Deze man was mijn thuis. Hij was mijn beste vriend. Hij was mijn wereld.

Hij trok zich terug en keek me nog een laatste keer aan. "Goed."

Ik kon dit niet langer volhouden. Ik kon mijn handen niet meer onder controle houden. Ik kon niet professioneel blijven doen.

Deze man had me geïnfecteerd als een ziekte, die me ondertussen volledig in bezit had genomen. Er was geen vaccin of genees- middel dat hem ooit uit mijn lichaam zou kunnen krijgen ... en ik wilde hem sowieso nooit meer kwijt. Ik wilde ziek zijn, van liefde voor hem. Mijn geduld was helemaal op. Mijn terughoudendheid was gebroken. Ik kon niet nog een week langer wachten, zelfs geen dag. Ik kon niet blijven doen alsof hij alleen maar een vriend en klant was ... aangezien hij mijn alles was.

Ik moest mezelf dwingen om weg te kijken, Dereks bagage te pakken en te doen alsof mijn hart niet zo vol was dat het elk moment zou kunnen ontploffen. "Kom op, Derek ... Laten we gaan."

# 13

## DEACON

I<small>K ZAT IN MIJN KANTOOR TOEN</small> C<small>LEO'S SMS OP MIJN TELEFOON</small> <small>VERSCHEEN</small>. *Ik heb hem net thuis afgezet.*

Het was pijnlijk geweest om weer afscheid van hem te moeten nemen, maar nu ik hoop had op een betere toekomst, brak mijn hart niet meer zoals bij de eerste keer. Ik zou na verloop van tijd Valerie hierheen kunnen lokken, zodat ik nooit meer afscheid zou hoeven te nemen. *Bedankt.*

Ik ging weer aan het werk en boog me de daaropvolgende uren over spreadsheets.

Mijn telefoon ging over.

Valeries naam stond op het scherm.

Het was bijna vijf uur 's middags en ik was moe. Als klap op de vuurpijl, had ik de lunch overgeslagen, dus was ik ook nog eens uitgehongerd. Nadat ik Dereks negatieve opmerkingen over haar had gehoord, keek ik er niet echt naar uit om met haar te praten. Ze smeerde mijn zoon niet in met zonnebrandcrème, liet hem troep eten bij het benzinestation en deed niets leerzaams met hem. Het was moeilijk om niet boos te zijn — omdat ik ook nog zoveel andere redenen had om haar te verachten.

Maar er zou een straf volgen als ik haar telefoontje niet zou aannemen. "Hoi, Valerie. Hoe gaat het met je?" Ik had gelezen in dat boek dat ik een gesprek altijd op die manier moest beginnen, om een gevoel van warmte te projecteren, zelfs als de andere persoon niets voor je betekende.

"Goed. Het is heel fijn om Derek terug te hebben."

"Dat kan ik me voorstellen. We hebben het samen geweldig naar onze zin gehad. Bedankt dat hij zo lang mocht blijven." Ik zou haar niet hoeven te bedanken. Het was verdomd irritant om als het een of andere watje te moeten buigen voor deze teef.

"Graag gedaan," zei ze met zachte stem.

Ik wachtte tot ze zou verdergaan. Als ze verder niets te zeggen had, zou ik dit gesprek liever afronden en mijn papierwerk afmaken.

"Derek praat nogal veel over Cleo ... "

Mijn borst verkrampte toen ik me herinnerde wat Cleo een paar weken geleden had gezegd. Ze had me gewaarschuwd dat dit een probleem zou worden, maar ik had het toen niet echt begrepen. Ik had deze toon van Valerie echter vaak genoeg gehoord om te weten dat als ik niet voorzichtig zou zijn, een orkaan zou losbarsten.

"Hij zei dat ze het hele weekend bij je heeft gelogeerd in de chalet." Het was geen vraag, maar beschuldiging.

Ik zei niets.

"Deacon, ga je met haar naar bed?"

De vraag irriteerde me enorm, want het ging haar echt helemaal niets aan wie ik neukte. "Nee."

"Waarom was ze dan het hele weekend bij jullie in je vakantiewoning, Deacon?"

"Omdat je dat niets aangaat." Ik probeerde mijn humeur onder controle te houden, maar dat lukte niet. Ik was helemaal naar de andere kant van het land verhuisd om bij haar weg te komen, maar ze verstikte me nog steeds. "Wie neuk jij, Valerie?" Van zodra die scheidingspapieren waren ondertekend, had ik geen moer meer om haar gegeven — totaal niets. Het kon me niets schelen waar ze 's nachts sliep, of wie haar neukte in het bed waarin ik vroeger ook had geslapen.

Ze zweeg, maar ik voelde hoe de storm aansterkte. De wind werd feller. De orkaan stond op het punt om los te barsten. "Ik heb het recht om te weten wie in de buurt van mijn zoon komt — "

"Je hebt geen enkel recht om wat dan ook van mij te weten, Valerie." Ik ging rechtop staan, en ging met mijn hand door mijn haar terwijl mijn neusgaten wijd open gingen staan. Toen ik naar het raam keek, zag ik mijn eigen spiegelbeeld en het viel me op hoe lelijk ik was wanneer ik zo boos was. "Ik bemoei me ook niet met jouw zaken. Doe jij dat dan ook niet met de mijne — "

"Je speelt met vuur, Deacon — "

"Laat me dan maar mijn vingers verbranden. Jij hebt dat sowieso al genoeg gedaan." Ik hing op en gooide de telefoon naar een van de boekenkasten. Ik draaide me weer naar het raam, drukte mijn voorhoofd tegen het glas en voelde pijnscheuten in mijn borst. Door de onrust en frustratie vernauwden al mijn aderen en schoot mijn bloeddruk de lucht in. "Verdomde teef." Ik haatte haar, haatte haar zo erg. Het maakte niet uit hoe ver weg ik verhuisde, ze zou altijd problemen veroorzaken en een doorn in mijn oog zijn. Ze gebruikte Derek voortdurend tegen me, op precies dezelfde manier als toen ze met opzet zwanger van hem was geworden. Het was als een leiband om mijn nek, waarmee ze me dicht bij zich kon houden en ervoor kon zorgen dat ik me goed gedroeg, als een verdomde hond. Als ik ooit echt vrij van haar wilde zijn, zou ik Derek moeten opgeven ... en dat kon ik niet. Dus zou ze me blijven tergen — tot mijn dood. Ze zou haar klauwen in me blijven zetten, alsof ze me nog steeds bezat, alsof ik nog steeds haar man was, terwijl ik nooit van haar had gehouden.

Ik had nooit met haar mogen trouwen.

Ik had nooit mogen proberen om een gezin te vormen.

Ik had er direct vandoor moeten gaan.

Ik had me sowieso nooit met haar mogen inlaten.

Ik was een rijke man, had meer geld dan ik in mijn leven ooit zou kunnen uitgeven — en toch was ik iemands slaafje.

# CLEO

IK PAKTE MIJN BAGAGE, stapte in de auto die op me stond te wachten en voelde hoe mijn hart razendsnel begon te kloppen.

Duizelingwekkend snel.

Ik zou beter naar huis gaan. Het was een heel lange dag geweest. Het zou fijn zijn om mijn hoge hakken uit te trappen en me op de bank te laten vallen, met de zure geur van de bloemen op de achtergrond. Maar ik voelde me zo ongemakkelijk, zo nerveus, dat ik helemaal niet naar mijn appartement wilde gaan. Het was als een geheim dat ik niet langer kon bewaren, en ik moest het slot in mijn borst openen en alles eruit gooien. Ik zou ziek worden als ik bleef zwijgen.

Ik kon dit niet langer.

Ik sms'te Deacon. *Ik ben terug in New York.* Het was tien uur 's avonds, maar ik wist niet om hoe laat hij ging slapen. Ik stelde me voor dat hij wakker was gebleven en op dit bericht had gewacht ... omdat hij om me gaf.

Hij sms'te terug. *Goed.* Zijn boodschap was kort, niet eens een volledige zin. Maar het was al laat, en er viel niet veel te zeggen.

De chauffeur reed rustig verder en toen ik op de gps-kaart zag dat hij de kruising bereikte, om ofwel naar Deacons gebouw ofwel het mijne te rijden, nam ik mijn beslissing. "Breng me naar het Trinity-gebouw, alsjeblieft."

Hij zette de richtingsaanwijzer aan en vroeg me verder niets.

Oh mijn god, ik ging dit echt doen. Ik sms'te hem. *Ik kom naar jouw woning.*

Zijn antwoord kwam onmiddellijk. *Is alles in orde?*

*Ik moet alleen met je praten.* Ik legde mijn vlakke handen op mijn wangen en voelde hoe warm ze waren. Ik stelde me voor dat ze rood waren, alsof ik te lang in de zon had gelegen. Mijn nek voelde ook heet aan, alsof ik een coltrui droeg van een stof die de huid irriteerde. Ik wist niet zeker hoe dit gesprek zou verlopen, maar ik wist dat het niet gemakkelijk zou zijn. Met Deacon was het nooit gemakkelijk. Maar ik wist dat het zou eindigen zoals ik hoopte ... omdat het duidelijk was dat onze harten allebei hetzelfde voelden.

Ik stapte de lift in en zoefde omhoog naar de tweeëndertigste verdieping.

Ik snelde door de gang, stopte bij zijn voordeur en staarde naar de goudkleurige cijfers op het hout, alsof ik ze nog nooit eerder had gezien. Ik hoorde mijn hartslag in mijn oren bonzen, zo luid als de bas in een nachtclub. "Oh verdomme ... " Ik stak mijn vingers in mijn haar en wreef het uit mijn gezicht, nerveuzer dan ik ooit was geweest. Aangezien hij me verwachtte, liet ik mezelf binnen.

Hij zat op de bank in een joggingbroek, met zijn haar een beetje warrig, alsof hij in bed had gelegen toen ik hem had ge-sms't. Hij tilde zijn hoofd op en keek me aan, bestudeerde me van top tot teen met zijn bruine ogen om te zien of ik misschien onder de blauwe plekken zat. Hij stond op, en straalde kracht uit in zijn volle lengte en spiermassa. Hij kwam dichterbij, zonder T-shirt. Zijn ogen schoten heen en weer terwijl hij in de mijne keek, alsof hij daar woorden kon zien, geschreven in zwarte inkt. "Cleo, is alles in orde?"

"Ja, alles is in orde." Nu onze ogen op elkaar waren gefocust, was ik zelfs nog zenuwachtiger. Hem in het echt te zien herinnerde me er alleen maar aan hoe graag ik hem wilde, hoe krachtig de band tussen onze zielen was. "Ik wilde alleen iets met je bespreken ... "

Hij staarde me aan, met zijn armen beweginloos en geduldig langs zijn lichaam hangend.

"Ik ... ik weet niet waar ik moet beginnen." Ik had er nooit moeite mee gehad om een man te versieren, om hem te vertellen wat ik voor hem voelde, om de zelfverzekerde vrouw te zijn die elke dag met beroemdheden omging. Maar nu was ik precies een nerveus schoolmeisje en stond ik zenuwachtig te friemelen in de hal. Ik wilde het oogcontact verbreken.

Deacon bleef me aanstaren en had in geen tijden nog met zijn ogen geknipperd.

"Ik kan dit niet langer blijven doen."

Hij hield zijn hoofd een beetje schuin, alsof hij verward was door mijn woorden.

"Ik wil niet langer een vriend zijn. Ik wil niet dat we al die tijd samen doorbrengen als apart levende mensen. Ik wil dat we samen zijn ... romantisch, fysiek, emotioneel." Als het iemand anders was, zou ik hem gewoon kussen en zo elke gedachte in mijn hoofd duidelijk maken. Maar bij Deacon moest ik duidelijk en beknopt zijn, alles vrijuit zeggen, omdat hij niet van veronderstellingen uitging. Hij baseerde zich op bewijzen en feiten. Woorden waren de beste manier om iets duidelijk te maken.

Hij reageerde niet. Helemaal niet.

"Ik wil je, Deacon ... " Ik wenste dat hij me kuste, me vertelde dat hij hetzelfde voelde, of toch iets zou doen. "Ik wil dat je weet wat ik voel ... voor het geval dat nog niet duidelijk genoeg was." Ik vouwde mijn handen samen voor mijn middel, verstrengelde de uiteinden van mijn vingers in elkaar en friemelde ermee terwijl ik bleef staan, niet in staat om zijn gedachten te lezen door zijn stoï-cijnse gezichtsuitdrukking.

Hij boog zijn hoofd en wreef met zijn vlakke hand over zijn achterhoofd.

Ik wilde geen overhaaste conclusies trekken, maar dat leek me geen goed teken.

Hij staarde even naar de vloer en tilde toen weer zijn hoofd op, nog steeds met een onleesbare gezichtsuitdrukking.

"Deacon?" Ik kon meestal omgaan met zijn langdurig zwijgen, maar dat was op dit eigenste moment onmogelijk. Ik had mezelf kwetsbaar opgesteld, en ik had een antwoord nodig; hij moest communiceren, op dezelfde duidelijke manier zoals ik net had gedaan.

"Cleo ... " Zijn diepe stem ontsnapte aan zijn mond met een pijnlijke zucht.

Verdomme, dat klonk niet goed.

Hij zette zijn handen in zijn heupen. "Je betekent veel voor me, Cleo. Maar ... "

Oh, hoe pijnlijk.

"Ik voel niet hetzelfde."

Ik begon zwaar te ademen en werd overspoeld door vernedering en boosheid. "Hoe kan dat nou? Jij bent mijn beste vriend, en ik de jouwe. Je neemt me mee naar het planetarium met je zoon, je nodigt me uit voor de lunch met je familie, vraagt me mee uit voor een weekend in de chalet — "

"Ik heb me verkeerd uitgedrukt." Hij zuchtte weer en raakte ditmaal gefrustreerd. "Het is duidelijk dat ik me tot je aangetrokken voel."

Was dat duidelijk?

"Jij bent de enige persoon op deze aardbol die mij begrijpt."

Dat was een feit.

"Maar ik wil geen relatie meer."

Nu begreep ik het. Tuckers waarschuwing was terecht geweest. Het maakte niet uit hoe Deacon over me dacht of wat hij voelde wanneer we samen waren, omdat zijn verleden hem blokkeerde om een betere toekomst te hebben. "Ik weet dat Valerie je heeft gekwetst. Ik begrijp dat het een slechte relatie was. Maar ik ben Valerie niet. Dat zal bij ons niet gebeuren — "

"Het antwoord is nee." Zijn neusgaten sperden zich wijd open, zijn gezicht kleurde rood zoals altijd wanneer hij echt boos werd. Hij zag er ook zo uit wanneer hij aan de telefoon was met Valerie en leek nu zo kwaad dat hij niet wist hoe hij alles binnen moest houden. "Ik ben pas zes maanden gescheiden, Cleo. Het laatste wat ik wil, is me aan iemand anders binden. Ik vind het fijn om alleen te zijn. Voor de eerste keer in mijn leven ben ik echt gelukkig. Waarom zou ik dat opofferen om weer aan diezelfde onzin te beginnen?"

Ik sloot heel even mijn ogen, en had het gevoel dat hij me net met de vlakke hand in mijn gezicht had geslagen.

"Nee," herhaalde hij, alsof zijn antwoord nog niet duidelijk genoeg was geweest.

Ik wilde naar buiten lopen, maar ik wilde hem ook niet meteen de rug toekeren en het zomaar opgeven. "Ik begrijp dat je bang bent om aan een nieuwe relatie te beginnen — "

"Ik ben niet bang, verdomme." Hij snauwde nu, alsof hij die reactie al eerder had gegeven.

Het beviel me niet dat hij tegen me schreeuwde, tegen me uitvloog, me behandelde alsof ik een lastpost was. "Ik ben Valerie niet, Deacon. Je kent me al zes maanden. Ik heb alleen het beste met je voor. Ik heb je bewezen dat ik niet manipulatief, sluw of slecht ben — "

"Ik heb dat ook nooit beweerd. Maar het maakt geen verschil. Ik zal mezelf nooit meer in zo'n situatie terecht laten komen. Zelfs nu schopt die trut me nog steeds alsof ik een hond ben, en maakt ze me het leven zuur. En nu stel jij voor dat wij twee aan een relatie beginnen — "

"Ik ben Valerie niet!", schreeuwde ik. Ik voelde tranen van boosheid opwellen in mijn ogen, was uitgeput door de verstikkende beledigingen die hij me naar het hoofd bleef slingeren. "Ik ben Cleo. Ik ben de vrouw aan wie je jouw zoon toevertrouwt zodat ik hem naar de andere van het land kan brengen. Ik ben de vrouw die je leven zo soepel mogelijk laat verlopen, omdat ik wil dat je gelukkig bent. Ik ben de vrouw die je door en door steunt. Ik ben verdomme de meest loyale persoon ter wereld." Ik zette een stap achteruit en ademde zwaar terwijl ik probeerde mijn tranen tegen te houden, zodat ik ze straks kon laten rollen van zodra ik de gang bereikte. "Ik ben haar niet ... en ik denk dat we samen een geweldig koppel zouden zijn."

Hij sleepte zijn handpalmen langzaam omlaag over zijn gezicht en nam een seconde de tijd om zijn woede te onderdrukken. Toen hij me weer aankeek, was hij nog net zo kwaad als daarnet. "Ik geef veel om je, Cleo. Maar ik wil niet dat dit ooit uitgroeit tot meer. Ik kan je niet gewoon neuken en de volgende dag doen alsof het niet gebeurd is, dus dat is geen optie."

Het voelde als een klap in mijn gezicht. Zag hij me zo? Als een van zijn respectloze sletjes die hun rode slipje achterlieten? Voelde hij niet hetzelfde als ik? Na alles wat we hadden meegemaakt?

"Ik wil dat dit professioneel blijft. Laat ons terugkeren hoe het was en gewoon verdergaan."

Ik was nog nooit zo gekwetst geweest. Toen mijn man me had verteld over zijn ontrouw en me had verlaten om bij zijn nieuwe vrouw te zijn, was ik als verdoofd geweest. Maar dit was erger, veel erger, omdat mijn gevoelens voor Deacon een miljoen keer sterker waren dan wat ik ooit had gevoeld voor mijn ex-man.

Ik haalde diep adem, streek de voorkant van mijn rok glad en probeerde om mijn hart, mijn ziel uit te schakelen en om niets te voelen, zodat ik zijn woning zou kunnen verlaten met de gratie van een koningin. Ik ging er niet over liegen: ik had gehoopt om vanavond in zijn bed te belanden, om zo intens de liefde te bedrijven dat we zouden zweven van gelukzaligheid. Maar ik was hem in plaats daarvan helemaal kwijtgeraakt. "Goed, Deacon." Ik rechtte mijn rug en mijn schouders. "Ik zie je later wel." Ik draaide me om en liep naar de deur. Van zodra ik mijn gezicht had weggedraaid, voelde ik de tranen in mijn ogen springen en uiteindelijk over mijn wangen rollen. Kon het mij maar spijten dat ik mijn hart voor hem had geopend en wat we hadden kapot had gemaakt, maar dat was niet het geval. Nu ik wist hoe hij erover dacht, wat hij echt voelde, kon ik stoppen met mijn tijd te verspillen met aannemen dat ik voor hem anders was en dat we voor elkaar bestemd waren.

"Cleo?"

Ik stopte bij de deur, maar draaide me niet om. Ik wilde niet dat hij mijn gezicht zag.

Hij wachtte tot ik me naar hem toe zou draaien.

Nooit. "Laten we gewoon verdergaan met ons leven, Deacon." Ik sloot de deur achter me en liep door de gang naar de lift. Ik deed mijn best om op een normaal tempo te stappen en niet mijn vrijheid tegemoet te sprinten. Hij had gezegd dat hij verder wilde gaan met zijn leven en wenste dat alles bij het oude zou blijven.

Ik kon wel verdergaan ... maar we zouden nooit terugkrijgen wat we hadden gehad.

Ik stapte in de lift en de deuren gingen dicht.

Een deel van me hoopte dat hij achter me aan zou komen, zoals in de films. Dat hij op het allerlaatste moment zou beseffen dat hij een lul was geweest en dat hij wel degelijk hetzelfde voelde. Dat hij mijn tranen zou wegvegen met de kussentjes van zijn duimen, me zou kussen en de man zou worden die ik nodig had.

Maar mijn leven was geen film.

Het was een aaneenschakeling van fouten.

Niemand zou nog wakker zijn op dit uur, dus liet ik mijn tranen de vrije loop en stond toe dat mijn borst op en neer schokte door het gesnik. Ik stortte helemaal in, sloeg mijn armen rond mijn middel en hield mezelf stevig vast.

Ik voelde me niet eens vernederd ... ik had alleen een gebroken hart.

*Ik kan je niet gewoon neuken en de volgende dag doen alsof het niet gebeurd is, dus dat is geen optie.*

Ik had geen bezwaar tegen een onenightstand. Ik had geen probleem met een gepassioneerde nacht die de volgende ochtend zou verdampen. Maar die woorden moeten horen uit zijn mond ... dat had me zo gekwetst. Ik dacht dat ik meer voor hem betekende dan dat.

Maar blijkwaar was dat niet zo.

De lift vertraagde en stopte op de zeventiende verdieping.

Dit kon niet waar zijn.

De liftdeuren gingen open en daar stond Jake, in een joggingbroek en een T-shirt, alsof hij van plan was om even iets in de lobby te gaan halen en dan snel terug te keren naar zijn woning. Hij verstijfde toen hij me opmerkte.

Ik was lelijk wanneer ik huilde, dus waren mijn wangen waarschijnlijk rood en mijn ogen bloeddoorlopen. Ik zag er waarschijnlijk niet uit. Ik legde mijn vlakke handen meteen op mijn gezicht in een poging alles te verbergen en te doen alsof hij daar niet naar me stond te kijken.

De lift bewoog een beetje toen hij naast me kwam staan.

Toen kwam de lift weer in beweging.

"Schat." Hij pakte mijn polsen vast en trok ze zachtjes naar beneden.

Ik duwde hem niet weg. Ik droeg hem niet op om me met rust te laten. Ik had mijn dieptepunt bereikt en gaf om niets meer. Ik was als verdoofd, voor alles. Ik was een goed mens, maar de wereld bleef me slecht behandelen. Mijn man had me verlaten en vervolgens had ik een relatie gehad met een getrouwde man om uiteindelijk iemand te vinden die echt speciaal was ... maar die niets om me gaf.

Jake keek me aan, en de emotie was zichtbaar in zijn ogen. "Praat met me."

Ik schudde mijn hoofd en merkte dat mijn lippen trilden.

De lift bereikte de lobby en de deuren gingen open.

Jake draaide zich om naar het toetsenbord en drukte op de knop met nummer zeventien.

De deuren gingen weer dicht, en we keerden terug naar zijn verdieping.

Jake draaide me om mijn as, trok me tegen zich aan en wikkelde zijn armen om me heen. Hij werd mijn steun, mijn zakdoek. Hij ging langzaam met zijn hand omhoog over mijn rug als troost. "Het spijt me dat hij je heeft gekwetst ... "

Ik hield op met me ertegen te verzetten, wikkelde mijn armen om hem heen en liet mijn wang tegen zijn borst rusten.

De deuren gingen open op zijn verdieping.

Jake sloeg zijn arm om mijn middel en leidde me de lift uit.

# DEACON

Er was een week verstreken.

Ik was zoals gewoonlijk elke dag naar mijn werk gegaan, en had het grootste deel van mijn tijd doorgebracht in het lab. Ik had binnenkort patiëntenzorg, dus zou mijn werkschema er weer anders uitzien. Patiëntenzorg was het onderdeel van mijn werk waar ik het meest een hekel aan had, omdat ik de mensen altijd wilde vertellen dat ik hen beter zou maken ... maar dat lukte niet altijd.

Telkens wanneer ik thuiskwam, waren mijn boodschappen bezorgd, hingen mijn stomerijspullen in de kast, was mijn was gedaan en lag mijn post op de eettafel.

Maar ik zag haar niet meer.

Het was waarschijnlijk het beste om even afstand van elkaar te nemen, zodat we allebei tijd hadden om af te koelen en te doen alsof dat gesprek nooit had plaatsgevonden.

Toen ik die dag thuiskwam, vond ik de post op tafel. Ik herkende Cleo's handschrift op de post-its. Een stapel was gemarkeerd als "Betaalde rekeningen", terwijl op een andere "Belangrijk" stond. Ik bekeek alles en verscheurde wat ik niet meer nodig had.

Daarna kookte ik, ging aan de eettafel zitten en werkte wat op mijn laptop terwijl ik genoot van mijn eten.

Tucker sms'te me. *Wil je vanavond uitgaan?*

Ik antwoordde hem onmiddellijk. *Nee.*

*Is dat alles?*

*Ik heb nog veel werk te doen.* Ik wilde nu niemand zien. Mijn week in het lab was aangenaam geweest, omdat ik met niemand hoefde te praten. De enige persoon die iets tegen me zei was mijn assistente, Theresa, maar ze wist dat ik het liefst zo weinig mogelijk praatte.

Mijn leven was weer normaal geworden ... alsof er helemaal niets gebeurd was.

---

De daaropvolgende week verliep hetzelfde.

Ik verwachtte dat Cleo en ik elkaar wel weer zouden tegenkomen.

Maar dat gebeurde niet.

Wanneer ik na het werk in de lobby aankwam, zat ze niet beneden achter haar bureau, en wanneer ik mijn appartement binnenstapte, was aan al mijn behoeftes voldaan. Ik begon me af te vragen of ik haar vroeger zo vaak had gezien ... omdat zij dat zelf had gewild.

Het was al een tijdje geleden dat ik met Derek had gesproken, dus belde ik via de app. Derek was technologisch onderlegd en we hadden we onze laptops via het internet aan elkaar gelinkt, zodat ik hem kon bellen zonder dat hij daadwerkelijk een telefoon had.

Het duurde even voordat Dereks gezicht op het scherm verscheen. In het begin fronste hij zijn wenkbrauwen, alsof hij iets probeerde uit te zoeken, maar toen hij mijn gezicht zag, lichtten zijn ogen op. "Papa!"

Ik lachte. "Hoi, jongen."

"Wat ben je aan het doen?"

"Ik ben net klaar met eten. Waar ben jij mee bezig?"

"Ik werk aan mijn treinstel."

"Cool."

"Waar is Cleo?"

De vraag deed me verstijven en ik wist niet zeker hoe ik moest reageren. "Derek, ze woont niet bij me. Dat weet je toch."

"Ja, maar ze is er anders altijd."

"Nou ... ze is er vandaag niet bij."

"Oh." Zijn ogen werden verdrietig. "Nou, vertel haar dat ik erachter ben gekomen wat voor mieren dat waren bij de chalet. Wist je dat er duizenden soorten mieren bestaan?"

"Nee, dat wist ik niet."

"Ja, het is krankzinnig."

Ik zat aan de eettafel, met mijn armen op het tafelblad, aan weerszijden van het apparaat. Ik zag zijn poster van de maan op de achtergrond, samen met zijn beddengoed in ruimtethema.

Derek staarde me een tijdje aan. "Wat is er aan de hand?"

"Niets."

"Je ziet er verdrietig uit."

"Ik ben niet verdrietig." Ik dwong mezelf om te glimlachen.

Zijn ogen bleven op het scherm gefocust. "Maar je ogen lachen niet ..."

Cleo's observatie van Derek was correct. Hij kon de emoties van mensen lezen, iets wat ik niet kon. Hij was vijf jaar oud ... en hij sloeg altijd de spijker op de kop. "Ik ben alleen maar moe."

"Is er iets mis tussen jou en Cleo?"

"Waarom vraag je dat?"

"Omdat je ogen verdrietig werden van zodra ik haar ter sprake bracht."

Ik staarde een tijdje naar het scherm, niet zeker hoe ik daar op moest reageren. "We hebben ruzie gehad ... "

"Oh ... "

"Het is ingewikkeld."

"Zoals toen jij en mama ruzie hadden?"

Helemaal niet, eigenlijk. "Nee. Cleo en ik zijn gewoon vrienden."

"Maar zijn jullie geen beste vrienden meer?"

Ik staarde hem weer wezenloos aan.

"Zoals hoe jij en ik beste vrienden zijn?"

Mijn ogen werden zachter. "Wij zijn beste vrienden, Derek. Maar Cleo en ik ... " Ik kon de woorden niet vinden om het te beschrijven, dus veranderde ik van gespreksonderwerp. "Ben je vaak gaan zwemmen? Ik zie dat je je zwembril veel hebt opgehad en eromheen bruin bent geworden ... "

---

Het was ondertussen al bijna drie weken geleden dat we elkaar hadden gezien of gesproken.

Het voelde alsof er iets niet klopte in mijn leven.

In het begin had het normaal geleken. Maar toen waren mijn dagen steriel geworden, leeg.

Zelfs eenzaam.

Elke dag was hetzelfde. Ik ging naar mijn werk en keerde telkens terug naar een leeg appartement. Mijn avonden verliepen ongestoord. Het was alleen ik en mijn laptop.

Ik besloot om de volgende dag vrijaf te nemen, omdat Cleo mijn stomerijspullen en boodschappen zou bezorgen. Ze zou naar binnen komen lopen en we zouden dat eerste ongemakkelijke gesprek gewoon moeten uitzweten.

Uren verstreken ... maar ze kwam niet.

Ik ging de volgende dag weer aan het werk, en toen ik thuiskwam, was alles bezorgd.

Ik vroeg me nu af of ze de lobby constant in de gaten hield en opzettelijk wachtte tot ik het gebouw verlaten had voordat ze de boodschappen afleverde; om er zeker van te zijn dat ik er niet was.

Als dat het geval was ... zou ik haar dan ooit nog zien?

Na het werk sms'te ik haar vanuit mijn flat. *Theresa staat op het punt wat papieren af te leveren die ik op kantoor ben vergeten. Kun je die van haar aannemen en naar boven brengen?* Ik staarde naar het scherm en vroeg me af wat ze zou antwoorden. Het voelde vreemd om haar zo vlak na onze ruzie een opdracht te geven, als ons eerste officiële gesprek, maar ik wist niet wat ik anders moest doen.

Ze sms'te meteen terug. *Komt in orde.*

Ik bleef naar het scherm staren en wachtte tot er meer stippen zouden verschijnen, hopend op een langer tekstbericht.

Maar dat gebeurde niet.

Er werd een uur later op de deur geklopt.

Ik verliet de eettafel en begaf me naar de voordeur. Mijn hart begon een beetje sneller te kloppen en mijn handpalmen werden zweterig. Normaal gesproken ging mijn hart altijd rustiger slaan wanneer we samen waren, omdat ik er dan een vredig gevoel over me kwam. Maar nu voelde ik me echt niet op mijn gemak.

Ik deed de deur open — en zag Matt staan.

"Dag, meneer Hamilton." Hij hield de dikke envelop omhoog met daarin de documenten die ik vergeten was op kantoor. "Alstublieft. Kan ik nog iets anders voor u doen?"

Ik nam de stapel papieren aan zonder mijn blik van zijn gezicht te halen. "Waar is Cleo?"

Zijn professionaliteit verdween even bij het horen van die vraag, alsof hij niet begreep waarom ik dat vroeg. "Ze is momenteel bij een andere klant."

Ik had nog nooit iemand anders gevraagd om me zaken te bezorgen — niet één keer in de zes maanden dat ik hier woonde. "Hoe gaat het met haar?"

"Euhm, prima." Hij fronste een wenkbrauw. "Is alles in orde, meneer Hamilton?"

"Ja hoor ... het gaat prima met me."

---

Ik sms'te haar 's maandags. *Ik ben mijn lunch vergeten. Kun je me iets te eten brengen?*

*Komt in orde.*

Ik hoopte op meer, maar dat gebeurde niet.

Toen het twaalf uur 's middags was, wist ik dat ze er elk moment zou zijn, dat ze zo meteen door de deuren naar binnen zou stappen om me mijn lunch te brengen. Misschien zouden we kunnen praten. Misschien zouden we geen woord tegen elkaar zeggen. Maar ik wilde haar zien, ongeacht hoe vijandig de situatie zou zijn.

De deuren gingen open.

Ik zat bewegingloos aan mijn bureau, popelend om dat bruine haar en die blauwe ogen te zien.

Maar het was Theresa.

Ze liep naar mijn bureau met een tas en haalde er verschillende voorraaddozen uit.

"Waar is Cleo?"

Ze haalde de laatste uit de tas en vouwde die toen op. "Ze heeft dit net afgeleverd en zei dat ze haast had." Er was blijkbaar iets mis met mijn gezichtsuitdrukking, omdat ze vroeg: "Is alles in orde, Dr. Hamilton?"

"Ja hoor ... het gaat prima met me." Dat was het antwoord dat ik de laatste tijd aan iedereen had gegeven, maar ik begon te beseffen dat het een regelrechte leugen was. "Prima."

---

Ik belde haar van zodra ik thuiskwam.

De oproep werd meteen doorgeschakeld naar haar voicemail.

Ik liet de telefoon zakken en staarde naar het scherm, niet in staat om te geloven dat ik net haar voicemail had gekregen. "Hoi, u spreekt met Cleo. Laat een bericht voor me achter, en ik zal — " Ik hing op. Ik had tot nu niet eens geweten hoe haar voicemail klonk, omdat ze mijn oproepen altijd meteen had beantwoord, van zodra de telefoon de eerste keer was overgegaan. Ik sms'te haar. *Ben je van plan nooit meer met me te praten?*

De puntjes doken meteen op. *Heb je iets specifieks nodig?*

*Nee, ik wil alleen maar praten.*

*Ik heb het nu druk met een klant.*

Ik zuchtte geërgerd, niet in staat om te geloven dat dit gebeurde. *Bel me straks.*

De puntjes waren lange tijd zichtbaar, alsof ze een lange tekst aan het intypen was. *Je boodschappen zijn gedaan, je rekeningen zijn betaald, en al je verzoeken heb ik in recordtijd ingewilligd. Aan mijn professionaliteit is niet veranderd, Deacon. Als je iets nodig hebt, laat het me dan weten. Verder heb ik het erg druk.*

Ik las het bericht twee keer, en ik kneep zo hard met mijn vingers in de telefoon dat ik hem bijna brak.

We genoten van de wedstrijd en zaten pal achter de thuisplaat, doordat we gebruik hadden kunnen maken van de seizoenkaarten van één van Cleo's andere klanten.

Tucker had het geweldig naar zijn zin. "Ik hoop dat er een harde bal op ons afkomt, die mijn arm breekt of zo."

Ik keek hem met gefronste wenkbrauwen aan.

"Jij bent een dokter. Je zult me wel verzorgen."

"Ik ben geen orthopedisch chirurg."

"Een wat?" Hij klemde zijn biertje vast, nam een slok en focuste zich weer op het spel.

De vrouw naast me porde me in mijn zij. "Voor wie supporter jij?" Ze was een jonge brunette, misschien een paar jaar jonger dan ik, en ze was hier samen met een vriendin. Ze leken hier niet met vriendjes te zijn.

"Ik volg het honkbal niet echt."

"Maar je betaalt wel honderdduizend dollar voor seizoenkaarten?", vroeg ze geschokt.

"Ik heb ze gekocht van een vriend."

Tucker leunde voorover. "Hoi, wat is hier aan de hand?" Hij stak breed glimlachend zijn hand uit. "Ik ben Tucker. Sorry, mijn broer is dan wel briljant, maar hij weet niet hoe hij met mensen moet praten."

Ze schudde hem de hand. "Ivonne. Dit is Christy."

"Deacon, wissel van plaats met mij."

Ik wilde niet met hen praten, dus vond ik dat prima.

Tucker bracht de rest van het spel flirtend met hen door, en slaagde erin een oog op het spel en het andere op hen te houden.

Ik keek toe hoe de spelers over het veld bewogen, maar was met mijn gedachten niet bij het spel. Ik dacht eigenlijk helemaal niets, maar het was niet de vredige rust die ik in de chalet vond. Het was iets anders ... alsof ik niet in staat was om überhaupt iets te voelen.

---

Toen de wedstrijd voorbij was, liepen we samen naar de hoofdingang van het stadion.

"Willen de dames wat gaan drinken?", vroeg Tucker. "Er is een geweldige bar op maar een paar straten verderop."

"Zeker," zei Ivonne.

"Ik ga ook mee," zei Christy.

Ik haalde mijn telefoon tevoorschijn en sms'te mijn chauffeur. *Ik ben klaar.*

Tucker had blijkbaar mijn 'sms kunnen lezen, aangezien hij me bij mijn arm vastpakte. "Een moment, dames ... " Hij trok me weg zodat we buiten gehoorsafstand waren. "Wat is er in godsnaam mis met jou?"

Ik staarde hem niet begrijpend aan.

"Deze meiden zijn zo verdomd sexy, en jij gaat naar huis?"

Ik vond hen helemaal niet aantrekkelijk. "Ik ben niet geïnteresseerd."

Hij staarde me aan alsof ik net vleugels had gekregen. "Ben je niet geïnteresseerd in een perfect kutje?"

Ik was al lang niet meer met iemand naar bed geweest. Het was ondertussen al maanden geleden ... op zijn minst. Maar ik stond niet te popelen om seks te hebben. "Blijkbaar niet."

"Gast, wat is er mis met jou? Zijn jij en Cleo een koppel misschien?"

Mijn humeur zakte helemaal onder het vriespunt nu hij haar naam had genoemd. "Nee."

"Nou dan ...?" Hij stak beide handen in de lucht. "Wat ben je dan in godsnaam aan het doen?"

"Je hebt mij niet nodig, Tucker. Neuk hen allebei."

"Euhm, nee. Ivonne wil jou. Christy wil mij. Ik kan echt niet gewoon alleen met hen uitgaan."

"Nou, ik ben niet geïnteresseerd," snauwde ik. "Ik wil gewoon naar huis." Ik zag dat de chauffeur de auto naast de stoeprand parkeerde. "Tot later, Tucker." Ik begon weg te lopen.

Hij trok me terug. "Deacon — "

"Pak me nog eens zo vast en ik breek zelf je arm."

Hij verstijfde door mijn dreigement en stak zijn handen omhoog, alsof ik hem onder schot hield. "Oké, man. Laten we gewoon rustig blijven."

"Ik ben rustig."

"Deacon, wat is er met je aan de hand? Ik weet dat je een humeurige vent bent, maar ik heb je nog nooit zo gezien. Is er iets gebeurd met Valerie?"

Ik had haar niet meer gesproken sinds ik tegen haar had geschreeuwd. "Nee."

"Wat ontgaat me dan?"

Ik keek over zijn schouder en zag dat twee mannen Christy en Ivonne begonnen te versieren. "Je kunt beter gaan, Tucker. Anders gaat iemand anders er met hen vandoor."

Hij draaide zich niet eens om. "Ze kunnen me geen moer schelen. Jij bent verdomme veel belangrijker. Vertel me nu wat er aan de hand is."

Ik boog mijn hoofd en zuchtte.

Tucker bleef wachten en vergat de meisjes compleet.

"Ik weet het niet."

"Wat weet je niet?"

"Ik weet niet wat er mis is."

Hij fronste een wenkbrauw.

"Cleo en ik hebben elkaar al drie weken niet gesproken ... "

Zijn wenkbrauw fronste omlaag en hij kruiste zijn armen voor zijn borst. "Wat is er gebeurd?"

Ik wilde dat gesprek niet herbeleven. "Nadat ze Derek had teruggebracht, kwam ze naar mijn appartement en ... zei dat ze bij mij wilde zijn."

Hij schudde zijn hoofd lichtjes. "En jij hebt het verkloot?"

"Ik heb haar gezegd dat ik geen relatie wil."

Hij zuchtte luid.

"Nu wil ze niet meer met me praten."

"Heeft ze afscheid van je genomen als klant?"

"Nee ... ze doet nog steeds alles voor me. Maar ze wacht opzettelijk tot ik niet thuis ben, en als ik thuis ben, stuurt ze iemand anders. Ik heb dus helemaal geen interactie meer met haar."

Hij keek me een tijdje vol medelijden aan.

Ik zag de meisjes in de taxi stappen samen met de mannen die ons hadden vervangen.

Het kon Tucker niets schelen. "Deacon, wat begrijp je hier niet aan?"

Ik staarde hem aan.

"Je mist niet wat ze voor je doet ... je mist haar gewoon."

Mijn leven verliep nog steeds op rolletjes. Ze zorgde nog steeds voor me. Dat deel was niet veranderd. Het enige wat ontbrak was zij ... haar glimlach ... onze gesprekken ... onze vriendschap.

Ik legde mijn hand op mijn borst. "Ik ben altijd boos. Maar tegelijkertijd voel ik ook helemaal niets. Ik voel hier een pijn die maar niet wil weggaan. En ik haat mensen ... maar ik voel me zo eenzaam. Ik heb het gevoel dat er iets ontbreekt."

Hij bleef me bestuderen. "Deacon, je hebt haar gezegd dat je geen relatie wil ... maar jullie hadden al een relatie."

Ik begreep die opmerking niet.

"Je spendeerde al je vrije tijd met haar. Je vertrouwde haar alles toe. Je had een hechte band had met haar. Nu dat weg is ... ga je door een relatiebreuk. Wat je voelt is hartzeer."

"Maar we hebben niets gedaan — "

"Relaties hoeven niet enkel fysiek te zijn. Ze zijn zelfs nog sterker wanneer ze niet fysiek zijn. Het is niet omdat je haar niet hebt gekust of met haar naar bed bent gegaan dat je geen relatie met haar had ... echt niet."

Ik sloeg mijn blik neer.

"Je bent in geen tijden nog met iemand samen geweest, niet?"

Ik knikte.

"Waarom niet?"

Ik haalde mijn schouders op. "Ik weet het niet."

"Je pikte eerst aan de lopende band vrouwen op, en toen stopte je daar abrupt mee. Je bent gestopt omdat je eigenlijk Cleo wil."

Ik bleef naar het beton staren. "Ik wil geen relatie meer — "

"Nou, die heb je al. Jammer voor jou. En je had de beste relatie van je leven. Daarom doet het zo'n pijn, Deacon. Omdat zij de juiste persoon voor je is. Het doet anders niet zo'n pijn, tenzij het goed zat. Hoe meer pijn het doet, hoe hechter de band was."

Ik hief mijn hoofd op en keek hem aan.

"Deacon, je hebt al zo lang gewacht. Het is misschien al te laat om dit weer goed te maken."

Mijn hart begon razendsnel te kloppen.

"Ze lijkt totaal niet op Valerie. Die vergelijking is verdomme een belediging voor haar."

Schuldgevoel overspoelde me toen ik me de manier waarop ik met haar had gesproken terug herinnerde, toen ik dacht aan de dingen die ik niet had gemeend maar toch had gezegd. Ik was toen gewoon boos geweest op Valerie, en ik had die emotie de overhand laten krijgen.

"Los dit op, Deacon ... als dat nog mogelijk is."

Ik zat op de bank in mijn appartement, met mijn gezicht in mijn handpalmen. Nu ik Tucker had verteld wat ik voelde, was de pijn nog erger. Het was een constant kloppend gevoel dat nooit afnam. Het was er als ik wakker werd; het was er als ik ging slapen. Zelfs wanneer ik gefocust was op mijn werk, en nergens anders aan dacht, was het er.

Ik had me niet gerealiseerd hoeveel ze voor me betekende … tot ik haar kwijt was.

Ik was altijd alleen geweest, maar had er nu een hekel aan om me eenzaam te voelen.

Ik had een hekel aan mezelf omdat ik haar zo gekwetst had en zulke stomme dingen had gezegd.

Zij was het beste wat me ooit was overkomen ... en ik had haar weggeduwd.

# 16

## CLEO

Mijn salontafel was nu leeg.

Ik had de vaas met bloemen tegen de muur gegooid en toegekeken hoe die uiteenspatte.

Ik had mijn huishoudster de laan uitgestuurd, dus lagen de scherven nog steeds op de keukenvloer. Ik had de bloemen weggegooid en het vuile water opgeveegd, maar ik had geen bezem om de glassplinters op te vegen, dus had ik alles onder de kasten en koelkast geschopt.

Dat was ondertussen al bijna een maand geleden.

Deacon had mijn hart gebroken op precies dezelfde manier zoals ik die vaas had gebroken. Ik probeerde om hem te vergeten, om terug de draad op te pikken van mijn vroegere leven, voordat we elkaar hadden ontmoet. Ik stortte me op mijn werk, beging een aantal fouten met Jake en probeerde gaandeweg een normaal leven te leiden.

Het was makkelijker gezegd dan gedaan.

Er waren momenten dat ik hem miste. Hij was lange tijd mijn beste vriend geweest en ik was al die tijd altijd heel blij geweest om hem te zien. Ik miste het om dingen samen te doen, maar verlangde ook weemoedig terug naar onze vlot verlopende gesprekken en de tijd die ik had doorgebracht met zijn zoon.

Maar dat was allemaal voorbij.

Een deel van me hoopte dat hij van gedachten zou veranderen, maar na een lange week had ik ingezien dat dit nooit zou gebeuren.

We waren ondertussen al een maand verder ... en het was alsof onze hechte band nooit bestaan had.

Hij was alleen nog maar een herinnering.

Ik wist niet zeker wat ik voor hem betekende.

Ik zat op de bank tv te kijken in mijn werkkleren, omdat ik te moe was om me om te kleden. In mijn appartement heerste weer de gebruikelijke wanorde, nu ik de huishoudster had gezegd dat ze niet meer hoefde te komen. Er lagen overal kleren, burritoverpakkingen, kartonnen dozen van bevroren pizza's ... het was een puinhoop.

Maar het kon me niets schelen. Ik hoefde op niemand indruk te maken.

Mijn hoge hakken slingerden rond onder de salontafel en mijn voeten lagen op het uiteinde van de bank. Mijn telefoon rustte op mijn buik, alsof ik elk moment een telefoontje of sms verwachtte, van een klant die weer iets nodig had.

Maar in plaats daarvan werd er op de deur geklopt.

Ik verwachtte geen bezoek, dus was het waarschijnlijk een deur aan deur verkoper of iemand die onaangekondigd langskwam. Ik liep op blote voeten naar de voordeur, streek mijn rok glad en keek door het kijkgaatje.

Het was Deacon.

Ik stapte weg van bij de deur en verstijfde.

Verdomme, Deacon was hier.

Mijn hart klopte razendsnel door de adrenaline en ik wist niet wat ik moest doen. De tv stond aan, dus wist hij dat ik thuis was. Ik bleef roerloos staan, niet zeker wat ik nu moest doen. Ik wilde me stilhouden en wachten tot hij vertrok, maar ik wist dat hij op een ander moment terug zou komen ... totdat hij had kunnen zeggen wat hij te zeggen had.

Ik drukte mijn voorhoofd tegen de deur.

Verdomme, ik begon me misselijk te voelen.

Hij klopte weer aan en de deur trilde tegen me aan omdat die maar van dun hout was.

Ik haalde diep adem, opende toen de deur en richtte mijn ogen direct op de zijne. Ze waren diepbruin, net zoals ik ze me herinnerde, maar ook ernstig, gefocust en intens. Hij was gekleed in een zwart T-shirt en een donkere spijkerbroek, en was nog even gespierd en gebruind, alsof hij onlangs naar de chalet was geweest. Ik hield één hand op de deurknop, ook al wist ik dat hem niet buiten zou laten staan. Ik schraapte mijn keel. "Ja?" Mijn hart begon zelfs nog sneller te kloppen dan die avond toen ik hem had geconfronteerd in zijn appartement. Ik voelde me plotseling zweterig, zwak en doodsbang ... ook al kon hij me niet nog meer kwetsen dan hij al had gedaan.

Hij stak zijn handen in zijn zakken en staarde me een poosje aan. "Mag ik binnenkomen?"

Mijn hand bleef op de deurknop rusten, omdat ik die in zijn gezicht dicht wilde dichtgooien. Ik wilde hem zeggen dat hij moest vertrekken, dat ik niets wilde horen van wat hij te zeggen had. Hij had de kans gehad om op een beschaafde manier met me te praten, maar had in plaats daarvan gekozen om me te beledigen en mijn hart te breken. Maar ik was zwak, te zwak om net zo kil te reageren. Ik stapte opzij en opende de deur verder.

Hij stapte mijn appartement binnen, en keek onmiddellijk naar de salontafel waar zijn bloemen hadden gestaan.

Ik deed de deur dicht en pakte de afstandsbediening om de tv uit te zetten. Het achtergrondgeluid verdween en een verstikkende stilte bleef over. Ik draaide me naar hem toe, met mijn armen gekruist voor mijn borst, en voelde me klein zonder mijn hoge hakken aan. Ons lengteverschil was nog nooit zo groot geweest, behalve die keer toen we met onze sportschoenen een wandeling hadden gemaakt. "Deacon, het is niets persoonlijks. Ik heb gewoon geen tijd om — "

"Laat me alsjeblieft wat zeggen." Hij sprak rustig, zacht en helemaal anders dan tijdens ons laatste gesprek. Zelfs zijn sms'jes hadden boos geklonken. Nu leek hij somber, en zijn ogen hadden iets doods.

Ik haalde diep adem.

"Ik ben hier echt slecht in, heb dus gewoon wat geduld met me ... "

Ik klemde mijn armen strakker om mijn lichaam.

Hij vouwde zijn handen samen voor zijn borst en wreef ze zachtjes over elkaar, alsof hij het nodig had om op de een of andere manier te bewegen, terwijl hij zijn woorden afwoog. "Ik heb het de afgelopen maand zwaar gehad," fluisterde hij. "Ik begreep niet wat ik voelde, waarom ik me zo ellendig voelde ... totdat het duidelijk werd. Ik ben boos geweest, gevoelloos ... mijn hart is gebroken."

Ik staarde omhoog naar zijn gezicht en mijn ademhaling versnelde.

"Ik dacht dat we een hechte band hadden door al de dingen die je voor me doet. Ik heb nog nooit iemand gehad op wie ik zo kon vertrouwen, een persoon die mij op de eerste plaats zette. Maar toen je weg was en al die dingen bleef doen ... realiseerde ik me dat dat niets te maken heeft met wat ik voor je voel. Het enige wat ik op dit moment mis ... ben jij." Hij stak zijn samengevouwen handen uit in mijn richting. "Ik realiseer me nu dat je opzettelijk mijn post bracht wanneer ik thuis was, zodat je me zou zien. Dat hoefde je nooit te doen. Je koos ervoor om dat te doen. Dat mis ik nou ... om je door mijn voordeur naar binnen te zien lopen en samen met me te eten."

Ik dacht dat ik te bedroefd was om enige genegenheid voor hem te voelen, maar mijn borst werd onmiddellijk strakker bij het horen van die woorden ... alsof ze alles voor me betekenden.

"Je weet dat ik niet graag bij mensen ben. Ik geef de voorkeur aan eenzaamheid — altijd. Maar nu jij niet meer in mijn leven bent ... ben ik echt eenzaam. Het is net als toen ik Derek verloor. Er ontbreekt nu altijd iets. Alsof ... er een stukje van mij verdwenen is."

Ik ademde in en keek hem indringend aan.

Hij liet zijn handen zakken tot voor zijn middel. "Ik heb je toen verteld dat ik nog niet klaar ben om een relatie te hebben, maar we hadden al een relatie. Dat besef ik nu. En ik realiseer me ook hoe gelukkig jij me maakte ... hoeveel we samen hadden."

Ik had nooit verwacht dat hij dit zou zeggen. Het was moeilijk om mijn gezicht in de plooi te houden terwijl ik elk woord absorbeerde als een spons.

Hij boog even zijn hoofd. "Ik wil dat we samen zijn ... romantisch, fysiek, emotioneel ... als je me nog wilt."

Ik kneep met mijn handen in mijn armen, omdat ik niet kon geloven dat hij de woorden zei die ik een maand geleden had willen horen. Ik was zo verrast om die woorden uit zijn mond te horen, dat ik het nauwelijks kon geloven.

Hij staarde me verwachtingsvol aan, hopend op een reactie.

Maar ik kon niets uitbrengen. Ik was overdonderd.

Hij haalde diep adem en ging toen verder. "Jij bent de enige persoon ter wereld die me begrijpt, die me altijd probeert te begrijpen; en dat had ik niet als vanzelfsprekend mogen aannemen. Daar heb ik het meeste spijt van." Hij hief zijn handen weer op. "Ik voel me helemaal op mijn gemak bij jou, net zoals bij mijn zoon, en dat gevoel ... om me geaccepteerd te voelen ... dat mis ik heel erg." Hij trok zijn handen uit elkaar en liet ze langs zijn lichaam zakken. "Het spijt me dat ik je gekwetst heb."

Ik knikte lichtjes en had moeite om de tranen tegen te houden.

"Jou vergelijken met Valerie ... was verkeerd. Het spijt me dat ik dat heb gedaan."

Een traan ontsnapte en rolde over mijn wang.

Hij bestudeerde me eventjes en zijn ogen begonnen vochtig te worden, alsof hij zichzelf haatte voor het feit dat hij mij had gekwetst. "Het was beledigend ... en ik meende het niet. Zij was voor mij de verkeerde persoon, en jij bent de juiste. Ik vertrouw jou — volledig."

Er rolde nog een traan.

Zijn ogen begonnen nog meer te glinsteren. "Nadat je Derek naar Valerie had teruggebracht, belde ze me ... en we kregen ruzie. Ze maakte me echt kwaad. Ik was gewoon ... opgefokt toen je bij mij langskwam. Het rechtvaardigt natuurlijk niet wat ik heb gezegd, maar ik denk dat het gesprek anders zou zijn verlopen als ze me niet had gebeld."

Ik herinnerde me hoe kortaf en kil hij was geweest, hoe anders hij had geleken. Ik had verwacht dat hij wat meer compassie zou tonen als mijn woorden hem niet bevielen.

Hij zweeg en staarde me alleen maar aan.

Voor het eerst waren de rollen omgedraaid en was hij degene die praatte terwijl ik alleen maar luisterde.

Hij zuchtte stilletjes, en knipperde even met zijn ogen zodat het vocht verdween.

Mijn hart ging nog steeds tekeer. Mijn ogen waren vochtig. Ik wilde hem nog net zo graag als voorheen en vergaf hem zijn eerdere fouten, alsof ze nooit gebeurd waren. De band die ik met hem voelde was zo sterk dat ik niet boos op hem kon blijven ... niet nu hij al die mooie dingen tegen me had gezegd.

Hij zette een stap naar me toe, kwam dichterbij en focuste zijn ogen op mijn gezicht. "Het spijt me dat het zo lang heeft geduurd voordat ik dit allemaal besefte." Zijn stem werd lager. "Ik hoop dat het niet te laat is ... " Zijn ogen schoven heen en weer terwijl hij in de mijne keek, op zoek naar een teken, snakkend naar hoop. "Want jij bent de enige vrouw met wie ik wil samen zijn."

Ik sloot mijn ogen en voelde hoe twee tranen over mijn wangen rolden en strepen trokken in mijn make-up. Ik was me bewust van mijn gezwollen ogen en rode wangen. Ik opende mijn ogen weer, keek in de zijne en zag de pijn erin ... alsof hij bang was dat hij me voorgoed kwijt was.

Ik liep dichter naar hem toe en sloeg mijn handen rond zijn sterke bovenlichaam in een omhelzing. Ik duwde mijn wang tegen de zijne, legde mijn handen plat op zijn rug en voelde weer diezelfde chemie die ik altijd voelde wanneer ik bij hem in de buurt kwam.

Het duurde even vooraleer hij reageerde, voordat hij begreep dat dit echt gebeurde, dat ik hem nog steeds wilde. Toen sloeg hij zijn armen onmiddellijk om mijn middel, trok me dicht tegen zich aan, groefde met zijn vingers in mijn vlees en hield me steviger vast dan ooit voorheen. Zijn voorhoofd raakte het mijne en hij haalde diep adem, alsof de genegenheid alle pijn uitwiste die hij wekenlang met zich mee had gedragen.

Ik sloot mijn ogen, koesterde zijn aanrakingen voelde hoe alle onderhuidse wonden genazen. De afgebroken stukjes van mijn gebroken hart kwamen weer bij elkaar en versmolten, tot er alleen nog bijna onzichtbare lijnen van littekenweefsel achterbleven. Ik voelde me weer compleet, alsof ik mijn thuis had gevonden.

Hij bleef me lang vasthouden en hield me met zijn krachtige armen stevig op mijn plek. Zijn ademhaling versnelde en ook zijn hart sloeg heel snel, terwijl zijn hartslag gewoonlijk rustig en stabiel was.

Ik opende mijn ogen en keek hem aan.

Hij liet mijn middel los en streelde mijn wang. Daarna gleden zijn vingers verder omhoog om mijn haar achter mijn oor te stoppen. Hij wreef met zijn duim over mijn zachte huid, over de hoek van mijn mond, over de rivier van tranen die begon op te drogen. Hij kantelde mijn kin ietwat en liet zijn vingertoppen in mijn nek rusten.

De tijd stond stil. De angst en wanhoop die ik had gevoeld waren verdwenen. Ik was kalm en voelde me vredig, alsof mijn wild kloppend hart het nodig had gehad om zijn hartslag te voelen voor het weer kon kloppen op zijn gebruikelijke tempo. Ik voelde me veilig, alsof deze man me nooit zou kwetsen, me nooit zou bedriegen zoals mijn ex-man had gedaan. Ik vertrouwde hem zo onvoorwaardelijk dat ik wilde huilen.

Hij staarde me nog een paar seconden aan en keek naar mijn lippen.

Ik wachtte hier al zo lang op, had er elke keer aan gedacht wanneer ik naar zijn knappe gezicht had gekeken. Ik hoefde zijn lippen niet te voelen om te weten dat onze omhelzing geweldig zou zijn, om te weten dat het goed zou voelen. Ik kreeg al vlinders in mijn buik wanneer ik zijn hand vasthield.

Hij bracht mijn gezicht dichter bij het zijne en ik voelde hoe zijn lippen de mijne raakten. Hij kuste me, en onze lippen kwamen samen als twee magneten. Het was een zachte aanraking en onze volle lippen vonden elkaar subtiel, met de perfecte druk. Zijn hand gleed dieper in mijn haar, terwijl hij voor het eerst de geur ervan inademde. Hij pakte het snel stevig vast, alsof hij het wilde gebruiken om zich aan me te verankeren.

Alsof ik ook maar ergens heen zou gaan.

Hij klemde zijn andere hand steviger om mijn onderrug en trok me dichter tegen zich aan, waardoor ik zijn lange lul door zijn spijkerbroek heen voelde, alsof hij me wilde laten voelen hoezeer hij genoot van onze kus.

Ik reageerde instinctmatig en kreunde stilletjes in zijn mond.

Hij bleef me kussen, zacht en teder, traag maar vlot. Zijn ademhaling vulde mijn longen en streelde mijn lippen tot hij de kus verbrak om zijn hoofd verder te knikken. Hij zoog mijn onderlip op in zijn mond en likte die toen zachtjes.

Ik trok hem harder tegen me aan en sneed met mijn nagels door zijn T-shirt heen in zijn onderliggende huid.

Mijn god, wat was hij een goede kusser.

Hij trok zich abrupt terug en keek me met zware oogleden aan.

Mijn hand gleed over zijn keel omhoog naar zijn wang, omdat ik hem weer naar me toe wilde trekken.

Zijn ogen waren op mijn lippen gefocust en zijn borst ging zwaar op en neer. "Verdomme." Hij bracht zijn mond weer naar de mijne, en kuste me dit keer harder en agressiever. Zijn kussen werden sneller, gretig en dominant. Hij hield mijn haar stevig vast en trok er zachtjes aan, zodat mijn hoofd achterover kantelde en hij meer van mijn mond kon genieten.

Ik was nog nooit zo gekust — alsof een man niet genoeg van me kon krijgen.

Zijn handen begonnen mijn lichaam te verkennen en hij greep eerst mijn schouders vast en daarna mijn middel. Zijn handen gleden naar mijn kont en knepen in mijn billen. Hij kreunde in mijn mond terwijl hij mijn rok omhoogtrok over mijn dijen. Hij ademde steeds zwaarder in mijn mond en zijn stijve lul liet een afdruk achter in mijn vlees. Zijn staaf was dik, lang en mannelijk.

Ik schoof mijn handen onder zijn T-shirt en liet ze over de groeven van zijn buikspieren hobbelen zodat ik kon voelen hoe ongelooflijk gespierd hij was. Zijn buik was net zo hard als zijn rug, en ik ging verder omhoog tot ik zijn borst bereikte en die sterke borstspieren kon strelen. Zijn huid was gloeiend heet, zoals een hete pan op het fornuis. Ik kreunde in zijn mond en betaste het lichaam waarover ik had gefantaseerd. Ik had al zo vaak een droge mond gekregen wanneer ik hem met ontbloot bovenlijf zag. Mijn handen gleden verder omhoog naar zijn schouders en zijn armen, en ik voelde de eindeloze dalen tussen zijn spier-bundels.

Hij was de meest sexy man ter wereld.

Mijn vingers gleden door zijn haar, en ik voelde de korte lokken die er 's ochtends vroeg en 's avonds laat altijd warrig bij lagen. Ik liet mijn hand over zijn gezicht glijden, voelde de baardstoppels op zijn kaak en genoot van de manier waarop ze af en toe tegen mijn wang borstelden terwijl hij me kuste. "Deacon ... " Ik was nog nooit zo compleet opgegaan in een man, had nog nooit eerder dit soort passie gevoeld, had mijn lichaam nog nooit voelen branden als een inferno ... en dit was nog maar een kus. Ik zei nu al zijn naam alsof hij diep tussen mijn benen zat en me bijna liet klaarkomen, terwijl onze lichamen erotisch met elkaar samen bewogen.

Hij rukte aan mijn haar en dwong me zo om mijn hoofd achter-over te kantelen zodat hij zijn lippen op mijn keel kon drukken en me zo krachtig kon kussen dat hij mijn huid ietwat kneusde. Hij kuste me overal, overlaadde mijn hals en sleutelbeen met zijn agressieve zuigzoenen, sleepte er daarna met zijn tong over en kuste me toen weer.

Ik sloot mijn ogen, kreunde en genoot van de manier waarop hij me verslond. Ik klauwde met mijn nagels omlaag over zijn rug en voelde hoe zijn warme ademhaling in mijn huid binnendrong. Ik legde mijn hand op zijn achterhoofd en gaf me helemaal aan hem over, gaf hem alles wat hij wilde.

Zijn lippen vonden weer de mijne en toen ik mijn rug wat dieper kromde, ondersteunde hij die met zijn krachtige armen. Hij begon me langzamer te kussen en omhelsde me teder. Het hoog oplaai-ende vuur maakte plaats voor smeulende kolen. Hij verbrak de kus helemaal en richtte zijn ogen op de mijne terwijl hij diep en sexy ademhaalde. "Ik wil niet wachten, maar zal dat wel doen als je er niet klaar voor bent."

Ik legde mijn handen in zijn hals, en voelde zijn snelle hartslag onder mijn vingertoppen. "Ik heb lang genoeg gewacht. Ik kan dat niet nog niet langer blijven volhouden." Mijn voorhoofd raakte zijn kin en mijn hart ging wild tekeer van opwinding. Het voelde niet te vroeg, alsof ik haast had om zo snel mogelijk klaar te komen. Het voelde goed, als iets dat we al lang geleden hadden moeten doen.

Hij sloeg zijn armen om mijn middel, kneep zachtjes in me en kuste me toen weer. Zijn vingers vonden de rits aan de achterkant van mijn rok en hij trok die omlaag over de ronding van mijn kont, helemaal naar beneden, zodat de rok van mijn heupen viel. Mijn blouse was ingestopt geweest, en hing nu dus los rond mijn middel.

Zijn handen gleden onder de zijden stof en hij trok de blouse over mijn hoofd, maar wat kalmer van zodra de kraag mijn gezicht bereikte. Hij trok hem zachtjes over mijn haar en liet de lokken weer omlaag vallen over mijn schouders terwijl hij hem verder uittrok en daarna op de grond liet vallen.

Hij legde zijn handen weer op mijn kont, wreef met zijn eeltige vingertoppen over mijn blote billen en kneep erin, zoals mannen die kicken op konten wel vaker doen.

Dat was goed. Want ik had niet echt grote tieten.

Hij duwde me achteruit door mijn kleine appartement en leidde me naar mijn enige slaapkamer.

Ik had niet opgeruimd of mijn bed opgemaakt. Vuile kleren en hoge hakken lagen verspreid over de slaapkamervloer, maar dat kon me niets schelen.

Het maakte hem duidelijk ook niets uit.

Zijn hand gleed omhoog over mijn rug en hij maakte mijn beha los met een enkele handbeweging, waardoor de stof onmiddellijk los rond mijn romp hing. De riempjes op mijn schouders stonden niet meer strak en begonnen langzaam langs mijn torso omlaag te zakken.

Hij haalde zijn mond van de mijne, keek gretig omlaag naar mijn lichaam en trok een riempje naar beneden zodat de beha sneller op de slaapkamervloer kon vallen.

Ik was me plotseling heel bewust van mijn naaktheid nu hij zo naar me keek. Ik ademde zwaar en voelde dat mijn wangen rood kleurden en mijn tepels stijf werden terwijl hij ernaar keek.

Hij pakte mijn middel stevig vast en kneep erin terwijl hij naar me keek, me aanstaarde alsof ik de meest sexy vrouw was met wie hij ooit naar bed was geweest en hij niet kon wachten om zijn lul in me te rammen en me als de zijne te claimen. Hij staarde schaamteloos naar mijn tieten, staarde op een voor hem tot nog toe ongeëvenaarde openlijke manier naar mijn lichaam zoals hij nog nooit eerder had gedaan. Hij ging met zijn handen naar mijn borst, betastte mijn tieten en wreef met zijn duimen hard over de tepels.

Ik kromde mijn rug en duwde mijn borsten dichter tegen hem aan terwijl ik genoot van zijn aanrakingen en de manier waarop zijn grote handen me betastten.

Hij kneep een laatste keer in mijn borsten en liet zijn handen toen naar beneden glijden, naar mijn roze string. Hij haakte zijn duimen achter de stof en trok toen de string over mijn heupen en kont terwijl hij zijn blik geen moment van mijn lichaam afwendde.

Toen hij de string nog wat verder over mijn dijen trok, gleed die vanzelf verder naar beneden en viel uiteindelijk op de vloer.

Gelukkig had ik me gisteren geschoren.

Hij keek weer omhoog en ontmoette mijn blik. Dit keer had hij een duistere gezichtsuitdrukking, en de lust en het verlangen brandden in zijn ogen. Hij keek me op een geheel nieuwe manier aan — alsof hij me helemaal suf wilde neuken. Het was een nieuwe versie van Deacon, een versie die ik al heel lang had willen zien. Hij zag me nu zoals alle andere vrouwen in zijn leven, maar ik wist toch dat dit anders was, speciaal zelfs.

Hij reikte met zijn armen achter zijn hoofd, greep de stof van zijn T-shirt vast, trok het kledingstuk uit over zijn hoofd en pronkte met zijn ongelooflijke lichaamsbouw en zijn lekkere buikspieren. Het T-shirt viel op de grond.

"Oh mijn god ... " Ik legde mijn handen onmiddellijk op zijn lichaam, bevoelde zijn harde spieren en staarde naar het lichaam dat ik altijd al had willen likken en proeven. Nu was hij van mij ... en ik hoefde hem met niemand te delen. Ik streelde zijn hete huid met mijn vingers, bevoelde de ongelooflijke spieren van zijn bovenlichaam, alsook zijn keiharde borstspieren en gespierde schouders. Ik boog naar hem toe, kuste het midden van zijn borst en liet mijn tong over zijn heerlijke huid glijden.

Hij liet zijn armen langs zijn lichaam zakken en kreunde.

Ik ging met mijn tong langzaam over zijn tepel, terwijl ik met mijn handen naar zijn spijkerbroek ging. Ik rukte de knoop los en duwde de rits naar beneden. In tegenstelling tot hem, deed ik alles snel. Ik rukte de broek over zijn heupen en dijen naar beneden en keek toe hoe die verder als vanzelf naar beneden gleed.

Een dikke ader op zijn buik liep verder naar beneden, onder zijn boxershort. En toen zag ik zijn keiharde lul, een uitstulping die zo groot was, dat het een raadsel was hoe die ooit in zijn spijkerbroek had gepast. Ik pakte de elastische stof vast die zijn heupen omlijste en sleurde de boxershort naar beneden, rekte de stof open, zodat ik het over zijn lul zou kunnen trekken.

Die werd eindelijk zichtbaar ... de mooiste lul die ik ooit had gezien.

Ik duwde de boxershort verder omlaag, tot die vanzelf op de grond viel.

Ik staarde nu naar zijn lul, net zoals hij naar mijn tieten had gestaard: alsof ik nog nooit iets had gezien wat sexyer was. "Mijn god ... wat een prachtexemplaar." Ik ademde tussen mijn ietwat geopende lippen door en genoot van de aanblik van de ader die over de hele lengte liep, de lichtroze eikel, de indrukwekkende lengte en de breedte van de schacht.

Hij sloeg zijn armen rond mijn middel trok me dicht tegen zich aan en kuste en streelde me weer langzaam terwijl onze verhitte lichamen elkaar voor het eerst helemaal bloot aanraakten. Zijn pik begon te kwijlen van opwinding, en als hij zijn hand tegen mijn geslacht zou drukken, zou hij voelen hoe doorweekt ik was.

Ik had nog nooit zo verlangd naar een man.

Ik sloeg mijn armen om zijn nek, kuste hem en voelde hoe mijn tepels tegen zijn harde borst schuurden terwijl we samen bewogen.

Zijn handen zaten weer op mijn kont en hij trok mijn billen uit elkaar met zijn vingers, alsof hij al tastend zich een beeld probeerde te vormen van hoe mijn kont eruitzag.

Ik verbrak de kus en draaide me om naar het bed. Ik ging met opzet op handen en knieën zitten en kroop naar het hoofdeinde, zodat hij een goed beeld kreeg van zijn favoriete onderdeel van mijn lichaam. Toen ik over mijn schouder keek, zag ik hem er pal naar staren, terwijl zijn lul reageerde en begon te trillen.

Ik ging op mijn rug liggen en ondersteunde mijn bovenlichaam met mijn ellebogen.

Hij volgde me en kroop omhoog op het bed totdat hij over me heen leunde, terwijl zijn sexy lichaam de matras indrukte door zijn gewicht. Zijn ogen waren gericht op mijn gezicht en hij leek mijn kont te vergeten van zodra onze blikken elkaar ontmoetten.

Hij duwde mijn knieën uit elkaar met de zijne en drukte met zijn pik recht tegen mijn natte ingang aan, klaar om zich met mij te verenigen.

De simpele aanraking was genoeg om me te laten kreunen. Ik lag achterover tegen het kussen en liet mijn handen langzaam omhoog glijden over zijn borst, niet in staat om te geloven dat dit echt was ... dat deze man helemaal van mij was. "Er liggen condooms in het nachtkastje ... "

Hij staarde me aan alsof hij die woorden niet snapte, alsof hij niet begreep waarom ik ze zei. Hij kroop wat verder op me en bracht zijn gezicht dicht bij het mijne. "Nee." Hij duwde met zijn vingers tegen de basis van zijn lul en dwong die naar beneden, zodat zijn natte eikel over mijn doorweekte spleet wreef. "Bij jou draag ik geen condoom." Hij begon zijn lul bij me naar binnen te duwen, gleed door mijn nauwe kanaal, alsmaar dieper en dichter bij mijn centrum. "Ik vertrouw je."

Ik legde mijn handen in zijn nek, onder zijn achterhoofd en voelde zijn lul in me glijden, huid tegen huid. Ik ademde diep in en merkte dat mijn tepels stijf werden en ik kippenvel kreeg. Ik ademde zwaar tegen zijn mond toen hij zijn pik nog een centimeter dieper stak ... en daarna nog wat. Hij gleed helemaal naar binnen en dwong mijn strakke kutje om zich verder te openen, om de enige lul die ik wilde te verwelkomen. Toen hij helemaal in me begraven zat, en me heel intiem nam, hield ik hem stevig vast en ik hijgde zwaar tegen zijn mond, terwijl mijn voorheen gebroken ziel weer herleefde, ook al was hij niet degene die hem in eerste instantie aan flarden had geschoten. Ik sloot mijn ogen en voelde zijn lul in me kloppen en hoe het vocht in mijn ogen opwelde op het ritme van mijn sneller kloppende hart.. "Deacon ... "

Hij ademde met me mee en bleef bijna bewegingloos terwijl hij genoot van het gevoel van onze samengevoegde lichamen, en van hoe nat en strak mijn kutje was. Zijn krachtige spieren hielden hem omhoog terwijl hij roerloos boven me hing en zijn lul me helemaal opvulde met een voor mij maximale omvang. Hij focuste zijn blik op de mijne en keek me aan, heel intens, alsof het de eerste keer was dat hij echt zag wat ik voor hem voelde.

Ik liet mijn handen omhoog over zijn rug glijden en groefde met mijn nagels in de plek waar ik ze wilde verankeren.

Toen begon hij te bewegen en stootte langzaam in me, wat heel goed voelde omdat onze lichamen perfect bij elkaar pasten. Zijn ademhaling vertraagde en hij staarde me aan terwijl hij bewoog. Hij knipperde niet, maar keek gewoon naar me zoals hij al zo vaak had gedaan, alsof hij zijn ogen niet wilde sluiten of weg wilde kijken, alsof hij volledig in me opging ... met zijn geest, lichaam en ziel.

Ik kreunde terwijl ik alsmaar natter werd en voelde hoe de emotionele band tussen onze harten naar een hoogtepunt kwam. Ik had niet veel nodig om klaar te komen, niet nu ik al zo'n sterke emotionele band had met deze man, dus klauwde ik harder in hem terwijl ik op mijn orgasme surfte, kneep hard in zijn lul terwijl ik in zijn gezicht kreunde en voor hem klaarkwam, niet alleen omdat het goed voelde ... maar omdat het juist aanvoelde. Ik voelde me euforisch, omdat ik eindelijk de man had die ik met elke vezel van mijn wezen had gewild, omdat ik eindelijk de vrede vond waar mijn ziel al zo lang naar op zoek was geweest. Ik wist niet wat de toekomst voor me in petto had, maar ik wist dat hij de man was die aan mijn zijde zou staan.

Ik kon me niet voorstellen dat ik ooit met iemand anders zou samen zijn.

Ik hield hem vast terwijl mijn orgasme wegebde en keek in die intense ogen die zich in de mijne brandden. Ik schaamde me niet voor mijn snelle orgasme, omdat het voorspel maanden had geduurd, maanden van diepe gesprekken, emotionele connecties en knuffels waar mijn hele lichaam van beefde. Hij wond me op zonder me aan te raken, liet me kronkelen zonder me ook maar een kus te geven. Ik had hem elke dag opnieuw bewonderd, aanbeden en geweldig gevonden ... en was door hem geobsedeerd geraakt. Maar nu hoefde ik mijn gevoelens niet langer te verbergen. Ik kon eerlijk zijn, mijn hart op de tong dragen en bij de man zijn die me deed heropleven ... bij wie ik eeuwig wilde zijn.

Hij begon niet sneller te stoten toen ik was klaargekomen. De stoten bleven hetzelfde: langzaam en diep. Zijn hele lichaam spande zich op en zijn gezichtsuitdrukking verhardde terwijl hij net zoals ik klaarkwam. Hij bleef in me stoten tijdens zijn climax en vulde me met zijn zaad, spoot het in mijn ingang van waar het zich verder een weg baande. Van diep uit zijn keel klonk gekreun en zijn gezicht en schouders kregen een sexy rode gloed. "Cleo ... " Toen hij klaar was, stopte hij met stoten. Zijn lichaam was plakkerig van het zweet en zijn sperma en mijn genotssappen kleefden aan zijn lul.

We hadden nauwelijks bewogen, maar dat was genoeg geweest om ons te laten klaarkomen, om ons op te winden en ons de beste seks van ons leven te bezorgen. Maar zijn lul was nog steeds stijf in me, alsof hij helemaal geen orgasme had gehad. Ik was dol op het volle gevoel, op de manier waarop zijn harde lul mijn lichaam dwong om opengerekt te blijven.

Hij begon weer te bewegen, alsof hij zo opgewonden was dat een enkel orgasme zijn verlangen niet kon blussen.

Ik legde mijn hand op zijn kont en kneep erin zoals hij daarnet in de mijne had geknepen. "Ja ... " Ik legde mijn hand op zijn wang, trok hem dichter tegen me aan en kuste hem terwijl ik zijn grote lul weer steeds dieper in me voelde glijden. "Niet stoppen ... "

# 17

# DEACON

Om half zeven 's ochtends doorboorde haar alarm de stilte.

Ik deed mijn ogen niet open, maar was meteen wakker en me direct bewust van haar hobbelige matras en de grove lakens tegen mijn huid. Wanneer ik een scharrel oppikte, nam ik haar altijd mee naar mijn woning omdat ik me op mijn gemak voelde in mijn eigen huis. Maar ik wilde Cleo eender waar hebben, zelfs als dat op de achterbank van een auto zou zijn, in een steegje naast een container, of in een bed met een burritoverpakking waar mijn voet in vast was komen te zitten terwijl ik sliep.

"Bah." Cleo reikte naar haar telefoon op het nachtkastje en friemelde eraan tot het onaangename geluid stopte.

Ik stond meestal om vijf uur 's ochtends op, zodat ik mijn training kon voltooien voordat ik aan mijn werkdag begon. Maar dat had ik de afgelopen week niet gedaan, omdat ik niet in staat was geweest om de motivatie op te brengen om op de loopband te gaan rennen en gewichten te tillen. Dus was het geluid nog irritanter, omdat ik pas over dertig minuten zou opstaan als ik niet ging trainen.

Cleo nestelde zich terug in bed en kreunde omdat ze niet wilde opstaan.

Ik rolde dichter naar haar toe, haakte mijn arm rond haar middel en trok haar dichter tegen me aan. Mijn gezicht rustte tegen het hare en ik sloot mijn ogen, klaar om weer in te slapen, alsof de onderbreking nooit had plaatsgevonden.

Ze stak haar hand langzaam in mijn haar en speelde met de lokken. "Hoefde ik maar niet op te staan ... "

Ik opende mijn ogen en keek naar haar. Ik zag de uitgelopen make-up, de vochtige ogen en de vermoeidheid in haar blik. "Doe dat dan niet."

"Ik heb een vergadering."

Ik kon altijd beslissen om niet naar mijn werk te gaan als ik dat echt wilde, maar zij had die luxe niet. Ik streelde met mijn vingers zachtjes haar huid en het viel me op hoe zacht die was en hoe graag mijn handen haar wilden blijven aanraken.

"Het spijt me." Ze zuchtte terwijl ze me aankeek en zei het vol overtuiging, alsof ze het met heel haar ziel meende. Ze leunde naar me toe en kuste me op de mond zonder daarbij haar lippen te bewegen. Ze liet ze gewoon op de mijne rusten, maar hield ze daar heel lang, alsof ze nooit meer het contact wilde verbreken.

Ik gleed met mijn hand naar haar wang en kneep er lichtjes in. "Heb je dit weekend iets gepland?"

"Nee. Maar ik hoop dat dat nu zal veranderen."

"Zeker en vast."

Ze glimlachte, alsof ze niet kon wachten om tijd met me door te brengen. "Ik zal het noteren in mijn agenda." Ze schopte de lakens naar beneden en gleed uit bed. Ze stond naakt in haar slaapkamer, met een kont die zo pront was dat het onwerkelijk leek. Ik kon nog net haar kutje zien omdat haar lekkere billen niet doorzakten. De rest van haar lichaam was ook sexy, zoals de manier waarop haar taille versmalde en overging in een ongelooflijk slank middel, of de manier waarop haar benen rank en licht gespierd waren, als die van een hardloper. Haar bruine haar viel omlaag over haar rug, en toen ze naar de badkamer liep, wiegde haar lichaam op de juiste plekken.

Mijn lul was keihard onder de lakens, harder dan ooit voorheen voor mijn andere overwinningen. Ik wilde normaal gezien altijd dat ze zouden vertrekken van zodra de ochtend was aangebroken. Ik wilde eigenlijk al dat ze in het holst van de nacht zouden vertrekken, maar dat was bijna onmogelijk. Nu hoopte ik dat Cleo weer bij me in bed zou kruipen — en alles wat met haar werk te maken had gewoon zou afblazen.

---

Ik ging niet naar kantoor maar werkte van thuis uit. Ik was te moe om de een uur durende rit naar mijn werk te maken, en ik kon vrijwel alles van thuis aan mijn eettafel doen, in plaats van achter mijn bureau op het werk. En ik hoefde thuis geen pak te dragen.

Tucker sms'te me. *Heb je met haar gepraat?*

Ik staarde naar het bericht, niet zeker hoe ik erop moest reageren.

Toen ik na dertig minuten nog niet terug had ge-sms't, stuurde hij me weer een bericht. *Negeer me niet, klootzak.*

Hoe wist hij dat ik dat had gedaan? Ja. *Ik heb met haar gepraat.*

*En?*

*En we hebben het uitgepraat.*

*...*

Ik staarde naar het scherm.

*Is dat alles wat je me gaat vertellen?*

*Wat wil je dat ik zeg?*

*Zijn jullie samen? Hebben jullie geneukt?*

Ik praatte al niet graag over Cleo toen we alleen maar vrienden waren, en ik wilde nu zeker niet over haar praten. *We zijn samen.*

*Dat is geweldig, man. Ik ben blij dat te horen.*

Ik was minder waakzaam nu ik me herinnerde dat Tucker wilde dat ik gelukkig was. *Bedankt.*

*En... is haar kont zo lekker als ik me had voorgesteld?*

Ik werd weer boos. *Tucker.*

*Kom op, je moet het me vertellen.*

*Vraag het me nog eens en ik zorg dat je aan de beademing komt te liggen.*

*Goed ... bewaar je geheimen.*

---

Ik zag Cleo de ganse dag niet.

Ik had verwacht dat ze op een gegeven moment zou langskomen in mijn appartement.

Maar dat had ze niet gedaan.

Ik nam aan dat ze het druk had en dus stoorde ik haar niet.

Toen het 's avonds tijd was om te eten, verloor ik mijn geduld en sms'te haar. *Ik dacht dat je in de loop van de dag zou langskomen.*

Ze reageerde onmiddellijk. *Ik ben nog steeds op kantoor. Het was een lange dag.*

*Laten we samen eten.* Het was een lange en eenzame maand geweest zonder haar, en dus wilde ik bij haar zijn om met haar te kunnen praten en de verloren tijd in te halen. Ik wilde niet alleen met haar naar bed gaan. Ik miste de andere aspecten van onze relatie, de redenen waarom ik überhaupt voor haar was gevallen.

*Ik moet nog een half uur werken.*

*Dat is perfect getimed.* Ik ging naar de keuken en begon te koken: gegrilde kip op een bedje van rijst met spruitjes en asperges. Ik was net klaar toen er op de deur werd geklopt.

"De deur is open."

Cleo stapte naar binnen, gekleed in dezelfde outfit die ze die ochtend had aangetrokken: een olijfgroene kokerrok met een crèmekleurig blouse die was ingestopt achter de tailleband. Ze droeg weer haar vijftien centimeter hoge hakken en was dus wat groter, dus zou het veel gemakkelijker zijn om haar te kussen dan het gisteravond was geweest.

"Je moet echt niet aankloppen." Ik pakte twee borden en zette ze op het aanrecht.

Haar hoge hakken maakten een tikkend geluid op de hardhouten vloeren ze staarde me aan, enigszins verbijsterd door mijn opmerking.

"Kom gewoon naar binnen."

Ze kwam de keuken in en voegde zich bij me bij het aanrecht. "Ik wil je privacy niet schenden — "

"Jij hoeft me helemaal geen privacy te geven." Ik draaide de gaspitten uit en ging pal voor haar staan. Haar ogen waren nu net iets lager dan de mijne, omdat ze op die hoge hakken een meter vijfenzeventig lang was in plaats van een meter zestig. Haar make-up zag er net zo fris uit als vanochtend, toen ze die net had aange-bracht, en haar volle lippen waren gestift in een sexy roze kleur. Haar blauwe ogen waren misschien wel mijn favoriete deel van haar gezicht ... omdat ze zo'n vriendelijkheid en onschuld uitstraalden. Iedereen in deze stad was getekend door het stadsle-ven, maar zij had nog steeds dat ontwapenende van een dorpsmeisje.

Ze keek me aan en deed met haar ogen dat ding waar ik zo dol op was: als ze zich ontspanden, sloeg ze ietwat geëmotioneerd haar wimpers neer. De hoek van haar mond krulde dan een beetje omhoog, en hoewel er zich geen volledige glimlach vormde, wist ik dat mijn opmerking iets bij haar had losgemaakt.

Ik wist hoe ik me bij een vrouw moest gedragen, maar ik had nog nooit een echte relatie gehad. Ik was Valerie tijdens ons huwelijk

213

natuurlijk trouw gebleven, maar ik had haar nooit gekust van zodra ze door de deur naar binnen was gelopen; ik had haar nooit vastgehouden wanneer we sliepen en ik had haar nooit zomaar spontaan omhelsd. En alle andere vrouwen die voor en na haar waren gekomen, waren korte affaires geweest.

Dit was mijn eerste echte relatie.

Dus deed ik maar gewoon wat ik wilde wanneer ik er zin in had, en nu wilde ik haar kussen. Ik sloeg mijn arm om haar middel, omklemde haar onderrug en trok haar dicht tegen me aan. Ze kantelde haar kin, alsof ze al wist wat er zou komen.

Ik drukte mijn lippen op de hare en gaf haar een tedere kus die langer duurde dan ik had voorzien, omdat ik er moeite mee had om me terug te trekken. De zoen was ontvlambaar, net als de vorige keer — de chemie, de vonken, het fysieke verlangen … het was er allemaal. Het was maar een kus, maar het was genoeg om me sterretjes te laten zien, een beetje buiten adem te raken en me meer te laten voelen dan ik al ooit eerder in mijn leven had ervaren.

Ik was het soort man dat nooit iets voelde, een leeg omhulsel.

Maar zij liet een bom aan emoties in me ontploffen.

Ik liet haar los, maar bleef haar aanstaren, terwijl de gedachten door mijn hoofd wervelden als nog niet verwerkte gegevens. Ik probeerde alles te organiseren, zocht naar concrete redenen om mijn gevoelens mee uit te leggen, maar het was allemaal te inge-wikkeld voor me om te begrijpen.

Haar hand gleed onder mijn T-shirt en bleef rusten op mijn heup, met haar duim op een van mijn buikspieren. Ze streelde me zachtjes en keek me aan van onder haar dikke wimpers, alsof ze ook had gevoeld wat ik net had ervaren.

Nu ik haar had, wilde ik haar niet meer kwijt.

Ik wist hoe het was om haar te verliezen, en dat wilde ik nooit meer meemaken.

Het had meer pijn gedaan dan mijn scheiding — op een andere manier.

Ze zweeg, alsof ze wist dat ik iets wilde zeggen en wachtte geduldig — zoals altijd.

"Je maakt iets in me los." Het was een vreselijke woordkeuze, maar ik kon het niet beter beschrijven.

Ze staarde in mijn ogen en hing aan mijn lippen.

"Derek was de enige die me emoties liet voelen, bij wie ik een gevoel van verbondenheid had. Maar jij slaagt daar ook in, alleen op een heel andere manier. Ik ben altijd als verdoofd geweest voor alles, voor mensen, voor de wereld ... maar zo voel ik me niet bij jou."

Haar ogen werden zachter.

"Jij laat me iets voelen ... eigenlijk alles."

Ze ging met haar handen omhoog naar mijn borst en stapte dichter naar me toe. "Jij laat mij ook van alles voelen."

Ik liet mijn voorhoofd tegen het hare rusten en ging met mijn handen naar haar middel. Ik hield haar lang zo vast en surfte op de high van chemische stoffen in mijn hersenen, van het genot dat ze me gaf, van de manier waarop ze mijn hart licht en luchtig liet kloppen. "Ik wil je nooit meer kwijt."

Haar armen rustten op de mijne en ze kantelde haar hoofd om me te kunnen aankijken. "Dat zal niet gebeuren ... want ik wil jou ook nooit meer kwijt."

***

Ze lag naakt in mijn bed, met haar teennagels roze gelakt, haar haren uitgewaaierd over het kussen en haar lippen hunkerend naar de mijne.

Ik ontdeed me van mijn laatste kledingstuk, mijn boxershort, en liep daarna naar het bed, met mijn stijve lul klaar om terug te keren naar zijn favoriete plek. De eikel kwijlde al en er vielen een paar druppels op het tapijt. Ik staarde naar de mooie vrouw die op me wachtte, de vrouw die me de naamloze en gezichtsloze vrouwen van weleer liet vergeten. Bij hen had ik nooit echt geleefd. Maar bij haar brandde ik helderder dan de zon.

Mijn knieën raakten het bed en ik kroop boven op haar, maar stopte bij haar middel. Ik ging op mijn buik liggen, greep haar kont met beide handen beet en drukte daarna een kus op haar natte geslachtsdeel.

Ze had dat niet verwacht, want ze kromde onmiddellijk haar rug en liet een onderdrukt gekreun horen. Haar hand ging onmiddellijk naar mijn hoofd en ze groefde met haar vingertoppen in mijn haar om het vervolgens te blijven vasthouden, alsof ze houvast nodig had.

Ik proefde haar en deed wat ik al die tijd had willen doen maar waar ik me tegen had verzet. Ze smaakte precies zoals ik had gedacht — naar vanille-ijs. Ik drukte mijn hele mond tegen haar kutje en zoog eraan, verslond haar ingang en liet me helemaal gaan terwijl mijn lul lekte op de lakens onder me. Ik duwde haar benen verder naar achteren met mijn handen zodat ik meer toegang kreeg tot het lichaamsdeel waar ik nu geobsedeerd door was. Ik was al sinds mijn puberjaren een op seks belust persoon. Het was een biologisch geschenk, een genot waar we zonder reden van mochten genieten, dat hielp om de bloeddruk mee te verlagen, de stress te verminderen en beter te slapen. Het creëerde een zogenaamde intimiteit tussen twee partners, maar zo had ik het nooit ervaren — tot nu toe.

Ze rolde haar hoofd achterover en bleef kreunen, boorde haar nagels in het vlees van mijn schouders en liet er krassen achter die pas over een paar dagen genezen zouden zijn. Ze duwde zichzelf weer naar me toe, duwde haar ingang in mijn gezicht, alsof ze er intens van genoot.

Goed. Want ik was er ook dol op.

Ze begon te jammeren alsof ze pijn leed. Haar ademhaling kwam in horten en stoten, of als gesis tussen haar op elkaar geklemde tanden, en daarna bokte ze agressief met haar heupen, terwijl haar lichaam zich overgaf aan het krachtige genot dat door haar heen stroomde. "Ja ... oh mijn god." Ze hijgde door haar genot heen, haar ademhaling werd langzaam weer normaal en haar nagels waren nu vriendelijker voor mijn vlees.

Ik gaf haar een laatste kus, kroop toen verder omhoog op haar lichaam, wurmde mijn heupen tussen haar dijen en gleed met mijn eikel tussen haar doorweekte schaamlippen. Mijn eikel werd bedekt met haar genotssappen en mijn eigen speeksel. Ik hield mijn lichaam in evenwicht boven op het hare en bracht mijn gezicht omlaag, tot we dicht bij elkaar waren.

Haar ogen waren nog steeds vervuld van verlangen, alsof die ene climax niet genoeg was geweest en ze meer wilde. Ze legde haar handen plat tegen mijn borst en gleed ermee naar mijn schouders - haar vingertoppen voelden zacht tegen mijn huid. Ze spreidde haar knieën nog wat meer en opende zich vol ongeduld voor me.

Ik had geen haast.

Ik staarde graag naar haar. Ik vond het heerlijk om het rustig aan te doen. Ik had andere vrouwen altijd wat sexy gekust geweest terwijl ik hen naar het bed leidde, om dan vervolgens mijn lul zo snel mogelijk in het kutje te rammen. Ik neukte hen dan hard gen dat was dat.

Ik had die aandrang niet met Cleo.

Ik genoot van elke seconde en keek toe hoe haar borst snel op en neer ging, alsof haar hart meer zuurstof nodig had zonder cardio-vasculaire stress. Ze hunkerde gewoon naar me, was opgewonden door mij. Haar tepels werden stijf en kregen de vorm van kleine heuvels, en haar kleine tieten vormden een sexy decolleté. Ik hield van haar lichaam, zowel van de sexy lippen van haar mond als die tussen haar benen.

Toen ze niet langer kon wachten, greep ze mijn heupen stevig vast en trok me in haar.

Mijn pik vond haar ingang, alsof hij precies wist waar die zich bevond, alsof hij al alles over haar wist na nog maar een enkele nacht samen te zijn geweest. Ik voelde eerst haar overweldigende nattigheid en daarna de strakheid van haar schede.

Verdomme.

Ik zonk dieper, dwong haar met mijn pik om haar kanaal te openen, om elke centimeter ervan te nemen, hoewel hij er nauwelijks in paste. Mijn ademhaling verdiepte zich naarmate ik verder ging, en mijn ballen werden omhooggetrokken naar mijn lichaam omdat het zo goed voelde.

Het voelde alsof ik voor het eerst seks had.

Ze bewoog langzaam met haar handen om mijn bovenlichaam heen en preste ze tegen mijn rug van zodra ze mijn lul helemaal in zich had. Ze kneep met haar knieën in mijn heupen en haakte haar enkels achter mijn kont in elkaar Ze ademde luid tegen mijn lippen, met haar ogen glanzend en warm.

Verdomme, ik vond het heerlijk om in haar te zitten.

Ik kuste haar zodat ze zichzelf kon proeven en beseffen hoe erg ze naar me verlangde ... alsof ze dat niet al wist. Ik begon even later te bewegen en gleed langzaam in en uit haar, door haar strakke kanaal. Ik nam er de tijd voor, want elke aanraking was intens. Wanneer ik vroeger een vrouw neukte die ik had opgepikt in een bar, was het altijd hard en snel geweest in een poging om wat sensatie te voelen aangezien de latex ons van elkaar scheidde. Maar met Cleo kon ik haar helemaal voelen ... en verdomme, het voelde heerlijk.

Ik verbrak de kus omdat mijn zintuigen overbelast waren. Mijn lul was al zo stijf van haar te kussen dat die wilde exploderen, zelfs wanneer ik mijn boxershort nog aanhad. Dus was een omhelzing terwijl mijn lul diep in haar zat gewoonweg te veel voor me. Ik kon het niet aan. Ik trok mijn lippen weg en keek in haar blauwe ogen en zag een sexy blik omdat ze met dezelfde begeerte en intimiteit in de mijne keek. Haar hand gleed omhoog over mijn nek en ze legde hem op mijn wang terwijl ze me op een geheel nieuwe manier aankeek, alsof ik alles voor haar betekende.

Ze was van mij.

"Deacon ... " Ze fluisterde mijn naam terwijl ze naar me staarde en me zag zoals ik echt was. Ze aanvaardde al mijn moeilijke karaktertrekken en pikte mijn onzin, terwijl niemand anders ooit de moeite nam om dat te proberen.

Ik had toch zo verdomd veel geluk.

Waarom was ik hier ooit bang voor geweest?

Het was mooi, echt, gemakkelijk ...

Ik had dit al die tijd al kunnen hebben.

─────

De lampen waren nog steeds allemaal aan in het appartement, omdat ik niet de moeite had genomen om ze uit te doen. Mijn slaapkamer was weliswaar donker omdat we geen lichten nodig hadden toen onze verhitte lichamen in bed waren gedoken. De lichten van Manhattan waren zichtbaar door de kamerhoge ramen, en de stad leek stil vanwege het dikke glas dat ons omringde.

Ik zou normaal gezien de duisternis in staren, precies zoals Derek naar een mierenhoop staarde.

Maar in plaats daarvan staarde ik naar haar.

Ik lag op mijn rug met mijn arm om haar heen geslagen en haar gezicht op mijn schouder. Ik staarde haar aan en voelde haar been dat onder de dekens om het mijne was gehaakt, terwijl haar parfum al was ingedrongen in alles wat ze had aangeraakt —mij inclus.

Ik had nog nooit met een vrouw geknuffeld, maar met Cleo voelde het net zo goed als seks.

In sommige opzichten zelfs beter.

Ik stak mijn hand in haar haren, speelde zachtjes met de lokken en was dol op hun zachtheid en hoe ze aanvoelden tegen mijn vinger-toppen. Mijn ademhaling was zacht en spontaan, net als de hare die zelfs synchroon liep met de mijne.

Ik had geen idee hoe laat het was, omdat ik mijn telefoon in de woonkamer had achtergelaten, en ik kon de wekker op mijn nachtkastje niet zien. Maar ik wist dat het laat was, te oordelen naar de vermoeidheid die ik voelde achter mijn ogen. Maar ik bleef wakker omdat mijn geest zo gefascineerd was door de vrouw die me omhelsde alsof ik een teddybeer was.

Ze zuchtte plotseling, drukte een kus op mijn borst en veerde toen recht.

Ik verstijfde door haar bewegingen en keek toe terwijl ze van me af schoof. "Wat ga je doen?"

Ze bleef abrupt zitten, met haar lichaam maar een meter bij me vandaan. "Ik ga weg. Ik moet nu echt wel gaan."

Ik staarde haar wezenloos aan en begreep dit totaal niet. "Waar-om?" Dit was geen onenightstand, geen seksafspraakje zoals ik bijvoorbeeld met Natalie had gehad. Ze kon het niet maken om mijn lakens te doordrenken met de geur van rozen om daarna gewoon weg te gaan.

"Maar als ik 's ochtends wegga, zal iedereen merken dat ik dezelfde outfit draag als gisteren. Ze zullen weten dat ik hier geslapen heb."

Ik greep haar vast bij haar pols en trok haar terug, naast me op het bed. "Wie kan dat wat schelen?" Ik stak mijn hand in haar haren, kuste haar en hield haar boven op me vast terwijl ik voelde hoe haar tieten tegen mijn borst wreven.

Ze kuste me terug en legde haar vlakke hand op mijn borst, alsof mijn genegenheid haar verlangen om te vertrekken onmiddellijk had laten afnemen. Ze kroop verder op me en haar hand lag nu net boven mijn hart. Ze zoog aan mijn onderlip, trok zich toen een beetje terug, opende haar ogen en keek in de mijne. "Ik mag niets beginnen met mijn klanten ... het is een soort van belangrijke regel."

Mijn hand gleed uit haar haren naar beneden en haakte zich om haar middel zodat ze haar rug een beetje moest krommen.

"Dus moet ik elke avond naar huis gaan, zodat ze er niet achter komen."

Ik wist niet dat ze niet bij me mocht zijn, dat dit een hindernis was voor de relatie die we met zoveel moeite hadden opgebouwd. "Je kunt de volgende keer een extra set kleren meenemen. En je omkleden voordat je naar kantoor gaat."

"Dat is riskant, Deacon. Iemand zal merken dat ik altijd een tas meeneem naar mijn werk."

"Dan kopen we een hele nieuwe garderobe en allerlei spullen voor je. Ze zullen het nooit weten."

Haar ogen werden zachter.

Mijn hand gleed naar haar kont, mijn favoriete deel van haar lichaam, en ik kneep erin. "Maar ik denk niet dat relaties een geheim moeten zijn, Cleo. Ik wil niet altijd stiekem moeten doen. Ik wil de op één na belangrijkste relatie in mijn leven niet verborgen houden. Ik doe toch ook niet alsof ik geen zoon heb ... "

"Ik weet het," fluisterde ze. "Ik weet niet wat ik moet doen. Ik heb al die tijd naar je verlangd, maar ik heb nooit zo ver vooruitgedacht ... omdat ik niet had gedacht dat dit ooit echt zou gebeuren." Ze wendde haar blik af en werd stil terwijl ze nadacht. "Ik wil niet betrapt worden en mijn baan verliezen, maar ik wil ook niet weglopen van deze relatie."

Ik had een hekel aan het dilemma dat zichtbaar was in haar ogen en vond het verschrikkelijk dat haar gezichtsuitdrukking gespannen werd van de stress, terwijl die een moment geleden nog zo mooi en zorgeloos was geweest. "Hé." Ik stak mijn hand weer langzaam in haar haren, veegde een paar lokken uit haar gezicht en richtte haar blik op mij. "We komen er wel uit." Ik wreef met mijn duim over haar zachte wang.

Ze ontmoette mijn blik, en die zachte gezichtsuitdrukking keerde terug.

"Ik zal verhuizen."

Ze kneep haar ogen half dicht. "Zou je dat echt voor me doen?"

Ik staarde naar de mooiste vrouw ter wereld, de enige persoon ter wereld die me begreep, de persoon die altijd loyaal aan me was gebleven. Ze had haar uiterste best gedaan om me te helpen. Ik zou alles voor haar doen. "Ja."

Ze ademde diep in, alsof dat veel voor haar betekende. "Deacon ... ik wil niet dat je weggaat terwijl je het hier geweldig naar je zin hebt. En ik vind het heerlijk dat ik je de hele tijd kan zien."

"Wat we ook beslissen, we blijven bij elkaar." Ik woelde dieper met mijn vingers in haar haren. "Oké?"

Een emotionele glimlach speelde op haar lippen.

"We komen er wel uit." Ik wilde dit gebouw niet verlaten, omdat het op de perfecte locatie lag, dicht bij mijn moeder en broer. Ik hield ook van de voorzieningen, omdat er iemand was die alles voor me regelde zodat ik me nergens zorgen over hoefde te maken. Het was een grote verbetering na Jeremiah. En omdat elke woning dezelfde service kreeg, lieten de andere huurders nauwelijks hun gezicht zien, aangezien ze nooit hun post hoefden op te pikken in de lobby of zelf boodschappen hoefden te doen. Het voelde bijna alsof ik het gebouw voor mezelf had. "Er is een oplossing voor elk probleem. En we zullen die vinden."

Ze keek me op een totaal nieuwe manier aan, en haar ogen schoven heen en weer terwijl ze in de mijne staarde, alsof ze niet kon geloven wat ik net had gezegd. Ze ging met haar hand over mijn borst en trok toen de lakens die om mijn middel hadden gezeten naar beneden. Ze ging schrijlings op mijn heupen zitten en schuurde met haar kutje over mijn stijve staaf.

Ik had altijd een stijve wanneer ik bij haar was.

Ze leidde mijn eikel naar haar ingang en liet zich langzaam naar beneden zakken, centimeter voor centimeter, tot mijn ballen tegen haar kont rustten.

Ik hield mezelf omhoog op maar een elleboog en voelde hoe mijn ogen zo ongeveer naar de achterkant van mijn hoofd rolden, omdat dit net zo ongelooflijk voelde als alles wat ze deed.

Ze duwde met haar hand tegen mijn borst, dwong me achteruit tot ik plat op bed lag.

Toen boog ze haar rug, kroop verder op me en begon te stuiteren en te schuren. Ze bespeelde mijn lul zo goed dat het leek alsof ze kon voelen wat ik ervoer. Ze drukte haar handen plat tegen mijn borst en bereed me, met schuddende tieten, haar haren los over haar borst en haar blauwe ogen op mij gericht met haar lippen een beetje geopend.

Ik hield haar vast bij haar heupen en klemde mijn kaken op elkaar, omdat ik al wilde klaarkomen van zodra haar kutje rond mijn staaf zat. Ze omklemde mijn lul met de kracht van een wurgslang en met de nattigheid van een doorweekte spons. "Verdomme ... "

# CLEO

Hij haalde me op bij mijn appartement.

Van zodra de deur openzwaaide, stapte hij naar binnen en sloeg zijn arm om mijn middel. Ik had geen hoge hakken aan, dus moest hij zijn nek buigen om me te kussen. Hij verstevigde zijn greep op mijn onderrug en trok me tegen zijn harde lichaam aan.

Ik smolt meteen.

Ik sloeg mijn armen om zijn nek en mijn lippen beefden tegen de zijne. Zijn sexy kus blies me van mijn sokken en deed mijn tenen krullen, of ik nu schoenen droeg of niet. Nog nooit had een man me zo sexy laten voelen, me fysiek zo opgewonden en emotioneel vervuld. Deacon was mijn beste vriend, maar hij had ook de beste lul die ik al ooit had geneukt.

Ik verloor dan ook elke keer mijn verstand wanneer we samen waren.

Hij trok zich terug en liet me tegelijkertijd los. Hij zag mijn tas op de bank staan en haakte de riem over zijn schouder.

"En, ga je me nog vertellen waar we naartoe gaan?" Ik had al een sterk vermoeden waar hij me mee naartoe ging nemen, maar ik koos ervoor om me door hem te laten verrassen.

"Naar de chalet natuurlijk." Hij kwam weer dichter bij me staan en torende hoog boven me uit, terwijl zijn espressokleurige ogen nog donkerder werden terwijl hij me pal in de ogen keek.

Dat was het antwoord waar ik op had gehoopt. "Dat klinkt fantastisch."

Hij sloeg zijn arm weer om mijn middel en hield me dicht tegen zich aan. "Tucker bracht me op het idee."

"Oh?"

"Hij vroeg of hij er een meisje heen kon brengen, omdat het volgens hem de perfecte plek is om het hele weekend te neuken. Nou, ik ga dus mijn meisje meenemen en precies dat doen." Hij gaf me nog een zachte kus en begon toen naar de deur te lopen.

Hij bleef dat maar doen ... liet me voor hem smelten als een stuk chocola op een s'more. Een heel weekend van privacy, van vrijen in een hut aan het meer, van doen wat ik wilde, zonder stiekem te hoeven doen ... het klonk als de hemel op aarde. Ik moest voorzichtig zijn in het Trinitygebouw wat betekende dat ik vroeg in de ochtend moest wegsluipen uit zijn appartement, voordat alle andere personeelsleden kwamen werken. Het was vermoeiend en niet sexy, ook al zouden veel mensen dat misschien spannend vinden. Ik hield van mijn baan en wilde die niet verliezen. Ik haalde er voldoening uit en het gaf me iets om trots op te zijn. De reden dat ik goed was in mijn werk was omdat ik echt genoot van het zorgen voor andere mensen. Maar ik zette dat allemaal op het spel voor Deacon ... omdat hij het risico waard was.

Ik hoefde daar zelfs niet over na te denken.

"Ik wil je nog iets vertellen voordat we gaan."

Hij keerde zich weer naar me om en bleef bij de deur staan.

"Het is een beetje gênant, en ik wil niet dat de chauffeur ons hoort."

Hij wachtte en hield zijn ogen op mijn gezicht gefocust.

"Ik moet je deze uren in rekening brengen ... want als ik dat niet doe en iemand controleert het logboek, zullen ze achterdochtig worden." Er waren talloze momenten geweest dat ik hem niets in rekening had willen brengen omdat ik bij hem had willen zijn, maar ik had andere projecten geweigerd om ruimte voor hem te maken, dus zou mijn baas dat uiteindelijk in de gaten krijgen als ik mijn uren niet zou doorgeven. "Ik wil niet — "

"Dat is goed besteed geld."

Ik slaakte een zucht van opluchting. Ook miljardairs konden soms raar doen als het over geld ging. Sommige van mijn rijkste klanten waren de grootste sjacheraars en raakten overstuur als een ontbijt meer dan dertig dollar kostte ... ook al stond dat haaks op hun levensstijl. Deacon gedroeg zich helemaal niet zo. Het leek alsof rijkdom een aangenaam bijproduct was van zijn harde werk, niet zijn primaire motivatie om die lange werkdagen te maken. Niet geld, maar het redden van levens motiveerde hem.

"En het is een koopje — want ik zou veel meer voor je diensten betalen."

---

Ik kende een vrouw die werkzaam was in het gebied waar de hut lag. Ze beheerde de vakantiehuizen van klanten en deed eigenlijk hetzelfde als wat ik deed in Manhattan. Dus wanneer Deacon besloot naar de hut te komen, vroeg ik haar om op voorhand de koelkast vullen, het huis schoon te maken, de lakens te verschonen en zijn visspullen klaar te leggen. Ik had een gok genomen toen ik haar had gevraagd om dit te doen, maar ik kende Deacon vrij goed. Hij was onmogelijk te lezen voor andere mensen, maar niet voor mij.

Hij droeg de tassen het huis in en zette ze in zijn slaapkamer op de eerste verdieping.

Ik begaf me meteen naar de overdekte veranda en overzag het rustige meer, luisterde naar het geluid van de bomen in de wind en genoot van de frisse lucht die het steeds moeilijker maakte om na een weekendje hier de smog weer te moeten inademen telkens wanneer we terugkwamen in de stad.

Het was hier zo vredig, zo rustig - een aangename onderbreking van mijn hectische leven.

Deacon trok de deur achter zich dicht en kwam achter me staan. Hij sloeg zijn armen om mijn middel en liet zijn kin op mijn hoofd rusten.

Ik sloot mijn ogen, leunde met mijn hoofd tegen hem aan en legde mijn armen op de zijne. Ik voelde me voor het eerst echt gelukkig, alsof ik precies was waar ik moest zijn, met de man waar ik op had gewacht.

Hij trok me dicht tegen zich aan en boog zijn hoofd naar beneden zodat zijn lippen mijn achterhoofd raakten. Hij liet zijn armen daar een hele tijd rusten, alsof hij hier voor altijd zo samen met me wilde blijven staan. "Wat wil je eerst doen?" Het was zo stil bij het meer dat hij zijn stem helemaal niet hoefde te verheffen en dus gewoon zijn vraag kon fluisteren. Zijn lul was stijf in zijn spijkerbroek en drukte tegen mijn onderrug.

Ik kneep met mijn handen in de zijne. "Hetzelfde als wat jij wilt doen."

Hij trok zijn armen steviger om mijn borst, en ze voelden als boomstammen die me omhulden. Hij bracht zijn mond langzaam naar mijn nek en begon me agressief te kussen, zoog met zijn lippen, sleepte met zijn tong over mijn huid en streelde mijn lichaam door mijn kleren heen. Hij bracht zijn lippen naar mijn oor en blies er zijn warme adem in, vertelde me zonder woorden hoe graag hij me wilde, hoe graag hij deze kleren van mijn lijf wilde rukken om me de rest van de middag te neuken.

---

Hij stond aan het voeteneind van het bed, met zijn handen op mijn heupen, terwijl ik mijn rug kromde, wat hij fijn vond omdat hij dan zijn lul hard en snel in me kon stoten terwijl hij zwetend en constant kreunend naar mijn kont staarde. "Verdomme, wat een kont ... " Het was de eerste keer dat hij me zo nam en me neukte als een hoer waar hij veel geld voor had betaald. Hij had het grootste deel van de dag langzaam met me gevreeën, maar toen ik eenmaal op handen en knieën was gaan zitten, was hij helemaal buiten zinnen en neukte hij me als een beest.

Ik vond het fijn.

Zijn vingers zaten rond mijn middel, over mijn buik heen, tot aan mijn navel, en hij kneep in me met zijn grote handen terwijl hij me vastpinde en met zijn heupen ritmisch stootte om me zijn grote lul diep en hard te geven. "Jezus Christus, verdomme."

Ik had niet gedacht dat ik na een paar uur nog zo nat zou zijn. Ik had niet gedacht dat ik na alle orgasmes van vanmiddag en gisteren weer zou kunnen klaarkomen. Maar mijn kutje kneep strak om zijn lul, en ik kwam weer klaar, met mijn gezicht in de matras gedrukt en mijn kont hoog in de lucht.

Hij schoof een voet dichterbij en neukte me nu diep, en ik huiverde toen ik zijn eikel tegen mijn baarmoederhals voelde. Hij kreunde telkens opnieuw, alsmaar luider en kwam toen klaar met een luid gekreun. Zijn pik klopte binnen in me terwijl hij klaarkwam en hij groefde met zijn vingertoppen hard in mijn vlees.

Ik voelde nog steeds het gewicht en de warmte van de massa sperma die hij al in me had gedumpt en nu ontving ik weer een lading sperma, ter aanvulling op het andere zaad dat hij me al had gegeven.

Hij trok zijn lul langzaam uit me, knielde toen neer en beet speels in mijn kont.

Ik kreunde door de aanraking en genoot van de verrassing.

Hij liep de badkamer in en ging zich douchen.

Ik vlijde me neer op het bed, met mijn gezicht naar het raam, zodat ik naar het meer en de bomen kon kijken. Ik lag naakt onder de lakens, maar voelde me zo op mijn gemak dat ik niet wilde bewegen. Ik wilde wel samen met hem onder de douche gaan staan, maar ik bleef toch maar liggen terwijl zijn sperma uit me droop.

Hij kwam een paar minuten later uit de badkamer, met zijn haar nog steeds een beetje vochtig omdat hij het gewoon had gedroogd met een handdoek. Hij trok een schone boxershort aan, kwam toen naast me in bed liggen en lepelde me van achteren zodat we allebei uit het raam konden kijken. Zijn warme borst voelde aangenaam tegen mijn rug, en het was een van die zeldzame momenten waarop hij geen stijve had, waarschijnlijk omdat we allebei op waren na uren pret in de slaapkamer.

Hij drukte kusjes op mijn nek en schouder, en zijn baardstoppels voelden een beetje ruw in vergelijking met zijn zachte lippen.

"Je bent dol op mijn kont, niet?"

Hij verbrak even de kus en liet zijn lippen rusten tegen de achterkant van mijn schouder. Hij verwerkte mijn opwerking en ging daarna weer verder met kussen op mijn huid te drukken, in de richting van mijn oor waar ik zijn warme adem kon voelen. "Ik heb nog nooit eerder zo'n sexy kont gezien." Hij sloeg met zijn vlakke hand op mijn kont, een speelse tik. Hij bleef me kussen terwijl hij met zijn vingers de huid van mijn wang masseerde.

"Ja?" Ik draaide me een beetje en keek hem van over mijn schouder aan. Ik wist dat hij het bed had gedeeld met fotomodellen en perfecte tienen. Ook Valerie, de vrouw met wie hij jarenlang had geslapen, had het lichaam van een model. Ik was waarschijnlijk de meest doorsnee vrouw met wie hij al ooit naar bed was geweest.

"Ja." Hij keek me pal in de ogen terwijl hij sprak, en de oprechtheid was duidelijk zichtbaar in zijn blik. Hij bedoelde altijd alles letterlijk, omdat hij niet wist hoe hij op een andere manier kon communiceren, dus wist ik dat hij eerlijk was. "Ik heb je kont al een miljoen keer bestudeerd in die strakke rokken die je zo vaak draagt."

Ik stak mijn arm naar achter, legde mijn hand op zijn achterhoofd en trok zijn gezicht naar me toe. Ik had geen idee gehad dat hij keek naar iets wat hem niet toebehoorde, aangezien zijn reacties meestal overduidelijk waren, maar ik had natuurlijk geen ogen in mijn achterhoofd ... dus had ik dat niet in gaten gehad.

Hij hield zijn gezicht vlak voor het mijne, terwijl hij met zijn hand over mijn buik en vervolgens naar mijn tiet gleed, die hij stevig vastpakte. Hij drukte zijn voorhoofd tegen het mijne, bracht zijn hand naar de huid boven mijn hart en raakte me aan op de manier waarop ik hem soms aanraakte. "Je bent de meest sexy vrouw met wie ik al ooit mee samen ben geweest, Cleo."

---

Na het avondeten gingen we op het terras zitten voor het haard-vuur en dronken we bier met onze stoelen dicht bij elkaar. We hadden een deken over ons uitgespreid en luisterden naar het geknetter van de vlammen terwijl het hout brandde, naar de krekels die zongen op de oever en naar de verre geluiden van de wildernis.

We zeiden lange tijd niets, omdat er niets gezegd hoefde te worden.

Hij had zijn biertje op en zette het flesje naast zich op de tafel. Hij stond niet op om er nog een te halen. In plaats daarvan pakte hij mijn hand vast onder de deken terwijl hij in de vlammen bleef staren, en hij raakte me aan op dezelfde wijze als ik hem de laatste keer dat we hier waren had aangeraakt.

Ik kneep met mijn vingers in de zijne.

"Ik mis Derek." Zijn kalme stem verbrak de stilte.

Ik staarde naar de zijkant van zijn gezicht, naar zijn scherpe kaak-lijn die bedekt was met zijn stoppelbaard. "Ik mis hem ook." Dit weekend in de hut was zo romantisch, maar het was niet helemaal hetzelfde zonder hem. Ik miste zijn eindeloze stroom vragen, de manier waarop hij me dingen probeerde te leren en hoe hij het leven van ons beiden verlichtte.

"Ik vind het heerlijk dat je zo goed met hem omgaat."

"Nou, het is gemakkelijk om van dat kind te houden."

"Voor jou misschien," zei hij, terwijl hij naar het vuur bleef kijken. "Valerie zegt dat hij er moeite mee heeft om met andere kinderen te spelen ... "

"Alleen omdat hij zoveel verder staat dan zij." Zijn persoonlijkheid was niet het probleem. Hij was alleen maar geïnteresseerd in het bouwen van bouwmodellen en het bestuderen van het universum. Hij hoefde geen basisvaardigheden meer te ontwikkelen en had ook al veel kennis jaren geleden opgedaan. "En ik begrijp hem, omdat hij veel op jou lijkt ... en ik begrijp jou."

Hij draaide zijn hoofd mijn kant op, met een lichte glimlach op zijn lippen. "Ja ... ik denk dat je gelijk hebt."

Ik dacht niet vaak na over de toekomst, over mijn eigen gezin en dat soort dingen. Mijn carrière slokte mijn aandacht zo op dat ik die luxe niet had. Maar ik realiseerde me nu dat ik ooit de stiefmoeder van Derek zou zijn. Dat vond ik helemaal niet erg ... omdat ik van die jongen hield alsof hij mijn eigen kind was. Het kon me niets schelen dat hij niet van mij was; het kon me niets schelen dat hij gegroeid was in de buik van een andere vrouw. "Ik zal er werk van maken om Valerie hierheen te lokken."

Zijn glimlach verdween bij het vermelden van haar naam. "Ik denk dat ik het verkloot heb ... " Hij keek weer naar het vuur.

"En we zullen het weer in orde maken, net zoals we de vorige keer hebben gedaan."

Hij staarde een tijdje naar de vlammen. "Je had gelijk wat haar betreft. Ze wil niet dat ik bij jou ben."

Ik fronste mijn wenkbrauwen. "Heeft ze dat gezegd?"

"Nee. Maar ze vroeg waarom ik zoveel tijd met jou doorbreng. Blijkbaar praat Derek altijd veel over je."

Ik had dat probleem niet voorzien, wat dom van me was, want Derek was spraakzaam. Ik was niet geïrriteerd, maar ontroerd, geraakt dat Derek zo'n innige band met mij voelde. Deacon en ik zouden nooit een kans hebben als zijn zoon niet van me zou houden. "We kunnen haar uitnodigen voor een bezoek en haar dan laten zien dat er niets tussen ons is."

De energie in de lucht veranderde, alsof het vuur een beetje heter ging branden, en toen hij zijn hoofd naar mij toe draaide, voelde ik zijn vingertoppen plotseling verslappen. Hij staarde me kil aan. "Ik ga niet liegen. Ik ga niet doen alsof ik geen serieuze, betekenisvolle en monogame relatie met je heb."

Het was zo lief dat ik even vergat hoe boos hij door mijn suggestie was geworden. "Als ze denkt dat je de draad van je leven weer hebt opgepikt, zal ze geen stimulans voelen om hierheen te verhuizen. We moeten er eerst voor zorgen dat ze zich hier komt vestigen, vooraleer we het opbiechten."

"De draad van mijn leven weer heb opgepikt?", schamperde hij. "Ik ben verdergegaan van zodra ik mijn tassen had ingepakt en ben vertrokken."

Ik kneep met mijn hand in de zijne in een poging zijn woede weg te nemen. "Ik weet dat het stom en onvolwassen is, maar het is ons doel om Derek hierheen te krijgen. Dat is het enige wat telt. Onze relatie is geen prioriteit. Derek wel."

De woede verdween langzaam uit zijn blik terwijl hij zwaar zuchtte, alsof hij besefte dat ik gelijk had. "Ik haat haar verdomme ..."

"Dat weet ik."

Hij schudde zijn hoofd en wreef met zijn vingertoppen over de baardstoppels op zijn kaak. "Ik kan niet geloven dat ik vijf jaar met haar samen ben geweest ... terwijl ik al die tijd bij jou had kunnen zijn." Hij keek weer naar het vuur en klemde zijn kaken opeen in een grimas.

"Maar misschien zouden we elkaar dan nooit hebben ontmoet. Misschien zouden er dan geen appartementen in het gebouw te koop zijn geweest. Misschien was je helemaal niet naar Manhattan verhuisd. We mogen het verleden niet willen herschrijven, niet als we geen idee hebben wat er zou zijn gebeurd."

Hij zweeg en bleef in het haardvuur staren.

"We zullen Derek hierheen krijgen, en dan zullen alle stukjes op hun plaats vallen."

Eindelijk knikte hij lichtjes.

"Trouwens, hoe heb je dat appartement eigenlijk gekregen? De wachtlijst telt honderd mensen. Die heb je allemaal te kijken gezet."

Hij zuchtte diep, alsof de vraag pijnlijk voor hem was. "Ik zou je dat wel willen vertellen ... maar dat kan ik niet."

Ik kon de verrassing niet uit mijn gezichtsuitdrukking houden.

"Het heeft niets met jou te maken — ik moet alleen de privacy van deze persoon respecteren."

Kende hij mijn baas? Als dat zo was, zou hij dat dan niet eerder gezegd hebben? Ik was enorm nieuwsgierig, maar ik moest zijn verzoek respecteren.

Ik zweeg, keek in het vuur en genoot van de comfortabele stilte. Mijn hand lag nog steeds in de zijne, en ik genoot van hoe goed dit voelde, van hoe waardevol dit moment was. Toen ik mijn man ontmoette, dacht ik ook dat het goed voelde. Toen we trouwden, dacht ik dat dat voor altijd zou zijn. Toen het voorgoed voorbij was, had ik aangenomen dat ik nooit meer voldoende vertrouwen zou kunnen hebben in een relatie, dat ik nooit meer alleen de goede momenten in de toekomst zou kunnen zien. Maar het voelde niet zo bij Deacon. Het voelde echt goed ... het voelde anders. "Heb je het Tucker verteld?"

Hij knikte.

"En hij had er geen probleem mee?" Er was niet echt iets gebeurd tussen Tucker en mij, maar het zou een tijdje een beetje ongemakkelijk kunnen zijn, omdat we meer dan een maand hadden gedatet. Toen ik met zijn familie had geluncht, had dat zeker een beetje raar gevoeld. Ik wilde geen aanleiding zijn tot vijandigheid tussen twee broers, aangezien Tucker de enige persoon was op wie Deacon naast mij kon steunen.

"Ja." Hij draaide zich weer naar mij toe, en zijn bruine ogen waren lichter van kleur toen het vuur erin werd weerspiegeld. "Hij wil dat we samen zijn. De dag nadat jij het met hem had uitgemaakt, reed hij naar hier om me te vertellen dat je niet ... " Hij haperde even, alsof hij er een beetje moeite mee had om de woorden hardop uit te spreken. "Met hem had geslapen ... vanwege mij." Zijn ogen bleven op de mijne gefocust, alsof hij een vraag had gesteld, ook al had hij de woorden uitgesproken als een biecht.

Ik had op dat moment niet bewust nagedacht over mijn beslissing. Toen Tucker boven op me had gelegen, had ik geweten dat het niet goed zat. En het zou niet gewoon een vergissing zijn geweest die ik daarna zomaar zou kunnen vergeten. Die intieme daad zou blijvende gevolgen gehad hebben. Ze zou een wig vormen tussen Deacon en mij, en ik had gedacht dat we misschien nooit in staat zouden zijn om ons daar overheen te zetten ... nooit. Ik had toen niet beseft hoe graag ik hem wilde, of dat die aantrekking zo natuurlijk zou blijken te zijn - ik had niet eens beseft dat dit mogelijk was. "Jij bent voor mij altijd de enige ware geweest, Deacon." Ik hoefde de waarheid niet te verbergen of mijn gevoelens te minimaliseren. Ik kon gewoon eerlijk zijn. "Toen je zei dat Tucker in me geïnteresseerd was en dat het je niets kon schelen of ik met hem uitging of niet ... deed dat pijn. Ik heb nooit enige interesse in Tucker gehad, maar ging toch met hem uit ... omdat ik verdrietig was." Ze leken zoveel op elkaar, en Tucker en ik voelden ons meteen bij elkaar op ons gemak door zijn zorgeloze houding, zijn grappen en zijn werk in dezelfde branche. Maar ik was altijd blijven verlangen naar Deacon.

Hij zweeg lang, alsof hij de woorden in zijn hoofd opnieuw afspeelde en ontleedde. "Ik heb het nooit leuk gevonden dat je met hem uitging."

Ik wist niet wanneer hij gevoelens voor mij had beginnen krijgen, of tenminste wanneer hij zich dat had gerealiseerd. Maar ik had niet gedacht dat ze zo ver teruggingen in het verleden. "Waarom heb je dan niets gezegd?"

"Het leek me een klote streek om jullie in de weg te staan wanneer ik niet klaar was om iets met jou te beginnen." Hij keek weer naar het vuur. "Ik vertelde Tucker dat ik niet geïnteresseerd was in een relatie — met wie dan ook — en hij leek je echt leuk te vinden, dus ..."

Ik wreef met mijn duim over zijn knokkels en merkte op hoe groot zijn handpalm was.

"Tucker heeft een paar keer geprobeerd om me om te praten ... maar ik heb nooit geluisterd."

Ik keek naar hem terwijl hij naar het vuur staarde.

"Toen ik je kwijt was, besefte ik dat hij gelijk had. Hij is me altijd blijven voorhouden dat mijn relatie met Valerie giftig was omdat zij voor mij de verkeerde persoon was ... en dat het met jou nooit zo zijn. Hij had gelijk." Hij draaide zich weer naar mij toe en kneep met zijn hand in de mijne. "Ik had nooit gedacht dat ik iemand als jij zou kunnen hebben, dat ik ooit een vrouw zou ontmoeten die me zou begrijpen. Ik had nooit gedacht dat ik een vrouw zou ontmoeten die niet op mijn geld uit was. Ik had nooit gedacht dat ik een vrouw zou ontmoeten die het zo goed kan vinden met mijn zoon. Ik ... had nooit gedacht dat ik iemand zou ontmoeten die me aardig vond voor wie ik was ... en voor geen enkele andere reden." Zijn ogen bleven op mijn gezicht gefocust en zijn bruine ogen brandden in de mijne.

"Ik had ook nooit gedacht dat ik ooit weer een man zou kunnen vertrouwen ... maar ik vertrouw jou."

Hij verstijfde en zijn ogen werden zachter.

"Ik weet dat je me nooit pijn zou doen, ontrouw zou zijn of tegen me zou liegen. Ik hield van mijn man toen we samen waren, maar nu ik samen ben met jou besef ik dat hij me nooit heeft begrepen ... niet zoals jij. Hij was de verkeerde persoon ... en jij bent de juiste."

---

We lagen samen in bed, met mijn been over zijn heupen en onze gezichten dicht bij elkaar op hetzelfde kussen. De lakens zaten tot aan ons middel en onthulden niet alleen zijn mooie, gebruinde huid, maar ook de schaduwen van de groeven tussen zijn spierbundels.

We hadden de middag in bed doorgebracht en nu hadden onze lichamen wat tijd nodig om weer op krachten te komen. Ik droeg een van zijn T-shirts in bed en geurde naar hem, terwijl ik zijn knappe gezicht bewonderde, dol op de baardstoppels op zijn kaak.

Hij gleed met zijn vingers onder mijn T-shirt en raakte de blote huid van mijn heup en buik aan. Zijn vingertoppen waren eeltig en droog, alsof hij op kantoor altijd met zijn handen werkte, dikke handschoenen droeg of voortdurend zijn handen waste.

Maar toch genoot ik van zijn aanrakingen.

Zijn ogen waren op mij gericht en hij knipperde nauwelijks terwijl hij me bestudeerde, alsof er niets anders was waar hij liever naar zou staren. Alsof er niets anders ter wereld was wat hij liever zou doen. Toen we naar de chalet vertrokken, verwachtte ik dat hij zijn laptop en papieren tevoorschijn zou halen en elke dag een uur of twee zou werken, maar het leek alsof hij ze niet eens had meegebracht. Werk was het laatste waar hij aan dacht. Zijn bruine ogen hadden op het eerste zicht niets buitengewoons, maar waren alsnog prachtig door de aanblik die ze gaven in dat mannelijke gezicht. Ze pasten perfect bij zijn persoonlijkheid: het sterke en stille type.

Ik wilde helemaal niets aan hem veranderen. Soms was het gemakkelijker om met Derek te praten, omdat die net als iedereen een normale sociale intelligentie had, maar ik wenste eigenlijk niet dat Deacon dat zou hebben. Hij was perfect zoals hij was. "Dus je denkt dat je moeder me leuk zal vinden?"

Hij liet zijn hand over mijn buik glijden, en ik merkte dat zijn uit elkaar gespreide vingers over mijn buik en een deel van mijn ribbenkast pasten. "Het kan me niets schelen wat ze denkt."

"Echt niet?" Ze was heel lief en hield duidelijk veel van haar zoon. Ze was makkelijk om mee te praten en erg aardig, maar ze was waarschijnlijk zoals alle moeders nogal beschermend als het haar kinderen betrof. Na wat er met Valerie was gebeurd, wilde Margo waarschijnlijk iemand die goed genoeg was voor Deacon. Ik werkte als bediende voor de rijken, dus paste ik misschien niet in dat plaatje.

"Als het me wat kon schelen wat ze dacht, zou ik niet met Valerie getrouwd zijn."

"Nou ... in dat geval had je beter naar haar kunnen luisteren."

Hij snapte mijn grap en glimlachte lichtjes. "Mijn moeder is bang dat ik eenzaam zal sterven en zal dus blij zijn om me met iemand te zien. Momenteel maakt het niet uit met wie."

"Waarom denkt ze zoiets?" Hij was het soort man waar vrouwen gek op waren, het soort man die eender welke vrouw kon krijgen. Hij was knap en zou dat ook nog zijn als hij eind zestig was. Hij had een lichaamsbouw die slank en sterk zou blijven tot zijn laatste dagen. En hij zou een erfenis achterlaten die nog lang na zijn dood zou nazinderen. Hij was een briljant genie dat vanaf het firmament steeds zou blijven schitteren.

"Ik heb haar gezegd dat ik nooit zal hertrouwen."

"Oh ... " We waren nog maar net samen en het was veel te vroeg om te denken aan dat soort dingen, maar het idee dat er een verval-datum was, was pijnlijk ... omdat ik het al zo erg voor hem te pakken had.

"Ik heb haar dat een tijdje geleden verteld," fluisterde hij, alsof hij mijn gezichtsuitdrukking kon lezen. "Voordat ik jou had."

Ik probeerde niet te opgelucht te kijken, maar mijn gezichtsuitdrukking had me waarschijnlijk verraden. Ik bracht mijn hand naar zijn borst. "Dus, het is een optie? Ooit?" Ik hoefde niet morgen al te trouwen. Ik snakte niet meteen naar een gezin. Ik moest alleen weten dat het mogelijk was.

Hij bracht zijn hand naar de mijne. "Ja."

We hadden er zo lang over gedaan om samen te komen dat ik bang was geweest dat dit een onoverkomelijk breekpunt zou zijn; dat hij het goed vond om een relatie te hebben, maar dat een huwelijk geen optie was ... omdat zijn vorige huwelijk zo'n nachtmerrie was geweest. Mijn angsten waren gesust en ik kon me weer ontspannen, blij dat ik waarschijnlijk echt het sprookjeseinde zou krijgen dat ik verdiende. Ik had leergeld betaald, had al een paar keer de verkeerde man gekozen was zelfs met een getrouwd ... maar nu was al dat gedoe voorbij.

"Wil je morgen gaan wandelen?"

De meest sexy man ter wereld lag naast me, half naakt, met zijn ogen op mij gericht. "Ik zou eerlijk gezegd liever de hele dag in bed blijven." Ik vond het niet erg om met de boot te gaan vissen of een wandeling te maken in het bos, vooral wanneer Derek erbij was. Maar nu deze man eindelijk van mij was, wilde ik maar één ding doen.

Er verscheen geen glimlach op zijn lippen, maar het was overduidelijk dat zijn ogen lichter werden. "Ik dacht dat je misschien wat beurs zou zijn." Hij was geen gynaecoloog, maar wel een arts, en hij had het goed geraden.

Ik had best veel pijn. Ik was nog nooit zo geneukt. "Dat kan me niets schelen."

# 19

# DEACON

Mijn chauffeur reed me in de auto naar de bar en na een dag vol vergaderingen, liep ik gekleed in een antracietkleurig pak naar binnen. Enkele andere mannen waren hetzelfde gekleed, maar ik voelde me altijd opgelaten wanneer ik iets elegants droeg in een informele bar. En het was ook gewoon ongemakkelijk, vooral bij deze zomerse hitte.

"Daar is hij." Tucker was er al en hij stak zijn glas in de lucht. "Op de man die lef heeft gekregen." Hij nam een slokje.

Ik plofte neer op de stoel, bestelde een biertje en negeerde zijn opmerking.

"En ... " Hij leunde voorover.

Ik nam het glas bier aan van de serveerster en bracht het naar mijn lippen.

Hij zwaaide met zijn hand, alsof hij me aanmoedigde om wat te zeggen.

"Je zal dit niet loslaten, hè?"

"Nee." Hij dronk van zijn bier.

"Voelt het raar omdat jij een tijdje met haar bent uitgegaan?" Ik had hem dat nooit op de man af gevraagd. Ik nam aan dat hij er geen probleem mee had, omdat hij me had aangemoedigd om bij Cleo te zijn.

Hij haalde zijn schouders op. "Ik ga er niet over liegen. Ik wilde haar voor mezelf. Maar het is veel logischer dat jullie samen zijn. Nou, niet echt. Ik denk eigenlijk dat zij en ik bijna te veel op elkaar lijken. Maar wat jullie twee hebben ... dat zouden zij en ik nooit kunnen hebben." Hij hield een biertje in zijn hand. "Het zal een tijdje een beetje raar zijn, maar na verloop van tijd zullen we het vergeten. Het belangrijkste is dat jullie samen zijn." Hij hief zijn biertje op om het glas tegen het mijne te tikken. "En dat maakt me echt gelukkig."

Ik tikte mijn glas tegen het zijne. "Bedankt, Tucker." Ik had hem gezegd dat hij met Cleo kon daten, maar het had me altijd dwars gezeten. Nu was het zijn beurt om te zeggen dat het goed was ... terwijl het hem dwarszat. Hij zou gemakkelijk boos op me kunnen zijn omdat ik tegen hem had gelogen, of me in ieder geval niet had gerealiseerd wat ik voelde, maar dat was niet het geval. Hij had een maand lang zijn vrije tijd in haar geïnvesteerd ... en dat was mijn schuld. "Je bent hier echt heel begripvol over."

Hij haalde zijn schouders op. "Je bent mijn kleine broertje. Ik kan onmogelijk boos zijn op jou."

"Ik kan me niet herinneren dat dat het geval was toen we jong waren."

Hij grinnikte. "Je was toen irritanter."

Ik glimlachte lichtjes.

"Maar echt, jij en Cleo zijn een geweldig stel. Ik ben blij dat het goed is gekomen ... ook al heeft het een eeuwigheid geduurd."

"Bedankt."

Hij keek even rond in de bar, liet het gesprek even rusten en draaide zich toen weer naar mij toe. "En ... " Hij wiebelde met zijn wenkbrauwen.

"En wat?" Ik fronste mijn wenkbrauwen.

"Hoe is de seks?"

Ik keek naar mijn glas. "Tucker."

"Kom op, we zijn broers."

Ik schudde mijn hoofd.

"Weet je, Cleo en ik hebben nooit echt iets gedaan ... behalve een paar keer gezoend ... misschien wat aftasten boven de kleding ... voor het geval je dat nog niet wist."

Ik wilde er niet aan denken dat mijn broer Cleo had gekust.

"Doet ze het ook rustig aan met jou?"

Ze had net zo snel in bed willen springen als ik. Haar reactie was een mooie herinnering, en mijn lip krulde meteen in een lichte glimlach. Ik had me tegen haar als een lul gedragen, maar zij had me dat meteen vergeven en was zonder enig voorbehoud met me naar bed geweest. Ze had me zelfs in haar laten klaarkomen zonder zelfs maar te vragen naar een labotest als bewijs dat ik geen soa had.

Tucker glimlachte. "Die grijns zegt genoeg."

Ik dronk van mijn bier in een poging die weg te moffelen.

"Verdomme, dat is een hele grote nee."

Tucker zou ofwel alles zelf uitvissen of hij zou me blijven lastig-vallen op zoek naar antwoorden, dus besloot ik om toe te geven en hem genoeg informatie te verschaffen om zijn nieuwsgierigheid te temperen. "Ik ben na de wedstrijd meteen naar haar appartement gegaan om het uit te praten... en toen gebeurde het."

"Verdomme. Ze heeft het echt niet rustig aan willen doen." Hij grinnikte en dronk van zijn bier. "Jij was absoluut de man die ze wilde ... dat is echt wel romantisch."

Ik vertelde hem niet dat ze alleen met hem was uitgegaan omdat ik haar had gekwetst. Dat zou wreed zijn.

"Hebben jullie het condoom ook overgeslagen?"

"Tucker, kom nou." Ik had eerder details gedeeld over mijn seksleven, meestal omdat hij aandrong, aangezien ik niet uitgesproken was wat mijn privéleven betrof, maar met Cleo was het anders. En ik had het gevoel dat het een schending zou zijn van onze band, van onze intimiteit als ik hem ook maar één detail zou vertellen.

"Ik vraag niet hoe mooi haar tieten zijn, man."

"Maar je hebt me eerder naar haar kont gevraagd."

"Nou ... " Hij haalde zijn schouders op. "Kom nou, dat ding is dan ook — "

Ik staarde naar hem.

"Sorry. Nou, nu vraag ik iets helemaal anders. Dit is mannenpraat, kleedkamerpraat, dat weet je toch. Ik ben je broer. Dit is voor jou een belangrijke relatie. Ik denk dat ik nooit echt heb gevoeld dat ik deel uitmaakte van je leven, omdat ik niet in staat ben om je onderzoek te begrijpen en niet leef als een miljardair. Maar vrouwen, seks, relaties ... dat is iets wat ik wel kan vatten, daar ben ik eigenlijk een expert in. Kom nou, wie heeft jullie in feite bij elkaar gebracht?"

Ik voelde de condensatie op het glas onder mijn vingertoppen terwijl ik hem aanstaarde.

"Ze heeft je dit waarschijnlijk niet verteld ... maar nadat we uit elkaar zijn gegaan, ging ik naar haar appartement om haar te zeggen dat ze geduld met je moest hebben."

Ik kneep mijn ogen halfdicht en keek hem recht in de ogen.

"We hadden net dat stomme gesprek in de bar gehad; waar je boos om was geworden en toen zei je dat je nooit iets zou ondernemen, ongeacht wat je voor haar voelde. Dus heb ik haar verteld dat het niet gemakkelijk zou worden, maar dat je wel degelijk gevoelens voor haar had."

Nu begreep ik waarom ze me zo onverwacht met haar gevoelens had geconfronteerd.

"Ik heb cupido gespeeld voor jullie twee, oké?"

"Nee ... dat wist ik niet."

"Nou? Vertel me gewoon iets." Hij dronk van zijn bier.

Ik zweeg lang, zette mijn gedachten op een rijtje en probeerde een manier te bedenken om mijn relatie met Cleo emotioneel te beschrijven, in plaats van fysiek.

Tucker dronk ondertussen rustig van zijn bier.

"Cleo is de enige persoon ter wereld die me begrijpt. Of in ieder geval de enige die het probeert. Het is altijd gemakkelijk geweest met haar. Je kent dat wel, het soort relatie waarin het niet vreemd voelt als je heel lang niets zegt. Valerie was altijd boos op me omdat ik niet genoeg communiceerde, en ze sleepte me naar een huwelijkstherapeut omdat ze vond dat ik moest veranderen, aangezien het probleem volgens haar bij mij lag. Cleo bewees me dat ik nooit het probleem was, dat ze me accepteert zoals ik ben, ook al ben ik nog zo anders. En dat voelt ... " Ik kon de juiste woorden niet vinden om het te beschrijven. "Het is onbeschrijfelijk."

Tuckers ogen werden zachter.

"De emotionele band tussen ons is er altijd geweest. Toen we elkaar voor het eerst ontmoetten, gedroeg ik me als een lul — zoals ik gewoonlijk doe. Maar zij zag, in tegenstelling tot de meeste andere mensen, het goede in me en ze probeerde me te helpen, omdat dat nou eenmaal haar natuur is. Ze walste over al mijn problemen heen en zag me voor wie ik echt was. Ik betrapte mezelf erop dat ik naar haar staarde omdat haar mooie gezicht alle neuronen in mijn hersenen hypnotiseerde. Ik miste haar wanneer ik haar eens een dag niet zag. Ik had ... een beste vriend gevonden. Het is echt, het is waar, het is ... zeldzaam." Ik staarde naar het tafelblad. "Ik heb me altijd tot haar aangetrokken gevoeld. Ik heb haar altijd mooi gevonden. Maar dit is de enige relatie die ik al ooit heb gehad die precies achterwaarts is geëvolueerd, omdat we elkaar eerst leerden kennen voordat we met elkaar naar bed zijn gegaan. Ik heb geen flauw benul van hoe onze fysieke relatie zou zijn als die niet net zo versterkt zou zijn door onze emotionele band." Ik herinnerde me onze eerste kus nog goed, en hoe ik me daarbij voelde, alsof er een explosief in me ontvlamde. "Maar ze is net zo sterk … "

Toen ik klaar was, glimlachte Tucker. "Dat is fijn, man."

"Ze is eigenlijk misschien zelfs sterker … " Ik had sowieso bij haar willen zijn, ongeacht hoe de seks was. Als ze niet goed in bed was geweest, zou het me niets hebben kunnen schelen. Ik zou het haar geleerd hebben. En als het nooit beter was geworden, was dat ook goed geweest. Omdat onze relatie me zo vervulde dat ik niet bij iemand anders wilde zijn. Dat zou niet veranderd zijn als de seks niet echt naar mijn smaak was geweest. Maar dat was dus geen probleem. Ze zat graag boven op me, bokte graag met haar heupen en schuurde met plezier op de meest sexy manieren tegen me aan. Ze hield ervan om mijn kont stevig vast te pakken en mijn staaf diep in haar te trekken, alsof ze nooit genoeg van mijn lul kon krijgen, ongeacht hoe vaak ik haar die gaf. En als ze op handen en knieën zat, kromde ze haar rug heel diep en duwde ze haar kont naar me toe, terwijl haar billen op de meest sexy manier schudden.

Ze was beter in bed dan eender welke vrouw die ik al ooit had gehad. Maar dat vertelde ik hem natuurlijk niet.

Hij knikte. "Dat is geweldig. En Derek houdt ook van haar … het plaatje is perfect."

Ik had daar eerder nooit echt bij stilgestaan, omdat ik niet van plan was geweest om weer een vrouw in mijn leven toe te laten. Cleo had Derek leren kennen toen ze nog alleen maar mijn vriend was, en het was een gelukkige bijkomstigheid dat hij haar leuk vond. Maar ze had zo'n hechte band met mijn zoon dat het duidelijk was dat ze uit zichzelf om hem gaf en dat het niets te maken had met haar gevoelens voor mij. Ze hadden samen best veel tijd doorgebracht op die lange vluchten, kleurend en pratend. Het klikte gewoon tussen hen. "Het is inderdaad perfect."

"Mama zal blij zijn," zei hij lachend.

Ze zou nu al beginnen met het plannen van de bruiloft.

"Wat vindt Valerie ervan?"

Ik wilde me een toekomst voorstellen waarin haar naam niet werd genoemd, waarin ze iets was uit een ver verleden dat we gewoon konden vergeten. Maar het was een feit dat ik altijd met haar te maken zou hebben, toch zolang Derek jonger was dan achttien jaar. Ze zou nooit uit mijn leven verdwijnen. "Waarvan?"

"Jij en Cleo."

Ik zuchtte zwaar.

"Dat klinkt niet goed ... "

"Valerie is een kreng. Ik zal het daar maar bij laten."

"Nou, je kan het er niet zomaar bij laten."

"Volgens mij praat Derek veel over Cleo en dat heeft Valerie boos gemaakt en ze stelt zich nu vragen."

"Ze is bang dat Cleo haar zal vervangen als Dereks moeder."

"Nee, ze is bang dat Cleo haar zal vervangen." Maar ja, dat zou waarschijnlijk ook een probleem worden. "Ze vroeg me onlangs of ik met haar naar bed ga ... "

"Wauw."

"Ik zei nee en heb opgehangen."

"Je hebt tegen haar gelogen?", vroeg hij verbaasd.

"Het was op dat moment nog de waarheid."

"Ah ... " Hij knikte lichtjes.

"Ze blijft mijn leven beheersen. Ze blijft die halsband om mijn nek houden. Cleo wil haar ompraten en zover krijgen dat ze op bezoek komt, zodat ze inziet hoe fijn het zou zijn om dicht bij elkaar te wonen ... en ik zal moeten liegen over Cleo."

Hij fronste een wenkbrauw.

"Ik veegde dat idee eerst van tafel. Ik zei dat ik dat niet ga doen alsof ik niet samen ben met de vrouw van mijn dromen. Maar Cleo ... heeft me van het tegendeel overtuigd."

"En dat is ook logisch. Valerie hierheen lokken om haar vervolgens te laten zien hoe gek je bent op een andere vrouw, die volgens haar zoon dan ook nog eens een koningin is, is niet de beste manier om haar zover te krijgen dat ze haar leven totaal omgooit en helemaal naar de andere kant van het land verhuist. Jij hebt de relatiebreuk al overwonnen en je zou het haar dan nog eens extra inwrijven."

Ik staarde hem wezenloos aan want ik begreep zijn woorden niet.

Tucker zag mijn blik. "Jij hebt sneller de draad weer opgepikt dan zij. Je ging niet alleen verder, maar je won ook nog eens de jackpot met Cleo. Valerie zal zich daar gekleineerd door voelen. Het voelt meestal goed om dan foto's te plaatsen op sociale media om te laten zien hoe gelukkig je bent in de hoop dat je ex het zal zien. Maar omdat jullie Derek delen ... kun je dat niet echt doen."

Nee, daar was ze te haatdragend voor. "Ik kijk er niet naar uit."

"En moet je haar dan blijven voorliegen als je haar zover hebt gekregen dat ze ook effectief hierheen verhuist?", vroeg hij verrast.

"Nee. Absoluut niet. Als ze eenmaal gesetteld is, zullen we niet meer stiekem doen."

"Een verhuizing naar de andere kant van het land is vrij ver. Ze zal waarschijnlijk niet meer weggaan."

"Ik hoop het."

"Ze zal het hier naar haar zin hebben. Het is een grote verandering, maar Manhattan is een geweldige plek om te wonen. Alles is altijd open, je ontmoet voortdurend interessante mensen, de vrouwen zijn sexy ... "

"Ik denk niet dat dat haar zal aanspreken."

"Nou, er zijn hier ook heel veel miljardairs."

"Dat is precies wat ze zoekt." Maar ik kon me niet voorstellen waarom ze nog meer geld nodig zou hebben ... aangezien ze al de helft van mijn geld had gekregen.

"Misschien kan Cleo haar koppelen aan een van haar klanten. Dan zou jij van haar af zijn."

Ik schudde mijn hoofd.

"Waarom niet?"

"Omdat Valerie een kreng is, en ze zou dus iemand een slechte dienst bewijzen."

"Natuurlijk, dat is logisch."

"Ze zal zelf iemand moeten vinden, en ik weet zeker dat ze daarin zal slagen."

"Cleo mag niet met haar klanten daten. Wat ga je daaraan doen?"

Ik wist niet dat ze hem dat had verteld. "Ik heb aangeboden om te verhuizen."

"Man, dat is klote."

Ik haalde mijn schouders op. "Ze houdt van haar werk. Ik ga haar niet vragen om het op te geven."

"Kun je daar niet blijven wonen en elkaar blijven zien?" vroeg hij. "Daaromtrent iets ondertekenen?"

Ik schudde mijn hoofd. "Ze liet het uitschijnen dat het een overtreding is die tot haar ontslag kan leiden."

"Jeetje ... dat is streng."

Ik vond het ook een zware straf, maar het was ergens wel logisch. Als ze met bewoners in het gebouw zou daten, zou dat uiteindelijk voor spanningen zorgen, en daardoor zouden sommige eigenaren eventueel beslissen te vertrekken. Maar aangezien het hier enkel om een langetermijnrelatie ging, vond ik dat ze een uitzondering moesten maken ... vooral omdat Cleo zo goed was in haar werk.

"Wanneer ga je verhuizen?"

"Ik weet het nog niet. Het is pas het begin van onze relatie en we houden het stil, dus er is momenteel geen haast bij. De andere bewoners hebben echt geen idee, en ik weet eigenlijk niet hoe ze er ooit achter zouden kunnen komen. Ik zie de andere bewoners nauwelijks. Ik denk dat de meeste appartementen worden gebruikt als tweede of derde woning."

"Ja, jullie zijn waarschijnlijk veilig. Blijft ze bij je overnachten?"

"Ja. Ze brengt andere kleren mee en laat haar spullen gewoon achter in mijn appartement. Ik neem die dan mee wanneer ik naar haar appartement ga."

"Zo in het geniep ... dat is sexy."

Ik had niet dat gevoel. Mijn baan stond niet op het spel. De hare wel. "Als er ooit iets zou gebeuren, zou ik het voor haar opnemen. Ik zou haar kunnen aannemen als mijn persoonlijke assistente en al haar juridische kosten van de rechtszaak betalen die eventueel tegen haar zou worden aangespannen. Maar ik weet dat ze van haar werk houdt ... en ik wil niet dat ze haar job verliest."

"Ja," zuchtte hij. "Dat is het enige wat je niet met geld kunt kopen. Maar het feit dat ze alles wil riskeren, laat ook zien wat ze voor jou voelt."

---

Ik was net klaar met koken en zat aan tafel toen ze me sms'te. *Ik kom naar boven.*

Ik liep weer de keuken in, pakte nog een bord en schepte daar de helft van het eten op dat ik had klaargemaakt.

Ze kwam even later binnen zonder kloppen, betrad mijn woning zoals ik het haar had gevraagd. Ze droeg haar laptop en een map met papieren, alsof ze hier was voor zaken in plaats van plezier. "Hoi." Ze was gekleed in een strakke, zwarte jurk met korte mouwen en liep best snel op haar hoge hakken, alsof dat helemaal niet moeilijk was.

Ik vond haar nog mooier als ze zwarte kleren droeg. "Hoi." Ik stond op en sloeg mijn armen om haar middel, legde mijn ene hand op haar onderrug en trok haar tegen me aan voor een kus. Ik sloeg mijn andere arm helemaal om haar schouder, liet die toen in haar haren glijden en kuste haar alsof het geen dag maar weken geleden was dat ik haar nog had gezien. Maar ik vond het heerlijk om haar zo te kussen, genoot van die volle lippen tegen de mijne.

Ze sloeg haar arm om mijn nek, verdiepte de kus en opende haar lippen ietwat terwijl ze in mijn mond ademde.

Ik wreef even met mijn neus tegen de hare en trok me toen terug.

Haar oogleden waren zwaar, alsof mijn aanraking genoeg was om alle gedachten te verjagen. "Ik vind het fijn dat je nooit een T-shirt draagt ... " Haar hand gleed over mijn bovenste buikspieren en ging daarna langzaam naar beneden, terwijl haar vingers op en neer dansten over de groeven.

"Nu zal ik er nooit meer een dragen." Ik draaide me om naar de tafel en schoof een stoel voor haar naar achter.

Ze glimlachte en ging toen zitten. "Dat ziet er lekker uit."

Het waren veganistische taco's, met asperges, champignons, limoenen en veel avocado.

"Je hoeft je eten niet met mij te delen, Deacon."

"Er is nog meer in de keuken voor als ik nog honger zou hebben."

Ze pakte er een beet en nam een hap. "Je bent een lieverd."

Wanneer ik bij haar in de buurt was, wilde ik haar leven altijd wat makkelijker maken en voor haar zorgen, net zoals zij voor mij zorgde. Ik was geen fan van haar dieet, toch niet te oordelen naar de verpakkingen die altijd en overal bij haar thuis rondslingerden. Ik had er nooit iets over gezegd, omdat ik dan op een afkeurende klootzak zou lijken, dus had ik gezwegen.

"Wat wilde je me laten zien?" Ik had mijn taco's snel opgegeten, aangezien ik de gewoonte had om mijn eten meestal naar binnen te schrokken van zodra het klaar was.

Ze pakte haar map en opende die. "Nou, ik heb nagedacht over hoe we Valerie hierheen kunnen lokken, en toen kreeg ik dit idee." Ze pakte een stapeltje papieren en plaatste het voor me. "Dit is een toelatingsformulier voor een prestigieuze school hier in Manhattan. Ze accepteren de komende drie jaar eigenlijk geen nieuwe studenten ... maar ik heb Derek binnen gekregen."

Ik tilde mijn hoofd op en keek haar aan. "Hoe heb je dat voor elkaar gekregen? Wie ken je daar?"

"Ik ken daar eigenlijk niemand. Maar ik heb hen verteld wie Dereks vader is ... "

Ik voelde mijn wangen een beetje warm worden.

"En toen maakten ze graag een uitzondering." Ze glimlachte naar me, alsof ze de lichte verlegenheid in mijn ogen kon zien. "Het is een van de drie beste scholen van het hele land, openbaar en particulier. Dit zou voor Valerie een extra stimulans kunnen zijn om hierheen te verhuizen, aangezien Derek hier de best mogelijke opleiding kan krijgen ... waar jij voor betaalt."

Ik vond het niet erg om daarvoor te betalen.

"De school ligt maar een paar straten verderop, dus zou je vlot bij hem kunnen langsgaan ... of ik kan hem daar oppikken." Ze liet de papieren naast me liggen. "Dit is alle informatie over de school, mocht je daar geïnteresseerd in zijn, maar ik weet dat dit een topschool is. Mijn andere klanten hebben me erover verteld ... zo ben ik op het idee gekomen. Honderd procent van hun studenten gaat naar een elite-universiteit ... dus elke student."

Ik staarde naar de papieren en keek toen op. "Het maakt me niet uit of Derek naar de universiteit gaat of niet. Ik wil dat hij iets doet wat hij wil. Sommige van de meest briljante geesten ter wereld hebben geen universitaire opleiding genoten. Maar ik wil wel graag dat hij nu de best mogelijke opleiding krijgt, want deze leeftijd is cruciaal voor zijn verdere ontwikkeling."

"Precies." Ze pakte nog een papier uit haar map. "Ik heb ook een heel mooi appartement voor haar gevonden, het ligt maar een paar straten verderop. Het beschikt over alle gedroomde faciliteiten — een eigen fitnessruimte, een chauffeursbedrijf dat in het gebouw is gevestigd, en veel rijke, voor haar in aanmerking komende vrijgezellen."

"Dat laatste zal voor haar zeker de grootste stimulans zijn."

Ze grinnikte. "Het is een goed beveiligd gebouw met vierentwintig op zeven bewaking, dus Derek zal daar veilig zijn. Er is ook een yogastudio pal aan de overkant van de straat."

Cleo wist vrij goed wat Valerie belangrijk vond. "Ik denk dat we op de zaken vooruitlopen."

"Ik wilde je alleen maar laten zien wat ik heb uitgewerkt. Ik denk dat ik haar morgen ga bellen en haar zal uitnodigen voor een bezoek ... tenzij je denkt dat het beter is als jij haar zelf belt."

Ik sloot even mijn ogen en zag daar heel erg tegenop.

Ze keek me aan, met haar lippen op elkaar geperst in een delicate frons.

"Ik zal het zelf doen." Ik had tegen haar geschreeuwd en moest het nu zelf goedmaken. Als Cleo haar zou bellen, zou het aanbod niet echt lijken. Ze zou er niet mee instemmen.

"Ik denk ook dat dat het beste is." Ze sloot haar map. "Ik moet je nog iets vertellen. Ik heb er eerder niets over gezegd omdat ik de problemen niet nog groter wilde maken ... "

Ik staarde naar haar.

"Toen ik Derek terugbracht, bedreigde ze me een beetje ... "

Ik fronste mijn wenkbrauwen.

"Ze zei dat ik van je weg moest blijven."

Ik was nog nooit zo snel zo boos geworden. Ik legde mijn hand op mijn voorhoofd en voelde hoe mijn neusgaten wijd open gingen staan doordat ik heel diep uitademde. "Jezus Christus ... " Ik sleepte langzaam met mijn hand over mijn gezicht en staarde naar het tafelblad.

"Ik heb haar verteld dat ik met Tucker aan het daten ben, ook al was het op dat moment al uit tussen ons."

Ik tilde mijn hoofd op en keek haar aan.

"En dat kalmeerde haar."

Ik haatte Valerie om veel redenen, maar nu haatte ik haar ook omdat ze mijn nieuwe relatie onder druk zette. Ze was tiranniek geweest in onze relatie, en sloeg me in mijn gezicht als ik haar niet haar zin gaf, en ze maakte ook altijd ruzie als ik te dicht bij een vrouwelijke collega stond. Ze was mooi — maar heel onzeker. Ze zou deze relatie kunnen vernietigen en Cleo's leven zo ellendig maken dat ze niet bij me zou willen blijven.

Daar was ik heel bang voor.

Ik draaide me weg, staarde weer naar het tafelblad en drukte mijn handen plat tegen elkaar tegen mijn voorhoofd terwijl ik met mijn ellebogen op de tafel leunde.

"Deacon?"

Ik zweeg lang, alsof ik even nodig had om stoom af te blazen. Ik liet mijn handen zakken en ging weer rechtop zitten.

"Wat is er?"

"Ik maak me gewoon zorgen ... "

Ze wachtte tot ik meer uitleg zou geven.

Ik staarde recht voor me uit. "Ik ben bang dat als Valerie hierheen verhuist ... ze ons uit elkaar zal halen."

Cleo keek me een tijdje aan en liet de stilte voortduren.

"Ik heb je al eens wat details uit mijn huwelijk verteld en bepaalde problemen aangehaald, maar geloof me, er is geen grens die ze niet zal overschrijden."

Ze bracht haar hand naar de mijne op de tafel en ze kneep er zachtjes in. "Er is niets wat ze zou kunnen doen om me bij jou weg te jagen."

Ik had aanvankelijk gedacht dat ik voor altijd vast zou zitten in een liefdeloos huwelijk, maar met het voorbijgaan van de jaren was de last op mijn schouders alsmaar zwaarder geworden ... en toen was het me te veel geworden. Cleo zou misschien ook een punt bereiken waarop ze vond dat het de ontberingen en intimidatie niet langer waard was.

"Deacon."

Ik weerstond haar blik en gaf toen toe. Ik keek haar terug aan.

"Niets," fluisterde ze. "Helemaal niets." Ze kneep weer in mijn hand.

Ik kneep terug in de hare, en voelde hoe mijn hart gewichtloos was nu ik haar eindelijk erin toe had gelaten. Ik had me zo lang verzet uit angst om weer door een hel te gaan, maar nu ze volledig deel uitmaakte van mijn leven voelde ik me vredig, alsof elke angst, elke twijfel verdwenen was. "Je bent het beste wat me ooit is overkomen ... en mijn zoon."

Haar ogen werden zachter en ze staarde me aan alsof ze daar nooit meer mee wilde stoppen. "Jij bent ook het beste wat mij ooit is overkomen." Ze bracht mijn handen naar haar lippen en kuste de knokkels. "Wat er ook gebeurt, we blijven samen." Ze herhaalde mijn eigen woorden. "Oké?"

Ik knikte. " Oké."

---

Ik zat aan mijn bureau in mijn kantoor en baande me een weg door de stapels papieren die voor me klaarlagen. Ik had alleen maar interesse in het onderzoekswerk op zich, niet in het runnen van het bedrijf, maar aangezien ik de eigenaar was, moest ik het afhandelen. Ik had even overwogen om iemand anders de dagelijkse leiding van het bedrijf in handen te geven, maar ik vertrouwde niemand anders het bedrijf toe dat ik had opgebouwd met mijn blote handen ... en met mijn brein.

Theresa's bericht verscheen op mijn scherm. *Cleo is hier.*

*Stuur haar naar binnen.* Ik was druk bezig, maar dat leek nu niet langer belangrijk. De vrouw die mijn leven verlichtte stond op het punt mijn kantoor binnen te stappen, en de stapels papierwerk konden wachten tot ze weer weg was.

Ze stapte naar binnen met een groot pakket en een herbruikbare tas in haar handen. "Hoi."

"Hoi." Ik stond op uit mijn stoel en liep om het bureau heen om haar te kussen. Ik gaf haar niet eens de kans om de spullen neer te leggen, maar trok haar meteen tegen me aan en drukte mijn mond tegen de hare.

Ze smolt door mijn kus en keek me aan van onder haar dikke wimpers. Een lichte glimlach speelde op de lippen die ik net had gekust. "Daar zal ik nooit genoeg van krijgen ... " Ze zette het pakket op het bureau, samen met de tas. "Hier zijn de papieren waar je om hebt gevraagd. En ik dacht dat ik je gelijk ook maar je lunch kon brengen."

Ik had gedacht dat het raar zou zijn als ze voor mij zou blijven werken, als ik haar als assistente mijn leven liet regelen, maar omdat het nou eenmaal de basis van onze relatie was, voelde het helemaal niet vreemd. Het was het uitgangspunt van onze vriendschap, de manier waarop ik haar had leren kennen en haar was gaan vertrouwen zonder zelf enig risico te lopen. Ik geloofde dat het de enige manier was geweest om weer iemand in mijn hart toe te laten, en als ik nooit in het gebouw was komen wonen en Cleo niet had ontmoet, zou ik voor altijd alleen zijn gebleven. "Dank je."

Ze pakte alles uit: bloemkool met rijst, gepaneerde tofu dumplings en een aantal schijfjes fruit en wat gebakken groenten. Ze kende

mijn dieet precies en wist dat ik graag afwisselde tussen veganistische gerechten, vis en af en toe gevogelte. "Graag gedaan." Ze
keerde zich weer naar me om en ging voor me staan met haar
handen samengevouwen ter hoogte van haar middel, in een
professionele houding, ook al kon niemand ons zien. "Kan ik nog
iets voor je doen?"

"Ja." Ze was gekleed in een strakke, grijze jurk met hoge hakken en
haar haren waren bij elkaar gebonden en vielen over een schouder.
Ik vond dat ze er altijd mooi uitzag, ongeacht wat ze droeg, maar
elke keer dat ik haar zag, zag ze er nog mooier uit.

Ze wachtte op een antwoord.

"Ik wil dat je je vooroverbuigt over mijn bureau, zodat ik je kan
neuken." Ik begon mijn jasje uit te doen, liet het omlaag glijden
over mijn armen en op de vloer vallen. Daarna ging ik met mijn
handen naar mijn riem en maakte die los, zodat ik bij de knoop en
rits kon komen.

Ze bleef even als verstijfd staan en haar ogen werden een beetje
groter, omdat ze niet kon geloven dat die instructie net uit mijn
mond was gefloept. Ze begon meteen sneller te ademen, met haar
lippen iets geopend zodat ze genoeg lucht in haar longen kon
krijgen.

Toen mijn broek los was, stapte ik naar haar toe, kuste haar hard,
rukte onmiddellijk haar jurk omhoog en greep haar billen stevig
vast. Ik kneedde het stevige vlees met mijn vingers, terwijl mijn
lippen de hare verslonden. Ik verlangde ernaar om haar te neuken,
alsof ik haar gisteravond niet al had gehad.

Ze kuste me terug en legde haar handen op mijn borst, boven op
mijn kleren. "En Theresa?"

"Theresa interesseert me totaal niet." Ik boog Cleo over de voorkant van mijn bureau heen, en haar pronte kont zag er prachtig uit
in het natuurlijke licht. Ik trok haar roze string over haar kont,
duwde mijn lul in haar en voelde hoe die direct werd overspoeld
met haar nattigheid.

Een kreun ontsnapte aan haar keel en ze probeerde die halverwege te onderdrukken, alsof ze eigenlijk vergeten was dat er iemand vlak aan de andere kant van de deur aan het werk was.

Ik legde mijn handen plat op het bureau terwijl ik over haar heen leunde en hard in haar stootte, terwijl ik mijn lul door haar nauwe ingang duwde en compleet verdwaalde in deze prachtige vrouw. Mijn buikspieren wreven tegen haar pronte kont, en ik kreunde terwijl ik haar neukte en voelde hoe mijn ballen bijna direct strak werden. Ik pakte haar haren steviger vast en draaide haar hoofd zodat ik tegen haar wang kon ademen. "Dit is mijn kantoor. Ik kan je verdomme neuken wanneer ik maar wil."

---

Ik leunde tegen het hoofdeinde van mijn bed, met mijn handen gespreid over haar buik en rug. Ze leek zo klein in mijn greep en het was heel gemakkelijk voor me om in haar smalle taille te knijpen totdat mijn vingertoppen elkaar aanraakten.

Ik keek toe terwijl ze langzaam op en neer ging, zichzelf optilde naar de top van mijn lul om vervolgens weer naar beneden te glijden. Een laag crème bedekte de basis van mijn lul, omdat ze mijn pik met elke beweging opnieuw helemaal insmeerde. Mijn hoofd was naar achteren gekanteld, zodat ik naar haar gezicht kon kijken en kon genieten van de manier waarop ze op haar onderlip beet telkens wanneer mijn lul de juiste plek raakte. Haar tepels waren zo scherp als de hoeken van een diamant en de glooiing van haar decolleté was verdomd sexy.

Ik ademde zwaar terwijl ik naar haar keek, niet van inspanning, maar van opgewondenheid. Ik was al een keer klaargekomen en mijn eigen sperma kleefde ondertussen aan mijn ballen omdat we waren blijven doorgaan, waardoor mijn lul in amper dertig seconden weer helemaal opnieuw stijf was geworden.

Ze greep mijn polsen vast en plaatste mijn handen op haar tieten, omdat ze dol was op de manier waarop ik haar borsten streelde en erin kneep, om vervolgens wat te spelen met haar tepels. Ze kreunde toen ze mijn vingers voelde en bleef in een gestaag temp op en neer schuiven over mijn lul.

Ik sloot even mijn ogen en verzette me tegen de aandrang om klaar te komen, tegen de strakheid in mijn ballen, het verlangen haar nog eens vol te spuiten met een lading. Mijn seksleven was voorheen erg gematigd geweest. Zelfs de periode van die vrouwen die mijn bed hadden warm gehouden en hun slipjes opzettelijk hadden achtergelaten in de hoop dat ik hen niet zou vergeten, was niets vergeleken met de vrouw boven op me, de vrouw die me compleet om haar vingers had gewikkeld.

Haar handen gleden omhoog naar mijn schouders en ze leunde iets naar voren en kromde haar rug terwijl ze met haar clitoris tegen mijn bekken schuurde. Ze kreunde in mijn gezicht terwijl ze klaarkwam, niet bang om me te laten zien hoe ze wild explodeerde. Haar tieten rustten in mijn handpalmen terwijl ze tegen me aan schuurde en haar sexy gekreun echode door mijn slaapkamer en wiste de herinnering aan iedereen die er ooit eerder was geweest meteen uit. Ze begon langzamer te bewegen en kwam op adem terwijl ze haar nagels uit mijn vlees trok.

Mijn schouders en rug waren altijd bedekt met kleine krasjes. Ik keek er soms naar in de spiegel, en ik was er dol op omdat ik altijd herbeleefde hoe ik ze had gekregen. Ik gleed met mijn handen over haar buik naar haar kont en ik pakte haar sexy billen stevig vast en trok ze uit elkaar met mijn vingertoppen.

Ze ging weer rechtop zitten, legde haar handen op de mijne en kromde haar rug nog meer, waardoor haar tieten naar voor staken. Ze begon te stuiteren, met natte haren die vastplakten in het zweet dat parelde op haar nek en schouders. Ze wist dat ik nu ook elk moment heel hard zou klaarkomen.

Ik beet op mijn onderlip toen ik mijn orgasme kreeg. Een diep gekreun borrelde op uit mijn keel en mijn pik explodeerde in haar natte kutje. Ik groefde dieper in haar vlees met mijn vingertoppen en leidde haar mee met de laatste stoten. De seks voelde als gloednieuw, omdat ik deze ervaring nog nooit eerder had gehad. Ik had met mijn ex-vrouw ook geen condoom gedragen toen ze eenmaal de pil begon te gebruiken, maar we hadden nooit zo de liefde bedreven, hadden nooit meerdere orgasmes gehad tijdens één vrijpartij. Met Valerie had het alleen om klaarkomen gedraaid. Dit ging over het langzaamaan doen zodat de seks een ware marathon werd en we elkaar op een hoger niveau konden vinden.

Het voelde zo verdomd goed.

Ze stopte met bewegen, maar onze lichamen waren nog steeds aan elkaar verankerd en haar genotssappen vermengden zich met de mijne. Ze ging met haar vingers door haar haren, schuurde lichtjes tegen me aan en kreunde terwijl ze mijn sperma naar haar ingang voelde druppelen.

Jezus, wat was ze sexy.

Ze duwde zichzelf langzaam omhoog, hees zich van mijn lul af waardoor het sperma meteen uit haar begon te druppelen.

Het kon me niets schelen dat ik vies werd.

Ze rolde van me af en ging naar de badkamer om zich te wassen.

Ik bleef in bed liggen, met mijn natte lul tegen mijn onderbuik en mijn hoofd gedraaid naar de ramen met uitzicht op de stad.

Toen ze terugkwam, gaf ze me een paar tissues om me schoon mee te vegen.

Ik veegde mezelf af en gooide de vieze tissues op het nachtkastje.

Ze kroop lekker tegen me aan, met haar arm om mijn middel en haar hoofd op mijn borst. Haar blik was ook uit het raam gericht. "Wat een uitzicht ... "

Mijn handen gleden langzaam omhoog naar haar hals en verdwaalden in haar haren.

Ze lag naast me en we lieten ons door de stilte omhullen.

Sinds we een paar weken geleden een stel waren geworden, had ik niet erg veel meer geslapen. Ik bleef elke avond tot laat wakker om met haar de liefde te bedrijven of haar hard te neuken. Maar op kantoor was ik productiever, waarschijnlijk omdat de seksuele bevrediging mijn zenuwen kalmeerde en aangename chemische stoffen door mijn lichaam loodste, waardoor mijn humeur en concentratie verbeterden.

Ze ging een paar minuten later rechtop zitten en haalde haar vingers door haar haren om wat lokken uit haar gezicht te vegen.

Ik draaide me en keek naar haar, omdat ik wist dat ze iets wilde zeggen, ook al viel het me moeilijk om me te concentreren op haar mond omdat haar tieten er zo ongelooflijk mooi uitzagen.

"Ik wil hier eigenlijk niet over praten, maar ... "

Ik wachtte.

"Je hebt haar niet gebeld ... en ik weet dat het niet is omdat je het vergeten bent."

Alsof ik dat ooit zou vergeten.

Ze keek naar me.

"Ik doe het morgen," fluisterde ik.

Ze maakte geen ruzie met me. "Goed." Ze kroop weer tegen me aan, met haar hand om mijn middel en gesloten ogen.

Ik staarde naar haar terwijl ze tegen me aan lag in plaats van naar de stad vlak buiten het raam.

---

Ik zat op de bank in mijn kantoor, waar Derek aan zijn model-bouw had gewerkt. Hij was er nog niet klaar mee en de onderdelen lagen er nog steeds. Ik had hem gezegd dat we er verder aan zouden werken wanneer hij terug op bezoek kwam. We hadden elkaar al een tijdje niet gesproken en ik vermoedde dat Valerie daar voor iets tussen zat.

De gedachte aan hem hielp me om de eerste stap te zetten. Ik vergat soms waarom ik dit deed, maar als ik me het gezicht van mijn zoon voorstelde, herinnerde ik me meteen dat hij voor mij het belangrijkste ter wereld was. Ik wilde Valerie niet in Cleo's buurt hebben, maar ik kon niet leven zonder mijn zoon ... ongeacht hoe gelukkig Cleo me maakte.

Ik belde Valerie.

De telefoon ging lang over, alsof ze van plan was de oproep te laten overschakelen naar voicemail.

Maar toen beantwoordde ze de oproep en gedroeg ze zich meteen agressief. "Als je belt om Derek te krijgen — "

"Ik wil het alleen maar over ons hebben." Ik wist dat ze boos zou zijn, maar ik had niet verwacht dat ze zo woest zou zijn. Ze was meteen begonnen over de persoon die ik liefhad, en ze gijzelde hem alsof hij verdomme een drukkingsmiddel was in plaats van een persoon.

Ze zweeg meteen, alsof ik het enige voor haar boeiende gespreksonderwerp had aangehaald.

"Kijk ... het spijt me dat ik tegen je uit ben gevallen." Ik meende helemaal niets van wat ik zei. Soms wenste ik dat ik me zou kunnen gedragen als andere mannen, die gewoon hun kind vergaten en verdergingen met hun leven. Maar ik hield echt van mijn zoon ... zo verdomd veel. Ik wilde een vader voor hem zijn, voor hem zorgen, tijd met hem doorbrengen ... zien hoe hij opgroeide tot een man. "Ik dacht dat we een nieuw soort van relatie aan het opbouwen waren, en toen verraste je me."

"Een nieuw soort relatie opbouwen?"

"Als vrienden. Als partners. Valerie, ik wil dat we met elkaar door een deur kunnen." Ik zou haar nooit als een vriend beschouwen. Ze was alleen maar de vrouw die mijn zoon had gebaard.

"Vragen vrienden geen dingen aan elkaar?"

"Jawel." Maar ze ondervroegen elkaar niet over hun seksleven. Haar vragen kwamen niet voort uit louter nieuwsgierigheid. Ze was iets van plan. Dat was heel duidelijk, en niet alleen omdat ze mijn meisje had bedreigd.

Ik wenste dat Cleo haar een klap in haar gezicht had gegeven.

"Jawel," antwoordde ik uiteindelijk. "Maar ik denk dat het beter is als we ons privéleven erbuiten houden. Ik weet zeker dat jij verder bent gegaan, maar ik wil daar ook niets over horen."

"Vraag er dan niet naar," zei ze gewoon. "Maar Cleo maakt een grote indruk op onze zoon, en ik verdien het om te weten op welke manier ze deel uitmaakt van zijn leven."

Het kon haar niets schelen. Als ze het echt zo belangrijk zou vinden om een goede moeder te zijn, zou ze veel dingen anders aanpakken. Ik vroeg me soms af of ze echt van hem hield of hem alleen maar als pion gebruikte. Ik probeerde die gedachte uit mijn hoofd te bannen, omdat ik er anders aan onderdoor zou gaan. Ik wilde dat ze net zo veel van onze zoon hield als ik ... omdat Derek dat verdiende. "Ik heb je al verteld dat Cleo mijn persoonlijke assistent is. Zij regelt alles in mijn leven. Zij heeft me geholpen met de aankoop en inrichting van mijn vakantiewoning, en ze regelt tussendoor een miljoen andere dingen voor me. Ze helpt me ook met Derek, door de dingen die hij nodig heeft te bezorgen terwijl ik aan het werk ben. Ze gaat geweldig goed met hem om." Het maakte me misselijk dat ik haar zo moest beschrijven, alsof ze alleen maar een bediende was ... en niet mijn familie. Als we met zijn drieën samen waren, voelde het goed, alsof we altijd al met zijn drieën waren geweest. Ik wilde eerlijk zijn en kunnen zeggen dat Cleo het beste was wat me ooit was overkomen, dat ze langzaam de verborgen littekens die niemand kon zien aan het uitwissen was.

"En je slaapt niet met haar?"

Ik balde mijn hand tot een vuist. "Ik begrijp die vraag niet, Valerie. Je zei dat je het verdient om te weten wie tijd doorbrengt met je zoon. Cleo brengt veel tijd door met je zoon. Of ze me neukt of niet, verandert niets aan hun interactie."

"Waarom beantwoord je de vraag niet?"

Ik haatte het om te liegen. Het was heel onnatuurlijk om te doen. Ik moest mijn hersenen echt dwingen om de drang naar waarheid te omzeilen, omdat liegen volledig in strijd was met mijn natuur, mijn persoonlijkheid, het doel van mijn bestaan. En het was nog moeilijker omdat ik mijn verbintenis met Cleo niet wilde verbergen, omdat het als ontrouw aanvoelde. "Nee."

Valerie zweeg, omdat ze wist dat ik nooit loog, maar ze was waarschijnlijk wel nog steeds achterdochtig.

"Maar ze betekent veel voor me." Ik kon niet doen alsof ze niets voor me betekende. Dat kon ik gewoon niet. "Ze vliegt met Derek heen en weer, organiseert al onze activiteiten, bezorgt alle spullen voor onze vistrips ... zij maakt die herinneringen mogelijk."

Ze bleef zwijgen.

"Ze is mijn vriend ... een goede vriend." Als Valerie op bezoek zou komen, zou ik onze band en de manier waarop we met elkaar omgingen niet kunnen verbergen. Ik moest er nu een verklaring voor geven. Anders zou het meteen duidelijk zijn dat ik had gelogen. Ze wist hoe ik was met mensen ... alsof ik iedereen haatte. Een aanhankelijke en hechte relatie met Cleo zou voor haar een rode vlag zijn. "Ik ben het beu om over haar te praten. Ik belde eigenlijk omdat ik jullie wilde uitnodigen om een paar dagen naar Manhattan te komen. Ik dacht dat we samen wat tijd zouden kunnen doorbrengen met Derek, als een gezin, want hij moet binnenkort naar school ... "

In plaats van het voorstel meteen af te wijzen, hoorde ik haar over de telefoon smelten. "Dat is lief ... "

Ik had haar echt zover gekregen om te stoppen met aan Cleo te denken en verder te gaan. "Ik zal voor alles betalen." Natuurlijk. Ik moest altijd alles betalen. "We kunnen naar de dierentuin gaan, samen dineren en een paar leuke dingen samen doen."

"Kunnen we naar je vakantiewoning gaan?"

Ik zou haar daar nooit mee naartoe nemen. Nooit van mijn leven. "Misschien." Die plek was mijn veilige haven, de plek waar ik tijd doorbracht met mijn zoon en de vrouw die mijn ziel had gereinigd en weer vitaal had gemaakt. "Is dat een ja?"

"Ik heb een boontje voor de stad ... "

Natuurlijk dacht ze alleen maar aan zichzelf ... en niet aan onze zoon.

"Ja, het klinkt leuk. Wat een geweldig idee."

Toen we nog samen waren, hadden we nauwelijks dingen gedaan als een gezin, want ik bleef liever bij haar uit de buurt ... zelfs als dat betekende dat ik ook geen tijd met Derek doorbracht. "Een weekend zou ideaal zijn, aangezien ik doordeweeks werk."

"Wat dacht je van dit weekend?", vroeg ze. "Of is dat te vroeg?"

Ik wilde haar lelijke gezicht niet zien. Iedereen vond haar een schoonheidskoningin, maar ik keek voorbij die mooie haardos, zware make-up en het afgetrainde lichaam. Ik zag de duivel eronder, het kwaad in haar ziel. Ze was de lelijkste persoon die ik ooit in mijn leven had gekend. "Nee. Dat is niet te vroeg."

# 20

# CLEO

Jake bleef me sms'en. *Ben je me weer aan het afwimpelen?*

Hij had me al een paar keer ge-sms't, en ik had gehoopt dat hem negeren de beste manier was om hem af te schudden. Maar blijkwaar werkte dat niet. *Jake, hou op.*

*Je komt eerst naar me toe en daarna dump je me?*

*Dat was eenmalig. Laat het los.*

*Je kent me, schatje. Ik ben slecht in loslaten.*

Bah, waarom was ik ook naar hem toe gegaan? *Ik heb een relatie.*

*Dus hij dumpt je eerst en daarna ren je weer terug in zijn armen?*

Ik had hem de details niet verteld. Ik had hem niet eens verteld dat het hier om Deacon ging. *Het spijt me dat ik je aan het lijntje heb gehouden, maar dat was eenmalig. Ik was gewoon gedeprimeerd. En we hebben niet eens met elkaar geslapen, dus vergeet het gewoon.*

*Ik zou me misschien een stuk beter voelen als we wel met elkaar naar bed waren geweest.*

Ik rolde met mijn ogen. *Jake, hou op met me te sms'en.*

*Ga met me naar bed, en dan zal ik dat niet meer doen.*

*Neuk jezelf.*

*Ik heb liever dat jij me neukt.* Ik rolde zo hard met mijn ogen dat ze bijna vast kwamen te zitten in mijn achterhoofd. Ik legde mijn telefoon opzij en weigerde om het sms-gesprek voort te zetten.

---

Ik nam tegenover Tucker plaats aan tafel. "Bedankt dat je me hebt willen ontmoeten."

Hij was gekleed in een spijkerbroek en een T-shirt; zijn armen waren nog steeds gespierd en zijn ogen nog steeds speels. "Voor jou doe ik alles."

Ik verstijfde bij het horen van die lieve woorden.

"Omdat je Deacons meisje bent," voegde hij eraan toe, toen hij mijn reactie opmerkte. "Ik zou alles doen voor mijn broer, dus automatisch ook voor jou ... ook al voelt het nog wat raar."

"Nou, dat waardeer ik." Toen Tucker was langsgekomen in mijn appartement, was dat geweest om over Deacon te praten, dus hadden we de kans niet gekregen om ons ongemakkelijk te voelen bij elkaar. Maar toen we met zijn allen samen hadden geluncht, had het wel raar gevoeld ... omdat wij vaak met ons tweetjes hadden geluncht. Nu zaten we in het koffiehuis waar we eerder een zaterdagmiddag hadden doorgebracht om elkaar wat beter te leren kennen ... wat het nog ongemakkelijker maakte. Ik had voor deze plek gekozen omdat het dicht bij mijn appartement gelegen was.

Hij had al een koffie voor zich staan — zwart. "Deacon is echt gelukkig."

"Ja?" Mijn ogen werden zachter en ik vroeg me af wat hij over me had gezegd in mijn afwezigheid.

"Ja, hij is gek op je."

Mijn hart kreeg vleugels en maakte een paar salto's. "Wat heeft hij gezegd?"

"Dat kan ik je niet vertellen," zei hij. "Maar ik kan je wel vertellen dat alles wat hij zei verdomd romantisch was."

Mijn leven voelde als een sprookje. Deacon was de sleutel tot mijn geluk, de man naar wie ik al maanden had verlangd voordat ik de moed had verzameld om hem te vertellen wat ik voor hem voelde. En nu we samen waren ... kon ik niet geloven dat we zo lang alleen maar vrienden waren geweest. De intensiteit van onze fysieke relatie vertelde me dat we voor elkaar bestemd waren, dat we betere minnaars dan vrienden waren — maar we waren geweldig in beide. "Het spijt me echt van alles — "

"Je hoeft geen spijt te hebben," zei hij snel. "Ik ben echt blij voor jullie beiden."

"Dank je."

"En, wilde je het daarover met me hebben?"

"Nee ... maar het heeft er wel mee te maken." Ik liet me nooit door iemand intimideren en verloor zelden mijn zelfvertrouwen, maar ik keek op tegen Valeries bezoek. "Ik weet niet zeker of Deacon het je verteld heeft, maar Valerie komt heel binnenkort samen met Derek naar Manhattan op bezoek."

"Ja. Wanneer dan?"

"Vrijdag."

Hij trok een grimas. "Dat wordt een klote weekend."

Vertel mij wat. "Ik ben niet haar grootste fan, en ze heeft me ermee afgedreigd dat ik bij Deacon uit de buurt moet blijven — "

"Waarom heb je haar niet op haar gezicht geslagen?"

"Daarom — "

"Deacon zou er niets om gegeven hebben."

Ik wist dat ook. "Geweld is nooit het antwoord. En wat voor voorbeeld zou dat zijn geweest voor Derek?"

"Stond hij erbij?"

"Nee. Maar — "

"Je zou hem hebben geleerd om voor zichzelf op te komen — "

"Laten we terugkeren naar het gespreksonderwerp." Tucker was het tegenovergestelde van zijn broer — en praatte te veel. "Ik heb haar verteld dat jij en ik aan het daten zijn ... ook al zijn we uit elkaar. Gewoon zodat ze me met rust zou laten."

"Goed." Hij kneep zijn ogen halfdicht.

"Als je er geen probleem mee hebt ... wilde ik voorstellen dat we gewoon even blijven doen alsof we een koppel zijn."

Hij fronste een wenkbrauw. "En Deacon heeft daar geen probleem mee?"

"Nou ... ik heb het hem nog niet verteld. Ik moet eerst weten of jij het goed vindt."

"Ik doe graag al het mogelijke om dit voor jullie beiden gemakkelijker te maken. Maar ik beloof je dat Deacon daar niet mee akkoord zal gaan."

"Dat doet hij wel als ik hem ompraat."

Hij schudde zijn hoofd. "Dit is ondertussen een serieus grote leugen aan het worden ... "

"Ik weet het," zuchtte ik. "Ik haat het. Maar ik moet er eerst in slagen om Derek hierheen te krijgen. Hij moet in deze stad komen wonen, zodat hij veel meer deel kan uitmaken van Deacons leven. Dat is voor mij het belangrijkste. Ze kan me bedreigen zoveel ze wil, ze mag gerust proberen om Deacon te versieren, dat kan me allemaal echt niets schelen. Maar ik wil dat die jongen naar Manhattan komt."

Hij staarde me een tijdje aan en ondersteunde zijn kin op zijn samengebalde vuisten. "Deacon heeft me een aantal van de verschrikkelijke dingen verteld die ze hem heeft aangedaan. Ik haat die trut echt. Ik wenste dat we Derek hierheen konden krijgen zonder haar."

"Ik ook."

Hij schudde zijn hoofd. "Ze zijn ondertussen meer dan zes maanden gescheiden. Ze moet verdergaan."

"Eerlijk gezegd komt ze net langs omdat ze nog niet is verdergegaan." Als ze een nieuwe man in haar leven zou hebben, zou er voor haar een reden zijn om hier een nieuwe start te maken.

"Ik vind het ook niet leuk dat ze de voogdij over Derek heeft. Volgens Deacon is ze emotioneel onstabiel."

Ik wist niet zeker of ik dit wilde horen.

"Hij vertelde me dat hij een litteken heeft op de zijkant van zijn schedel, omdat ze een bord naar zijn hoofd heeft gegooid ... omdat hij niet met haar praatte. Ze gooide zelfs zijn Nobelprijs over het hek op straat— "

Ik hield mijn hand omhoog. "Het spijt me, ik kan dit niet aanhoren." Ik wendde mijn blik af uit schrik dat ik in tranen zou uitbarsten.

Tucker zweeg. "Het spijt me."

Hij had niet alleen een giftige relatie gehad ... maar ook een gewelddadige. De maatschappij dacht altijd dat emotionele en fysieke mishandeling eenrichtingsverkeer was waarbij een man een vrouw sloeg, maar andersom gebeurde het ook. Ik wist dat Deacon nooit een vinger naar haar zou uitsteken, ongeacht hoe boos hij was, wat betekende dat zij volledig misbruik had gemaakt van zijn hoffelijkheid. Hij had gezegd dat hij een drankprobleem had gekregen na de dood van zijn vader, maar ik vermoedde dat Valerie daar ook een factor in had gespeeld. In plaats van voor hem de steun te zijn die hij nodig had om door een moeilijke tijd heen te komen, had zij hem nog verder de dieperik in geduwd. "Ik probeer objectief te blijven bij de hele zaak, maar soms is het moeilijk. Ik wist al vanaf het begin dat ze meer dan alleen moeilijk was ... maar ook controlerend, manipulatief en egoïstisch. En toen ze me op die manier bedreigde, meteen nadat ik haar zoon had afgezet, realiseerde ik me dat ze een miljoen keer slechter was geweest voor Deacon. Ik pinkte zelfs een traantje weg toen ik weer in de auto zat. Deacon en Derek verdienen allebei beter. Derek heeft het nodig om zijn vader met regelmaat in zijn leven te hebben, om een sterk rolmodel te hebben, iemand die hem kan laten zien hoe hij een goed persoon kan zijn zodat hij niet enkel door haar beïnvloed wordt. Ik wilde aanvankelijk Derek hierheen krijgen voor Deacon, maar ik hou zoveel van die kleine man ... ik wil dat hij gelukkig is."

Tucker leunde voorover met zijn ellebogen op de tafel en zijn blik iets naar beneden gericht. "Ik ben zo dankbaar dat mijn broer jou gevonden heeft. Hij heeft iemand die onbaatzuchtig van hem houdt, die meer om hem geeft dan om zichzelf, die niets om zijn geld geeft ... alleen om zijn hart."

Het was zo lief om te zeggen, dat ik er sprakeloos van werd.

"Ik zal ervoor zorgen dat hij je nooit meer laat gaan - niet dat ik denk dat hij dat ooit zal doen."

---

Ik had aan het aanrecht net een glas wijn voor mezelf inge-schonken toen er op de deur werd geklopt.

Ik vermoedde dat het Deacon was omdat ik geen pizza of Chinees eten had besteld. Ik zette de fles neer en keek door het kijkgaatje voordat ik de deur opende. "Hoi." Hij leek net een gigantisch cadeau dat je onder de kerstboom kon aantreffen en mijn ogen lichtten net zo op als op kerstochtend.

Hij kwam mijn appartement binnen en stak zijn handen in mijn haar terwijl hij me kuste. Hij kantelde mijn kin wat omhoog en verdiepte de kus, masseerde mijn lippen met de zijne en ontnam me de adem zodat ik naar lucht moest snakken. Hij begroette me zonder verder iets te zeggen en liet zijn genegenheid voor zich spreken.

Hij trok zich terug en deed de deur achter zich dicht.

Het kostte me een paar seconden om te herstellen, om te geloven dat hij me bij elke ontmoeting elke keer echt zo kuste. Het was een droom die uitkwam, een ware fantasie dat zo'n man me net zo wilde als ik hem.

Hij sloeg zijn armen om mijn middel en hield me vast in de gang, met zijn armen strak rond mijn lichaam. Hij drukte zijn voorhoofd tegen het mijne en bleef me vasthouden. Geen van ons beiden had het over Valeries naderende komst gehad, alsof we geen seconde van onze tijd wilden besteden aan haar.

Hij gaf me nog een kus en trok zich toen terug. "Ik wil je mee uit eten nemen."

We hadden nog nooit een date buitenshuis gehad. We brachten onze tijd altijd door in een van onze appartementen, voornamelijk in bed. Ik kende enorm veel mensen en dacht dat het beter was als we niet samen in het openbaar gezien werden, omdat het dan overduidelijk zou zijn dat we met elkaar naar bed gingen. "Deacon, dat kunnen we niet maken."

Hij staarde me vertwijfeld aan bij het horen van mijn opmerking.

"Als iemand ons samen ziet, zullen ze het weten."

Zijn gezichtsuitdrukking veranderde bijna niet, maar een subtiele ergernis was duidelijk zichtbaar. Hij bleef zich nog een paar seconden ergeren, maar maakte geen ruzie met me. "Dan moeten we wat meer tijd doorbrengen in de chalet."

Dat was mijn favoriete plek. "Dat zou ik geweldig vinden."

"Ik ga wel naar de winkel en doe wat inkopen om te koken."

"Dat hoef je niet te doen. Laten we gewoon iets bestellen."

"Je weet dat ik kieskeurig ben."

"Er is een veganistisch restaurant om de hoek. Ik denk dat je het eten daar lekker zult vinden." Nu hij vaker langskwam, leek het me beter om wat betere voeding te kopen. Ik wilde niet dat hij honger zou lijden of ontevreden zou zijn over wat ik in huis had. Hij stierf nog liever dan een van mijn ingevroren burrito's te eten. In zijn vriezer lag alleen vacuümverpakt vlees.

"Ik zal het uitproberen." Hij liep naar de bank.

Ik haalde mijn telefoon tevoorschijn en bekeek het menu. "Ze hebben een bloemkoolpizza. Wil je er een delen?"

"Zeker."

Ik bestelde de pizza via mijn telefoon en legde die toen aan de kant.

Hij keek naar de lege salontafel. "Ik moet wat vaker bloemen voor je kopen."

De scherven van de kapot gegooide vaas die hij me had gegeven lagen nog onder de koelkast. Ik moest die eigenlijk verplaatsen om te kunnen opruimen. "Je hoeft me niets te geven, maar ik vond dat vorige boeket wel heel mooi."

"Je hebt ze heel lang gehouden." Hij legde zijn arm over de rugleuning van de banken leunde naar me toe.

"Omdat jij ze me had gegeven ... "

Hij bracht zijn lippen naar mijn oorschelp en gaf me een zachte kus.

Ik sloot mijn ogen bij de aanraking. Toen ik ze weer opende, was hij omlaag aan het kijken en staarde hij me aan. "Wat is er?"

"Je bent mooi."

Nog nooit eerder had een man dat tegen me gezegd en er zo oprecht uitgezien.

"Ik zal je missen."

"Het is maar voor een paar dagen," fluisterde ik. We zouden niet meer met elkaar kunnen slapen en overnachten in elkaars appartement. Het zou sowieso ongepast zijn als het alleen Derek was die op bezoek kwam.

"Elke dag zonder jou duurt een eeuwigheid. Dus je vraagt me om vier eeuwigheden op je te wachten."

"Dat is vrij lang ... "

"Te lang." Hij bracht zijn lippen naar mijn slaap en drukte er een kus op. Door zijn liefdevolle omhelzingen begon mijn bloed te stomen van de hitte.

Ik staarde een tijdje naar zijn lippen en zag zijn gladde kaaklijn en de net geschoren huid. "Aangezien ze morgen komt, dachten Tucker en ik dat het een goed idee zou zijn om te doen alsof we nog steeds een koppel zijn ... gewoon zodat ze zich niet te veel op mij zou focussen."

Zijn genegenheid verdween, zijn ogen werden donker en hij fronste zijn wenkbrauwen.

"Het is niet voor altijd."

"Daar doe ik niet aan mee."

"Deacon — "

"Nee. Jij bent van mij — niet van hem."

Het was de eerste keer dat ik opmerkte hoe bezitterig en jaloers hij kon zijn. "Doe het voor Derek."

"Ik heb al tegen haar gelogen en haar gezegd dat wij geen stel zijn — "

"En hierdoor zal ze dat blijven geloven. Kom op, we hebben die energie tussen ons — ze zal het zien. Als Tucker en ik doen alsof we nog steeds samen zijn, zal haar achterdocht verdwijnen .... en jij zal dan veel tijd met Derek kunnen doorbrengen."

Hij keek weg, alsof hij zo boos was dat hij me niet kon aankijken.

"We hoeven elkaar niet eens aan te raken. We zullen gewoon naast elkaar zitten wanneer we met de familie dingen doen."

"Tucker zou me zoiets nooit aandoen."

"Nou, ik heb hem al omgepraat."

Hij zuchtte.

"Deacon."

Hij wilde me niet aankijken.

Ik pinde hem vast bij zijn kin en dwong hem om zich weer naar me toe te draaien en me aan te kijken.

Hij liet toe dat ik zijn hoofd bewoog, maar zijn ogen waren nog steeds donker, als zwarte kogels.

"We doen dit voor Derek. Hou dat in gedachten."

Zijn neusgaten gingen wijd open staan toen de adem uit zijn longen stroomde.

"We zorgen dat hij hierheen verhuist en dan is het voorbij. We kunnen haar dan gewoon vertellen dat we een stel zijn, want ze zal ze er dan mee moeten omgaan."

Hij bleef boos.

Ik wreef met mijn vingers over zijn zachte kin en raakte de huid rond zijn lippen aan. "Ik ben niet met hem naar bed geweest omdat ik bij jou wilde zijn. Hoe kun je nou jaloers zijn?"

"Denk je dat ik jaloers ben?", fluisterde hij, alsof de suggestie absurd was. "Ik ben niet jaloers, Cleo. Ik ben gewoon een eerlijke vent, en ik voel me een lafaard omdat ik een vrouw mijn leven laat dicteren terwijl ze niet eens meer mijn echtgenote is. Ik ben een man. Ik sta achter mijn principes. Ik zou jouw hand moeten vast-houden, haar recht aankijken en haar zeggen dat ze moet oprotten."

"Ik weet het, Deacon. Ik ben het met je eens, maar dan zal ze Derek van je afnemen. Het is niet fijn, maar we moeten dit slim spelen.

We moeten er de tijd voor nemen en niets overhaasten. We moeten op een punt komen waar jullie gewoon respectvolle samenwerkende ouders kunnen zijn."

Hij wendde zich weer van me af en zuchtte diep.

Ik vond het verschrikkelijk om hem zo te zien, om te moeten toekijken hoe hij iemands onzichtbare riem om zijn nek had. Hij verdiende zoveel beter. "Het komt goed, Deacon. Dat beloof ik."

Hij draaide zijn hoofd weer terug naar me toe.

"We moeten gewoon geduld hebben, en dan komt alles wel op zijn pootjes terecht."

.

# 21

# DEACON

D<small>E CHAUFFEUR HAALDE HEN OP EN BRACHT HEN NAAR HET HOTEL OP</small> <small>EEN PAAR STRATEN VAN MIJN APPARTEMENT</small>. Ik wandelde er te voet naartoe en slenterde vervolgens de lobby in.

Normaal gesproken zou ik me laten brengen door mijn chauffeur, maar ik moest de zenuwen van me aflopen.

Van zodra ik de lobby in liep, viel mijn oog op de chique bar aan de linkerkant, de balie van de conciërge achteraan en het resterende gedeelte van de lobby aan de rechterkant, met een grote tafel met daarop bloemen in het midden en met moderne lampen aan het plafond.

"Waarmee kan ik u van dienst zijn, meneer?"

Ik draaide me naar rechts en zag Tucker staan, gekleed in een nette broek en een overhemd, met zijn naamkaartje op zijn jasje gespeld.

Hij glimlachte en klopte me op de rug. "Je ziet er echt niet uit, man."

"Dat zou bij jou niet anders zijn als je op het punt stond om de duivel te ontmoeten."

Hij grinnikte. "Dus Derek is half slecht half goed?"

"Nee ... hij is helemaal goed."

"Ik heb haar gezien toen ze incheckte."

"En?"

"Ze is nog steeds dezelfde trut van vroeger," zei hij lachend. "Ze behandelde het personeel slecht en zei dat ze een upgrade moest krijgen omdat ze een rijke klant was. Maar hoor je nu juist niet te betalen voor die upgrade als je zo rijk bent?" Hij fronste een wenkbrauw. "Maar ze is nog altijd even sexy. Ze oogt zelfs fitter dan vroeger."

Dat kon me niets schelen. "Neuk haar maar als je wilt. Maar je verdient beter."

"Nee. Ik neem geen afdankertjes."

Ik fronste een wenkbrauw.

"Ik slaap niet met vrouwen waar mijn broer mee naar bed is gegaan."

"Dat heb je nochtans al vaak gedaan."

"Ja, maar met willekeurige meiden, niet met vrouwen die we ook echt kennen." Hij draaide zich om naar de liften. "Nou, ze komt eraan. Ik wil niet dat ze weet dat ik hier werk, dus ga ik er snel vandoor." Hij klopte me weer op de rug. "Focus je gewoon op Derek." Hij liep naar de andere kant van de lobby en sprak een van zijn collega's aan.

Ik keek voor me uit en zag hen allebei de trap af komen. Het was de eerste keer dat ik Valerie zag sinds de avond dat ik in het donker naar mijn trofee had gezocht om vervolgens mijn spullen in te pakken en te vertrekken. Ze droeg een korte broek die zo kort was dat haar kont er waarschijnlijk uithing. Ze droeg open sandalen en een roze topje dat strak om haar zandloperfiguur zat. Haar lange bos bruin haar was even weelderig als altijd en viel in krullen over haar borst. De meeste mannen in het hotel staarden naar haar.

In mijn ogen was ze spuuglelijk.

Toen verschoof mijn blik naar Derek ... het licht in mijn leven.

Hij liep weg van haar zijde en sprintte naar me toe. "Papa!" Hij koerste de lobby over, gekleed in een korte broek en Giants T-shirt, en kwam recht op me af.

Ik knielde neer en glimlachte, met mijn armen uitgestrekt om mijn zoon op te vangen.

Hij sprong in mijn armen en sloeg zijn armen om mijn nek.

Ik grinnikte terwijl ik hem opving en hield hem stevig vast in mijn armen, met mijn kin op zijn schouder. Toen ik zijn hart naast het mijne kloppen, ervoer ik weer dezelfde vreugde die hij me altijd gaf. Ik was nooit echt compleet wanneer hij zich aan de andere kant van het land bevond. Het was weliswaar hectisch wanneer hij bij me was, en het was best tijdrovend om voor hem te zorgen, maar van zodra hij weer weg was, was ik daar kapot van. Ik zou liever de hele tijd moeite doen om een vader voor hem te zijn dan zonder hem te moeten leven. "Hoe gaat het met mijn kleine man?"

"Goed." Hij trok zich los en keek me aan. "Waarom kan ik niet bij jou logeren?"

Als ik Derek mee naar huis zou nemen, zou ik Valerie ook een kamer moeten aanbieden. En dat vertikte ik. "Je moeder wil je bij zich houden. En je zult me sowieso constant zien."

"Oké. Wat gaan we eerst doen? Gaan we naar de chalet?"

Ik kon Valerie niet naar mijn heilige plek brengen. Ze zou die bezoedelen met haar slechtheid. "We gaan niet naar de chalet. Maar ik heb heel veel leuke dingen op de planning staan."

"Zoals wat?" Hij sprong op en neer van opwinding.

"Dat zal je wel zien."

Hij stak zijn tong uit. "Kom op, papa."

Valerie was nu bijna bij ons en ik zag haar lange, gebruinde benen achter Derek opdoemen. "Hoi, Deacon."

Het kostte me wat moeite om te kunnen reageren, om het comfort van de omhelzing met mijn zoon te verlaten en in mijn volle lengte te gaan staan om mijn ex-vrouw in de ogen te kunnen kijken en haar te begroeten met iets anders dan vijandigheid. Ze was best groot voor een vrouw en mat een meter vijfenzeventig, maar ik was tien centimeter langer, dus keek ik ietsje op haar neer. Als Cleo geen hoge hakken droeg, was het een uitdaging om haar te kussen, maar ik hield net van haar kleine postuur. Ik hield van alles aan haar — vooral van haar ziel. Ik keek in Valeries groene ogen en merkte haar zware make-up op waardoor haar lippen heel vol leken. Toen ik haar voor het eerst zag, vond ik haar een mooie vrouw, echt een stuk. Maar nu keek ik alleen met afkeer naar haar.

Ik kon niet geloven dat ik haar vijf jaar lang had geneukt.

Ik kon het niet opbrengen om haar te omhelzen omdat ik ervan walgde, maar een handdruk zou ongepast zijn. Oogcontact was alles wat ik haar kon bieden. Ik schraapte mijn keel. "Hoi, Valerie. Hoe was je vlucht?"

Ze leek teleurgesteld dat ik haar niet met wat meer warmte begroette.

Maar ik kon het niet. Ik wilde haar nooit meer aanraken. Ik legde mijn hand op Dereks schouder en trok hem tegen mijn zij aan.

Ze staarde me een tijdje aan en ging langzaam met haar vingers door haar haren. "Die was goed. Er was wel wat turbulentie."

De stilte bleef tussen ons in hangen.

Ik bleef naar haar kijken en had geen idee wat ik moest zeggen. Ik wenste dat ze terug naar de kamer zou gaan zodat ik samen met Derek wat kon ondernemen. Ik keek naar de zijkant van de lobby en zag Tucker staan. Hij kromp ineen en vormde met zijn mond het woord: "Jakkes."

Derek keek om zich heen. "Gaat Cleo ook mee?"

Ik wenste dat Derek dat niet had gevraagd, want Valerie zag er meteen boos uit bij het horen van die vraag.

Ik klopte hem op de schouder. "Nee. Alleen wij, met zijn drieën.

"Oh ... " Hij zag er erg teleurgesteld uit, ook al was hij hier net. "Zien we haar morgen?"

"Dat weet ik niet zeker." Ik leidde hem naar de toegangsdeuren. "We zien wel."

---

We gingen met zijn drieën uit eten.

We zaten aan een tafel, met Derek naast me, terwijl Valerie de stoel recht tegenover mij had gekozen.

Was ze maar op de andere stoel gaan zitten.

Ze dronk uit haar glas wijn, liet een lippenstiftafdruk achter op het glas en prikte wat in haar salade, alsof ze die niet echt lekker vond.

"Dit is de lekkerste macaroni met kaas die ik al ooit heb gegeten." Derek bleef maar eten. Hij had iets willen bestellen dat ik niet goedkeurde, maar ik had er geen ruzie over gemaakt, omdat ik daar nu echt geen zin in had.

Valerie bleef naar me staren, met een blik die me duidelijk maakte dat er vergelding zou volgen als ik niet vriendelijk genoeg tegen haar was, als ik niet genoeg zou praten. In haar ogen was ik een zonderling die niet wist hoe hij moest communiceren. Nu ik Cleo had, realiseerde ik me dat Valerie gewoon niet wist hoe ze moest luisteren. Ze had verwacht dat ik me aan haar zou aanpassen, in plaats van zij aan mij.

Verdomme, ik miste Cleo.

"Hoe is je eten?", vroeg ik, in een poging om haar agressie te doen afnemen.

Ze haalde haar schouders op. "Je zou denken dat een vijfsterren-restaurant zou weten hoe je een salade moet klaarmaken ... "

Mijn zalm was goed, maar ik kon er niet echt van genieten omdat ik me zo ongemakkelijk voelde in deze situatie. "Ik weet zeker dat de roomservice in het hotel goed is, voor mocht je straks honger krijgen."

Ze schudde haar hoofd. "Ik eet nooit na acht uur 's avonds. Hoe denk je dat ik er zo blijf uitzien?"

"Hoe dan?", vroeg ik.

Ze fronste een wenkbrauw. "Als een lekker stuk."

Mijn wenkbrauwen schoten omhoog toen ze dat zei in het bijzijn van Derek. Praatte ze altijd zo?

Derek nam nog een hap, alsof hij niets gemerkt had. Hij had echt niets in de gaten ... of hij was eraan gewend.

Ik wilde haar berispen, maar er zouden consequenties zijn als ik haar ermee zou confronteren, dus liet ik het gewoon over me heen gaan. Ik kreeg het wel beetje benauwd, omdat het voelde alsof ik terugging in de tijd, terug naar een moeilijk huwelijk met een giftig persoon. Ik had me toen gevangen gevoeld. Ik voelde me nu ook gevangen. Maar Derek was de prijs die lonkte aan de horizon, en als ik niet aardig tegen haar zou doen, zou ze hem van me afpakken.

Soms wenste ik dat ze dood was.

Ze bleef met haar vork in haar salade prikken en nam er verveeld kleine hapjes van. "Wat gaan we morgen doen?"

"Ik dacht dat we samen konden lunchen en daarna naar het aquarium gaan."

Ze leek daar niet echt enthousiast over te zijn.

"Het aquarium?", vroeg Derek. "Dat lijkt me echt gaaf." Hij was volledig immuun voor haar kilheid en het licht dat hij uitstraalde bleef onaangetast door haar duisternis.

"Ze hebben een tentoonstelling over zeesterren," zei ik. "Je kunt ze zelfs aanraken."

"Wauw, echt?" Derek draaide zich naar mij toe. "Wist je dat zeesterren hun maag uit hun lichaam duwen, dan hun voedsel verteren en hun maag daarna weer intrekken?"

"Eigenlijk wel, ja," antwoordde ik. "Maar ik ben wel onder de indruk dat jij dat weet."

"Ik wil er alles over weten." Hij focuste zich weer op zijn macaroni. "Net zoals jij."

"Geloof me, ik weet niet alles," zei ik meteen. Fundamentele menselijke interacties lagen buiten mijn begripsvermogen.

"Ik denk nochtans van wel." Derek roerde door zijn macaroni en nam nog een hap.

Een glimlach verscheen op mijn lippen en ik voelde me plotseling trots. Ik vond het fantastisch dat mijn zoon naar me opkeek, dat hij me zag als zijn superheld. "Nou ... bedankt."

Valerie schraapte haar keel — en maakte daarmee een eind aan ons mooie moment.

Ik keek haar weer aan.

"Ben je klaar met eten?", vroeg ze, met een korte blik op mijn bord waar nog voedsel op lag, zodat het wel duidelijk leek dat ik nog aan het eten was.

Ik staarde haar niet begrijpend aan, verbaasd dat ze dat had gevraagd.

"Ik wil je appartement zien."

"Ik dacht dat ik jullie gewoon terug naar het hotel zou brengen." Ik wilde haar helemaal niet in de buurt van mijn privéruimte hebben.

"Ik wil je woning zien," herhaalde ze. "Ik wil zien wat er zo speciaal is aan dat chique gebouw."

Derek werd stil en at verder, met zijn hoofd naar beneden, alsof hij hoopte dat de spanning zou verdwijnen. Hij was niet zichzelf, niet het gelukkige en nieuwsgierige kind dat graag discussies voerde aan de eettafel. Hij maakte zich zo klein mogelijk, alsof hij wist dat er ieder moment een ruzie zou gaan volgen.

Ik haatte deze trut. "Ja ... natuurlijk."

We namen de lift naar mijn verdieping en stevenden af op de voordeur.

Valerie bestudeerde alles, nam het hele complex goed in zich op.

Ik ontgrendelde de deur en liet hen binnen.

"Mama, wil je mijn kamer zien?" Derek greep haar vast bij haar pols en trok haar de gang in. "Is die niet gaaf?"

Ik ging op de bank zitten, omdat ik even een pauze nodig had van deze klote avond.

"Wat mooi, schat." Valerie keerde een paar seconden later terug, alsof ze niet eens echt naar zijn slaapkamer had gekeken. Ze liep rond en bekeek alles, alsof ze naar iets op zoek was. Toen ging ze terug de gang in, naar mijn slaapkamer.

Verdomme, wat deed ze nou weer?

Ik ging achter haar aan. "Valerie."

"Ik wil je slaapkamer zien."

Het kostte me al mijn kracht om niet tegen haar te schreeuwen, om niet mijn vuisten door de muur te slaan die Cleo dan later zou moeten laten repareren. Ik stapte ook de kamer in en zag haar rondkijken. "Wat ben je aan het doen?" Ik vloekte niet omdat Derek in de andere slaapkamer was.

Ze liep mijn inloopkast in.

Mijn hart bonkte. Cleo's kleren lagen in mijn kast, en haar make-up spullen zaten in de lades in mijn badkamer.

Maar Valerie kwam weer naar buiten lopen, alsof ze niets had gezien. Toen ging ze naar de badkamer.

Ik liep de inloopkast in en zag dat Cleo's kleren verdwenen waren.

Valerie kwam weer de badkamer uitgelopen. "Dat uitzicht is echt uniek ... " Ze tuurde door de kamerhoge ramen.

Dit was duidelijk een slecht idee geweest. In plaats van een volwassen gesprek te voeren over onze toekomstige relatie, stak ze haar neus in zaken die haar niets aangingen en behandelde ze me als haar bezit, in plaats van als een mens. Ze deed alsof ze mij bezat — nog steeds. "Ik loop met je mee terug naar het hotel."

"Ik dacht dat we samen wat zouden drinken — "

"Ik loop met je mee terug," zei ik zonder me om te draaien. "Kom." Ik liep weer naar de woonkamer.

Derek zat daar op de bank te wachten.

Valerie volgde me. "Wat heb je net tegen me gezegd?"

Dit was een verdomd slecht idee geweest. Ik zou mijn doel niet bereiken, zou mijn zoon niet elke dag kunnen zien, maar ik wist dat hij dat op een dag zou begrijpen. Ik moest vrij zijn van deze vrouw. Anders zou ik me voor altijd ellendig blijven voelen. "Derek, laten we gaan."

Valerie kwam achter me staan. "Ik praat tegen je."

Derek stond op van de bank, maar in plaats van naar de deur te gaan, liep hij naar Valerie. "Stop daarmee."

We zwegen allebei.

Ik draaide me naar hem om en zag hem omhoog kijken naar Valerie.

"Je maakt papa altijd verdrietig. Hou op met hem verdrietig te maken."

Mijn gezichtsuitdrukking was stoïcijns terwijl ik naar mijn zoon staarde en zag hoe hij voor me opkwam, ook al was dat niet zijn probleem. Hij zou zich geen zorgen hoeven te maken over dit soort zaken. Hij zou moeten genieten van zijn jeugd in plaats van gestrest te raken over de manier waarop zijn moeder zijn vader behandelde. Maar het gebaar raakte me diep.

Valerie was sprakeloos.

"Derek." Ik legde mijn hand op zijn schouder. "Het is goed."

Hij duwde mijn hand weg. "Het is niet goed. Stop ermee." Hij staarde naar Valerie, met tranen in zijn ogen. "Als hij verdrietig is ... ben ik ook verdrietig."

Ik haalde diep adem en voelde meteen zijn pijn. Ik knielde op de grond, sloeg mijn armen om hem heen en voelde de tranen in mijn ogen springen. "Kom hier, kleine man." Ik trok hem tegen mijn borst aan en hield mijn hand op zijn achterhoofd. "Rustig maar ... het is al goed."

Valerie stond daar gewoon, met haar mond vol tanden.

Ik leunde naar achteren en zag mijn eigen emotionele expressie gespiegeld in zijn ogen. Zijn wangen kleurden net als de mijne rood. "Het komt wel goed." Ik geloofde niet dat Valerie en ik ooit tot een overeenkomst zouden komen, maar ik wilde niet dat hij boos was. Ik wilde dat hij gelukkig was, de gelukkigste jongen ter wereld.

"Je verdient het niet om verdrietig te zijn ... " Hij rukte zich los en snelde de gang in, naar zijn slaapkamer.

Ik bleef op mijn knieën zitten, niet in staat om te geloven dat dit net was gebeurd.

Valerie kruiste haar armen voor haar borst.

Na een minuut van stilte stond ik weer op en keek haar aan met mijn ogen nog vochtig. "Ik wil hier samen met jou uitkomen, Valerie. Maar onze zoon heeft gelijk. Je moet ophouden met je zo te gedragen. Het is zelfs voor een vijfjarige, weliswaar een hoogbegaafde, duidelijk dat je moet veranderen. Wat voor voorbeeld ben je eigenlijk? Ik ben weggegaan omdat je je te dominant, manipulatief en gewoon giftig gedraagt. We zijn niet meer getrouwd, dus ik zal het niet langer pikken. Je hebt het recht niet meer om me zo te behandelen. Je gebruikt onze zoon tegen me en denkt ermee weg te kunnen komen. Maar de tijd verstrijkt snel, en als hij volwassen is, zal hij niets meer met jou te maken willen hebben. Kinderen herinneren zich dit soort dingen. Kinderen begrijpen meer dan wij beseffen. Je hebt nog tijd om te veranderen ... en ik stel voor

dat je dat ook doet. Anders zal je je zoon voorgoed verliezen."

Haar kin was in de richting van de vloer gezakt en ze hield haar armen nog steeds voor haar borst. Ze toonde geen emotie, maar het was duidelijk dat de interactie haar had geraakt en dat het onmogelijk voor haar was om zich tegen de onschuld van een kind te verzetten. Hij had haar te kijk gezet als een kwaadaardig iemand en ze kon niet doen alsof het niet waar was.

"We komen nooit meer bij elkaar, Valerie."

Haar blik verschoof naar de mijne.

"Ik ben een stuk gelukkiger in mijn eentje. Als je vindt dat je Derek daardoor bij me weg moet houden, dan kan ik daar niets tegen doen. Maar ik weet dat hij begrijpt hoe de vork in de steel zit. Ik weet dat hij het me zal vergeven dat ik er niet altijd voor hem was, dat hij zal beseffen wat me bij hem weghield, dat het door jou kwam — als enige reden." Derek had me geholpen, meer dan hij zich realiseerde. Hij had het schuldgevoel van mijn schouders genomen en begreep mijn pijn, als een vriend. "Maar neem hem alsjeblieft niet van me af. Hij zal maar één keer zo oud zijn en dat wil ik niet allemaal moeten missen."

Ze bleef zwijgen.

"Valerie, je bent heel mooi. Je kunt eender welke man krijgen, dus waarom kan je me niet laten gaan?"

Haar blik gleed weer naar de vloer. "Ik kan eender welke man krijgen, maar de enige man die ik wil, wil mij niet."

"Dus je wilt me alleen omdat je me niet kunt hebben?" Dat was zo kinderachtig dat ik er misselijk van werd.

"Nee ... omdat jij de enige man bent van wie ik ooit zal houden."

Ik had medelijden met haar terwijl dat niet nodig was, omdat ze het niet verdiende. Maar op de een of andere manier vond ik het jammer voor haar. "Het spijt me ... " Ik wist niet wat ik anders moest zeggen. "Ik wil graag verdergaan, als vrienden, voor het welzijn van onze zoon. Maar jij maakt dat onmogelijk. Ik wil de moeder van mijn zoon niet haten."

"Haat je me?" Haar stem brak.

Ik wist niet hoe ik daarop moest antwoorden zonder wreed te zijn. "Je maakt me ongelukkig."

Haar ogen werden vochtig.

De stilte bleef een paar minuten voortduren en ik keek toe hoe mijn ex haar tranen wegveegde en snikte. Nu voelde ik me de klootzak, terwijl ik eindelijk de woorden die ze moest horen had uitgesproken.

"Ik heb gewoon het gevoel dat je me nooit echt een kans hebt gegeven. Je hebt het nooit geprobeerd."

"Valerie, je kunt niet proberen om van iemand te houden. Of dat doe je, of dat doe je niet."

"Maar je kunt niet van iemand houden als je niet op zijn minst open staat voor het idee. Jij wilde die deur niet eens op een kier zetten ... "

"Je hebt me erin geluisd door je zwanger te maken."

"Helemaal niet — "

"Kom nou," snauwde ik. "Dat heb je wel gedaan. Lieg zoveel als je wilt, maar ik weet het gewoon. En het kan me eerlijk gezegd niet eens wat schelen, omdat Derek het beste is wat me ooit is overkomen. Maar laten we hier nu niet de geschiedenis gaan herschrijven. Hoe kan ik van je houden als onze relatie gebaseerd is op bedrog? Er moet vertrouwen zijn voordat liefde kan groeien, en ik heb jou nooit vertrouwd." Ik sprak mijn gevoelens uit, zonder het eigenlijk goed te beseffen. Cleo was altijd eerlijk tegen me geweest, had altijd alleen maar het beste met me voorgehad en had altijd goed voor me gezorgd. Wat ik met haar had, was echt ... zo verdomd echt. "En je hebt me nooit geaccepteerd voor wie ik ben. Ik ben niet spraakzaam. Dat ben ik nooit geweest."

"Ik heb je eigenlijk nog nooit zoveel horen praten als nu."

Omdat ik iets te zeggen had.

"Kunnen we het nog eens proberen?", fluisterde ze. "Derek verdient het dat zijn ouders bij elkaar blijven — "

"Ouders hoeven niet bij elkaar te blijven om een gezin te vormen. We kunnen nog steeds een gezin zijn. Maar nee, wij komen niet meer samen, Valerie. En ik zou je daarmee eigenlijk een slechte dienst bewijzen, omdat je het verdient om bij een man te zijn die van je houdt."

"Wat als we therapie uitproberen?"

"Nee." Ik kon haar geen enkele hoop bieden. Ik kwam in de verleiding om haar te vertellen over Cleo ... dat zij de enige vrouw voor me was. Maar dat deed ik niet, omdat ik wist dat het de situatie alleen maar erger zou maken. "Ik ben daartoe bereid als we zo een betere situatie voor Derek kunnen creëren, maar niet om romantische redenen."

Ze haalde diep adem en groefde met haar vingers in haar armen.

"Maar ik zou graag hebben dat we vrienden kunnen zijn ... ooit."

Ze keek naar me en een traan welde op uit haar oog.

"Je moet ophouden met me te ondervragen over mijn leven. Je moet me respecteren als persoon. Je kunt niet zomaar mijn slaapkamer binnenwandelen en mijn spullen doorzoeken. Dat is volledig ongepast."

Ze was zo in verlegenheid gebracht dat ze haar blik afwendde, alsof ze zich schaamde. "Ik werd helemaal gek bij de gedachte dat jij en Cleo samen waren. Ze is een zeer aantrekkelijke vrouw, en toen Derek constant over haar praatte ... kreeg ik het gevoel dat ik vervangen was. En ik ... kon dat niet aan."

Ik wilde eerlijk zijn en haar de waarheid vertellen. Ik wilde haar vertellen dat haar vermoedens juist waren — en dat Cleo het beste was wat me ooit was overkomen. Maar daar zou ik niets mee bereiken. "Valerie, ik ben natuurlijk met andere vrouwen samen geweest sinds we ieder onze eigen weg zijn gegaan. Ik zie niet in waarom het ertoe doet of dat al dan niet met Cleo is. Ik ben een alleenstaande man en heb zo mijn behoeften."

"Affaires doen er niet toe. Ze betekenen niets. Maar het idee dat je iets voor haar voelt, terwijl ik wil dat je dat voor mij voelt ... dat valt me sterk tegen."

Ik kon niet geloven hoe juist Cleo was geweest wat haar betrof. Ze kon Valerie beter lezen dan ik — en ik was met haar getrouwd geweest. "Dat zal toch ooit gebeuren. Jij zult hertrouwen ... en misschien zal ik ook hertrouwen. Heb je liever dat ik voor altijd alleen blijf?"

"Nee," fluisterde ze. "Ik heb liever dat je bij mij bent."

Ik begreep niet waarom ze me zo graag wilde, aangezien ze vond dat ik een slechte echtgenoot was geweest. Ze had nooit gelukkig geleken, en ik evenmin. "Dat gaat niet gebeuren, Valerie. Je moet het loslaten."

"Is er niets wat ik kan doen?", fluisterde ze. "Wat als we helemaal opnieuw beginnen?"

Zelfs als ik niet samen was met Cleo, zou mijn antwoord hetzelfde zijn. "Nee."

Ze keek naar de vloer.

"Maar zoals ik al zei, ik wil graag vrienden zijn."

Ze zweeg.

Ik wachtte tot ze iets zou zeggen, maar dat deed ze niet. "We hebben dit weekend nog. Laten we er het beste van maken."

"Waarom heb je me hier uitgenodigd als je niet bij me wilt zijn?"

Ik had haar niets verteld over mijn eindspel. Als ze wist wat ik echt probeerde te bereiken, zou ze met opzet haatdragend worden. Het was de eerste keer dat ik haar manipuleerde, ook al had zij mij al gemanipuleerd sinds de avond dat we elkaar hadden ontmoet. "Omdat ik wil dat we een gezin kunnen zijn voor Derek, Valerie."

---

Ik zette Valerie en Derek bij het hotel af en liep toen naar Cleo's appartement.

Ik wilde niet naar huis gaan — niet na wat er was gebeurd.

Toen ik bij haar voordeur kwam, haalde ik mijn telefoon tevoorschijn en sms'te haar. *Ben je wakker?*

*Ja. Hoe ging het?*

*Ik sta voor je deur.*

*Zo erg, hè?* Haar voetstappen weerklonken even later en ze deed de voordeur open. Ze was gekleed in een lang T-shirt en haar haren vielen los over haar schouders. Ze had geen make-up op en ze zag er moe uit, alsof ze een lange dag had gehad. "Hoi."

"Hoi." Ik liet mezelf binnen en deed de deur achter me dicht. "Mag ik hier blijven slapen?"

"Denk je dat dat een goed idee is?", fluisterde ze.

"Ik zal morgen heel vroeg vertrekken." Ik wilde niet alleen in mijn grote bed slapen, vooral niet nu al haar spullen verdwenen waren. Haar aanwezigheid leek te zijn gewist door Valeries bezoek.

Ze ging niet tegen mijn verzoek in en haar ogen schoven heen en weer terwijl ze in de mijne keek. "Wat is er gebeurd?"

Te veel om te vertellen. "Heb jij je spullen zelf uit mijn appartement weggehaald?"

"Nee, ik heb ze alleen in een van de logeerkamers gelegd."

"Waarom?"

"Omdat ik wist dat Valerie door je spullen zou gaan ... als ze daar de kans toe kreeg."

Ik zuchtte. "Nou, je had gelijk."

Ze keek naar de vloer. "Wauw. Je hebt een heel slechte avond gehad."

Ik schudde mijn hoofd. "Ik hou niet van de manier waarop ze zich gedraagt bij Derek. Ze vloekt, ze is onbeleefd — en vervolgens beende ze door mijn flat, op zoek naar bewijs van jouw aanwezigheid. Het kwam zover dat Derek tegen haar uitviel ..." Ik haalde diep adem zodat er geen tranen uit mijn ogen zouden rollen. "En hij zei haar dat ze moest ophouden met me verdrietig te maken."

Haar ogen werden onmiddellijk zachter en ze werd emotioneel. "Mijn god, wat een lieve jongen ... "

"Ik weet het." Ik haalde nog een keer diep adem en probeerde mijn emoties in bedwang te houden en mijn gezichtsuitdrukking onder controle te krijgen. "Het leidde tot een lang gesprek tussen Valerie en mij, waarin ze zei dat ze me terug wil. Ze zei dat ze samen wil zijn. Ze zei dat ze niet wil dat jij haar vervangt. Ik vertelde haar dat we nooit meer samen zullen komen ... maar dat ik gewoon graag bevriend met haar wil zijn."

"Het lijkt alsof het gesprek op goede voet is geëindigd."

Ik haalde mijn schouders op. "Ik weet het echt niet."

"Nou, ik denk dat het de juiste keuze was om voorlopig onze relatie geheim te houden."

Ik zuchtte luid.

"Ik weet dat je het niet leuk vindt, maar als ze dat allemaal heeft gezegd, kunnen we het beter gewoon even laten rusten."

Ik wist dat ze gelijk had — en ik vond dat verschrikkelijk.

"Ik beschouw het als een doorbraak. Het is de eerste keer dat jullie echt hebben gepraat over jullie relatie en over hoe het verder moet met jullie leven. Ze weet dat haar gedrag onaanvaardbaar is — zeker nu haar eigen zoon het ter sprake heeft gebracht — en ze weet dat hij haar zal wegduwen als ze niet verandert."

Hopelijk.

"Dus kun je misschien voorstellen dat ze hierheen verhuist, toch op het einde van het weekend."

"Ja. Maar ik heb haar gezegd dat we nooit meer bij elkaar zullen komen, dus os er voor haar niet veel reden om daarmee in te stemmen."

"Nou, misschien zal ze doen wat het beste is voor Derek ... voor één keer."

Ik keek in haar mooie gezicht en vond haar net zo mooi wanneer ze geen make-up op had. Ze hoefde geen merkkleding en strakke rokken te dragen om aantrekkelijk te zijn. Ze hoefde haar haren niet te doen of mascara aan te brengen. Ze was heel mooi, precies zoals ze nu was. Ik sloeg mijn armen om haar middel, trok haar dicht tegen me aan en drukte mijn voorhoofd tegen het hare. Toen ze eenmaal tegen me aangeleund stond, voelde ik hoe ik kalmeerde en hoe al mijn problemen leken te verdwijnen. Ik stelde me voor dat we samen in de chalet waren, met Derek die in slaap viel voor het haardvuur, en met haar hand in de mijne onder de deken. Die herinnering hielp me altijd wanneer ik het moeilijk had en dus dacht ik daaraan ... en op de een of andere manier werd alles meteen beter.

## 22

### CLEO

Tucker pikte me op onderweg naar het restaurant. Op die manier zouden we samen naar binnenkomen en hen vergezellen.

Ik deed mijn voordeur op slot en we liepen samen naar buiten.

"Kijk jij hier net zo tegenop als ik?", vroeg Tucker, terwijl hij zijn handen in zijn zakken stak.

"Waarschijnlijk nog meer, eerlijk gezegd."

Hij grinnikte. "Ze verblijft in mijn hotel, en ik heb mijn collega's over haar horen praten. Ze is verdorie een enorme trut."

"Dat is geen verrassing." We bereikten de stoep en doorkruisten de paar straten naar het restaurant.

"Wat heeft Deacon gezegd?"

Ik haalde mijn schouders op. "Hij en Valerie hadden een lang gesprek over haar gedrag. Hopelijk komt er iets goeds uit voort."

"Maar hij heeft haar niets over jou verteld?"

Ik schudde mijn hoofd. "Ze heeft duidelijk gemaakt dat ze niet wil dat we samen zijn."

Hij rolde met zijn ogen. "Ze is gewoon jaloers omdat je sexyer bent dan zij."

Ik lachte hard. "Dat ben ik *echt* niet. Die vrouw ziet eruit als een badpakkenmodel uit Sports Illustrated. Zo'n lichaam en zo'n kapsel heb ik niet."

Hij schudde zijn hoofd. "Ze is heel mooi, dat ga ik niet ontkennen, maar jij bent een natuurlijke schoonheid. Jij hoeft geen ton make-up te dragen of je provocerend te kleden om sexy te zijn. Jij bent het mooie buurmeisje."

"Nou ... bedankt."

"Geloof me. Deacon vind je de meest sexy vrouw ter wereld."

"Heeft hij dat gezegd?", vroeg ik glimlachend.

"Niet in die woorden, maar de dingen die hij over jou zegt ... Hij vindt alle andere vrouwen trollen vergeleken met jou."

Mijn hart maakte een sprongetje.

"Ja, hij is echt smoorverliefd op je." We naderden het restaurant. "Nou, denk je dat we elkaars hand moeten vasthouden of zo?"

"Nee. Trek gewoon de stoel voor me naar achter. Dat zou moeten volstaan."

"Begrepen." Hij deed de deur voor me open. "Na jou."

Ik stapte als eerste naar binnen en daarna liepen we samen het restaurant in. Deacon en Valerie zaten tegenover elkaar, met Derek aan het hoofd van de tafel. Ze zagen ons niet meteen.

Tucker liep naast me, zo dichtbij dat onze armen elkaar raakten.

Deacon draaide zich om en keek me aan, en in plaats van geïrriteerd te zijn door de nabijheid van zijn broer lichtten zijn ogen op, zoals altijd wanneer hij me zag.

Derek werd opgewonden. "Cleo!" Hij sprong op van de stoel.

"Hij is meer opgewonden om jou te zien dan mij," zei Tucker beledigd. "En ik ben zijn oom."

Valerie keek me meteen kritisch aan en was duidelijk geïrriteerd dat ik erbij was.

Ik had me bewust nogal onopvallend gekleed. Ik droeg een spijkerbroek en een blouse, had bijna geen make-up op en mijn haar zat in een paardenstaart. Ik wilde dat Valerie me niet intimiderend zou vinden, en het betekende veel voor me dat Deacon nog altijd op dezelfde manier naar me keek, alsof er niets was veranderd.

Derek rende op me af. "Cleo, ik heb je gemist."

Ik wilde zijn genegenheid niet afwijzen, alleen maar omwille van Valerie, dus knielde ik neer en omhelsde hem. "Ik heb jou ook gemist, Derek. Hoe gaat het met je?"

"Goed. We zijn naar het aquarium geweest en ik heb een zeester aangeraakt."

"Wauw, dat is echt gaaf."

"Euhm, excuseer?" Tucker knielde naast me. "Ik ben er ook nog."

"Oom Tucker." Derek omhelsde hem als volgende.

Ik stond op en keek toe hoe ze elkaar omhelsden.

Tucker ging terug staan in zijn volle lengte. "Dat lijkt er al meer op." Hij liep naar de tafel en trok de stoel naast Deacon naar achter, omdat hij wist dat ik niet naast haar wilde zitten. "Ga hier maar zitten, schat."

"Dank je." Ik ging zitten en liet hem mijn stoel een beetje dichter naar de tafel schuiven.

Toen liep hij naar de stoel naast Valerie. "Hoi, hoe gaat het met je?" Hij slaagde er niet eens in te doen alsof hij haar leuk vond, kon zich er nauwelijks toe dwingen om haar aan te kijken. Hij pakte het menu en staarde ernaar. "Hmm ... ik denk dat ik de biefstuk met frietjes neem."

Ik wilde me naar Deacon toe draaien en hem zoals gewoonlijk aankijken en met hem praten, maar ik moest mezelf dwingen om naar het menu te kijken en te doen alsof hij niet het belangrijkste ter wereld voor me was. "Hoe bevalt de stad je, Valerie?"

Ze was met haar rietje in haar ijsthee aan het roeren toen ik haar aansprak. "Het is best leuk. Ik ben hier eigenlijk al vaak geweest." Ze leek niet zo strijdlustig als bij onze vorige ontmoeting, hetzij omdat ze probeerde om zich beter te gedragen ofwel omdat haar angsten waren verdwenen nu ze mij en Tucker samen zag. "Maar het is raar om overal naartoe te moeten lopen. Ik kan mijn hoge hakken niet dragen, wat ik gewoonlijk wel doe."

Nou, ik deed dat nochtans zonder enig probleem.

"Wat ga jij nemen?", vroeg Tucker.

Ik bestudeerde het menu. "Hmm ... misschien de açai bowl. Of de kokosnootpannenkoeken."

"Ik neem de pannenkoeken met chocoladesaus," zei Derek.

"Nee, dat doe je niet." Deacon hield het menu omhoog. "Je hebt gisteravond al macaroni met kaas gegeten."

"Kom op," zei Derek. "Oma laat me altijd bestellen wat ik wil. Mama ook."

Natuurlijk deed ze dat.

"Nou, ik ben niet een van die twee mensen. Kies iets anders, of ik kies voor je."

Derek zuchtte. "Als het echt moet ... "

Valerie keek toe hoe de twee met elkaar omgingen, en zweeg. Ze wendde zich tot mij. "En, hoelang is dit al aan de gang?"

"Euhm ... een paar maanden," zei Tucker. "We hebben elkaar ontmoet via Deacon."

Tucker was de verkeerde man voor me en het voelde vreemd om het over onze relatie te hebben wanneer Deacon en ik het perfecte koppel waren. Ik zag hem ondertussen als een broer. "We hebben veel gemeen, vooral ons werk."

"Oh ja, dat klopt," zei Valerie. "Jullie zijn allebei bedienden."

Het was een beledigende opmerking, maar ik reageerde niet.

Maar Tucker trok een gezicht en keek Deacon met gefronste wenkbrauwen aan.

Deacon schudde alleen maar zijn hoofd.

Dit zou misschien wel de ergste lunch ooit kunnen worden.

De ober kwam naar ons toe en we gaven onze bestellingen door. Derek was slim genoeg om te kiezen voor de vegetarische bowl. Toen richtte Derek zich tot zijn vader. "Gaan we morgen naar de chalet?"

"Nee." Deacon liet zijn armen op de tafel rusten en hij was duidelijk meer gespannen nu Valerie erbij was.

"Waarom niet?", vroeg Valerie. "Derek praat er zo veel over en ik keek er eigenlijk naar uit om die plek te zien."

Ik wilde haar daar niet hebben. Het was onze plek.

Deacon zweeg even en nam toen weer het woord. "Het hout wordt momenteel behandeld. We kunnen er minimaal twee weken niet heen gaan."

Dat was een leugen — en hij kwam ermee weg.

"Gaaf," zei Derek. "Zijn er mierenhopen binnen?"

"Termieten," antwoordde Deacon. "Die willen het hout opeten."

"Heb je de structuur niet laten inspecteren toen je hem hebt gekocht?", vroeg Valerie, van zijn antwoord gebruik makend om hem te ondervragen.

"Jawel," antwoordde Deacon. "Toen waren er geen."

Tucker keek me aan en vormde met zijn mond de woorden: "Wauw ... wat een trut."

Ik moest me dwingen om mijn gezicht in de plooi houden.

"Misschien de volgende keer," antwoordde Deacon. "Ik heb morgen trouwens een dag op het strand gepland."

"Maar ik ga al zo vaak naar het strand," zei Derek.

"Het water is hier warm," zei Deacon. "Dus dat zal een leuke afwisseling zijn."

Derek haalde zijn schouders op.

Het was verbazingwekkend hoe verschillend de dynamiek was nu Valerie aanwezig was, hoeveel invloed dat had op de manier waarop we allemaal met elkaar omgingen. Het was duidelijk dat Deacon zich ellendig voelde; de pijn was zichtbaar op zijn hele gezicht. En uit de manier waarop hij tegen haar sprak, kon ik afleiden dat hij zichzelf in bedwang moest houden om niet te koken van woede. Tucker zei ook niet veel, alsof ze nooit zijn schoonzus was geweest.

Ik had al geweten dat ze een slechte relatie hadden, maar nu ik hen in het echt bezig zag, realiseerde ik me pas hoe gespannen hun dynamiek was … zelfs als ze hun beste dag hadden.

---

Ik zag Deacon de rest van het weekend niet meer.

Hij bracht tijd door met Valerie en Derek, in zijn eentje.

Maar toen hij 's avonds thuiskwam, sms'te hij me. *Hoi.*

*Hoi. Hoe is het gegaan?*

*Goed.* Zijn slechte humeur was zelfs voelbaar in de toon van de sms. *Ik probeer gewoon om vol te houden.*

*Heeft Derek het eigenlijk wat naar zijn zin?*

*Af en toe. Maar hij gedraagt zich absoluut anders wanneer hij met ons beiden samen is.*

*Het is bijna voorbij.*

*Ja.*

Ik staarde naar de telefoon en wachtte tot de stippen zouden verschijnen, maar ze kwamen niet. *Welterusten, Deacon.* Ik wenste dat hij naast me lag in bed, met zijn haar in de war omdat ik het net nog stevig had vastgegrepen. Maar binnenkort zouden die nachten terugkeren.

*Ik mis je.*

Mijn ogen werden zachter terwijl ik naar de woorden op het scherm keek. *Ik mis jou ook.*

***

Ik zat aan mijn bureau in de lobby, toen Derek binnenkwam. "Hoi, Cleo."

Ik keek op van mijn computer en was helemaal verrast om hem hier te zien. "Hoi, kleine man. Wat kom jij hier doen?"

Hij droeg zijn rugzak met superhelden op, alsof hij op het punt stond om naar huis te gaan. "Ik wilde alleen afscheid komen nemen. Mama en ik gaan weg."

"Oh ... " Ik kon zien hoe verdrietig dat hem maakte, hoe moeilijk het voor hem was om afscheid te nemen. "Het is geen vaarwel, Derek. Het is gewoon tot gauw." Ik opende mijn armen, omhelsde hem en wreef met mijn hand over zijn rug.

Hij leunde lang tegen me aan, alsof hij niet wilde vertrekken.

Ik keek op en zag dat Valerie aan het bellen was, dat ze aan de kant stond en druk met iemand in gesprek was. Haar bagage stond naast haar, samen met die van Derek. Deacon was er ook en stond naar mij te kijken met zijn handen in zijn zakken, met een blik die bijna uitdrukkingsloos was, maar toch gevuld met nauwelijks zichtbare emotie.

Derek trok zich terug. "Ik zal je missen."

Oh mijn god, het brak mijn hart op een miljoen manieren, meer dan mijn eigen man had gedaan. "Ik zal jou ook missen. De volgende keer dat je op bezoek komt, gaan we naar de chalet."

"Ja, maar ik begin binnenkort met school. Ik weet niet zeker wanneer ik terugkom."

Hij stond nog steeds ingeschreven op de school wat verderop in de straat, omdat ik verwachtte dat hij daarheen zou gaan. "We zullen zien."

"Ik hou van je." Hij keek me pal in de ogen terwijl hij het zei, precies zoals hij dat deed bij zijn vader.

Verdomme, ik stond op het punt om te huilen. "Ik hou ook van jou .... " Ik hield mijn gezicht voor hem in de plooi, omdat ik hem niet overstuur wilde maken net voordat hij vertrok.

Hij zwaaide me toe en liep toen terug naar zijn vader.

Dat was het moment waarop mijn lippen begonnen te trillen en de tranen over mijn wangen rolden.

Deacon keek me met sympathie in zijn blik aan — alsof hij precies wist wat er door me heen ging. Hij pakte de bagage op en liep met Derek naar de ingang. Toen Valerie klaar was met telefoneren, liep ze naar hen toe zonder afscheid van mij te nemen.

Ik pakte wat tissues van het bureau en depte mijn ogen droog. Mijn make-up was uitgelopen, maar mijn ogen waren te vochtig om de eyeliner opnieuw aan te brengen, dus liet ik het gewoon zo. Mijn ogen waren ietwat gezwollen en mijn huid was rood, dus zou het even duren voor ik er weer normaal en professioneel uitzag en dus weer contact kon hebben met een klant.

Tien minuten later kwam Deacon terug. Hij liep naar mijn bureau omdat er niemand anders aanwezig was. Hij hield afstand en staarde me aan, met zijn handen in zijn zakken.

Het voelde nu ook alsof er een stukje van mijn hart ontbrak — omdat Derek dat met zich mee had genomen. "Hij zei dat hij van me hield ... "

"Dat wist ik al."

Ik zuchtte. "Ik weet niet hoe je het doet."

"Ik heb er een hekel aan — elke keer weer."

Ik pakte nog een tissue, droogde de tranen onder mijn ogen en veegde de restanten van de eyeliner weg. "Ik zal Valerie zover krijgen om hierheen te verhuizen ... al is dat het laatste wat ik doe."

Hij bleef me aankijken.

"En dat doe ik zelfs niet voor jou ... maar voor mezelf."

———

Deacon zat naast me op de bank in zijn appartement, met zijn ellebogen op zijn knieën en zijn blik op de vloer gericht.

"Ik denk dat ik dit beter alleen kan doen."

Hij draaide zijn hoofd naar mij toe en knikte lichtjes naar me. Hij leunde naar me toe, kuste me op mijn haarlijn, verliet toen de woonkamer en liep weg door de gang. De deur klikte toen hij zijn slaapkamer binnenging.

Ik staarde een tijdje doodsbang naar de telefoon. Ik had nog nooit in mijn leven zo graag iets gewild. Als ik het leven van mijn cliënten regelde, was ik altijd kalm omdat de gebeurtenissen nooit echt van invloed waren op mijn eigen leven. Dat hielp me om logisch en pragmatisch te zijn. Maar hier was ik emotioneel over, omdat ik Derek nodig had om gelukkig te zijn.

Ik zuchtte en belde uiteindelijk.

De telefoon ging zo lang over dat het niet leek alsof ze de oproep zou beantwoorden.

Maar dat deed ze wel. "Cleo." Ze was helemaal niet vriendelijk tegen me, maar ook niet kil. Het leek alsof ze dit gewoon zo snel mogelijk wilde afhandelen zodat ze meteen weer zou kunnen vergeten dat ik bestond. Nu ze dacht dat ik geen bedreiging voor haar vormde, dacht ze helemaal niet meer aan me — wat goed was.

"Hoi, Valerie. Hoe gaat het met je?"

"Goed. Heb je iets nodig?" Ze deed geen moeite om beleefd te zijn ... omdat ik maar een bediende was.

"Ik wil iets met je bespreken ... als je tijd hebt."

"Zeker. Is alles in order met Deacon?"

"Het gaat prima met hem. Dit gaat niet over hem."

"Goed dan, wat is er?"

Ik had niet de indruk dat ze zo'n geweldige tijd in Manhattan had gehad, dus wist ik niet zeker of ze mijn voorstel überhaupt aanlokkelijk zou vinden. En Deacon had duidelijk gesteld dat er geen enkele kans was dat ze hun problemen zouden kunnen oplossen. Ze had echt geen reden om hierheen te komen. "Nou, er is een basisschool wat verderop in de straat van Deacon, en het is eigenlijk de beste school van het land. Het is de Alma Mater van veel succesvolle mensen die je dagelijks in het nieuws ziet. Hun wachtlijst is drie jaar ... maar ik heb Derek binnen gekregen."

"En?", vroeg ze. "Tenzij dit onlineonderwijs betreft, zie ik niet waar je naartoe wil."

"Nou, ik dacht dat hij hierheen zou kunnen verhuizen ... "

Stilte.

"Jullie allebei," voegde ik eraan toe, zodat ze begreep dat het niet de bedoeling was om haar haar zoon af te nemen.

Ze zweeg weer.

"Hij heeft hier veel mogelijkheden. En Deacon zou zijn zoon graag wat vaker zien. Het

zou een geweldige kans zijn voor jullie twee om samen ouders te zijn, op dezelfde plek, op hetzelfde moment."

Ze zuchtte in de telefoon. "Verwacht je dat ik helemaal naar de andere kant van het

land verhuis?"

"Ja. Naar de mooiste stad ter wereld."

"Je vraagt wel veel van me. Het is niet zo dat Deacon en ik weer bij elkaar zullen

komen."

"Nee, maar het zou een geweldige kans zijn om het verleden achter jullie te laten en het bij te leggen... "

Ze zweeg.

"En het is het beste voor Derek. Ik begrijp dat je Californië niet wilt verlaten, maar

Deacon is de beste opvoeder, leraar en adviseur die Derek ooit kan hebben. Hij kan Derek echt helpen, op een manier waarop jij dat niet kunt.

"Ja, ik ben geen bolleboos. Daar heb je gelijk in."

"Het strand op Long Island ligt op maar een paar uur rijafstand. De bergen ook. En

Manhattan is de ideale plek voor een alleenstaande vrouw. Het loopt hier vol rijke vrijgezellen."

Ze zuchtte weer.

"Ik denk dat je hier gelukkig zou kunnen zijn. En Deacons familie is hier ... ze zullen je kunnen

ondersteunen." Ik wist niet zeker wat haar familiale situatie was. Deacon had het daar nog nooit over gehad.

"Ik vind het hier in LA leuk. Het is altijd zonnig, zonder die hoge luchtvochtigheid. Ik kan hier echt overal naartoe gaan met de auto. Maar er is iets in Manhattan wat ik nergens anders kan krijgen, dus ik zal het doen ... als je me er iets voor teruggeeft."

Ze kon me maar beter niet vragen om Deacon nooit meer te zien of zoiets stoms.

"Je moet een woning in het Trinity Building voor me regelen."

Ik verstijfde. Had ze dat net echt gevraagd?

"Ik wil dat je me bedient, zoals je Deacon bedient. Ik wil iemand die alles voor me regelt. Dat kan ik hier niet krijgen. Ik bedoel maar, ik kan hier wel iemand vinden, maar dat zijn allemaal idioten die niet weten wat van hen verwacht wordt. Jij weet daarentegen precies waar je mee bezig bent."

Ik wilde dat ze naar Manhattan zou verhuizen, maar niet dat ze in Deacons gebouw zou komen wonen. "Het is heel moeilijk om hier een appartement te bemachtigen. Er gaat bijna nooit iemand weg."

"En dat is net de reden waarom ik er wil wonen. Jij regelt een appartement voor me ... en dan

verhuis ik."

"Valerie, ik kan ook gewoon een andere mooie woning voor je vinden — "

"Dat is wat ik wil als tegenprestatie. Het is te nemen of te laten."

Ik heb Valerie eindelijk zover gekregen om Deacon te geven wat hij wil.

Ze heeft ermee ingestemd om naar de stad te verhuizen, zodat ze met zijn drieën samen kunnen zijn.

Ze heeft maar één voorwaarde: een penthouse in mijn gebouw. Dat betekent dat ik haar zal moeten zien, met haar zal moeten praten en - het ergste van alles - haar zal moeten bedienen. Maar hoe moeilijk ze ook is, haar aanwezigheid betekent dat Derek hier zal wonen ... en dat maakt het allemaal de moeite waard.

Tot ze tussen Deacon en mij in komt te staan ... en ons uit elkaar haalt.

**<u>Bestel het nu!</u>**

Printed in Poland
by Amazon Fulfillment
Poland Sp. z o.o., Wrocław

25583995R00179